DROEMER

Von Øistein Borge sind bereits folgende Titel erschienen:
Kreuzschnitt
Hinterhalt

Über den Autor:
Øistein Borge, Jahrgang 1958, kommt aus der Film- und Werbebranche, wo er als Regisseur, Texter und Creative Director gearbeitet hat. Er hat sowohl in Norwegen als auch im Ausland zahlreiche Auszeichnungen für seine Arbeit erhalten, darunter zwei Goldene Löwen beim Werbefilmfestival in Cannes.

ØISTEIN
BORGE

IRR
FAHRT

KRIMINALROMAN

Aus dem Norwegischen von
Andreas Brunstermann und Gabriele Haefs

DROEMER

Die norwegische Originalausgabe erschien 2019 unter dem Titel
»Jeg er nummer 13« bei Cappelen Damm, Oslo.

Besuchen Sie uns im Internet:
www.droemer.de

FSC
www.fsc.org
MIX
Papier aus verantwortungsvollen Quellen
FSC® C014496

Deutsche Erstausgabe Februar 2020
Droemer Taschenbuch

Redaktion: Maria Koettnitz
Covergestaltung: ZERO Werbeagentur, München
Coverabbildung: mauritius images / Stijn Verrept / Alamy
Satz: Adobe InDesign im Verlag
Druck und Bindung: GGP Media GmbH, Pößneck
ISBN 978-3-426-30748-9

2 4 5 3 1

Science has not yet taught us if madness
is or is not the sublimity of the intelligence.

Edgar Allan Poe

PROLOG

Das Tier hat nur ein Auge. Ein gelber, glühender Punkt in dem schwarzen Fell. Der massige Kopf ruht auf den Vorderpfoten, während das Auge jede Bewegung vor dem kleinen Torweg wahrnimmt. Die Höhle, in die ohne Zustimmung des Chefs niemand gelangen darf.

Der Chef hat sich einen verdreckten Schlafsack über die Schultern geworfen, ein Schutzschild vor der kühlen, regenfeuchten Oslo-Nacht. Zitternde Finger werkeln an Zigarettenpapier und mageren Tabakresten. Das Päckchen ist leer. Die letzten Kronen sind für eine Tüte Hundefutter im Kiwi-Supermarkt am Markvei draufgegangen.

Das Geräusch fremder Schritte. Die Ohren des Tieres stellen sich auf. Eine Gestalt geht vorbei und entschwindet aus ihrem Blickfeld. Die Schritte verklingen. Dann plötzliche neue, leichtere Schrittgeräusche, und die Gestalt ist wieder da, ein bleiches ovales Gesicht unter einem dunklen Regenschirm. Aus der Kehle des Tieres dringt ein tiefes, vibrierendes Knurren, ein Urlaut, älter als die Menschheit selbst.

Die Gestalt zögert einen Augenblick und entfernt sich wieder. Die magere linke Hand des Chefs krault den Nacken des Tieres, während er mit der rechten die dünne Selbstgedrehte entzündet. Sie brauchen einander, eine symbiotische Allianz gegen den Hunger und gegen die Gefahren der Stadt. Daher kommt die Ergebenheit. Seit zwölf Jahren schon ist einer des anderen Schatten.

Der Regen nimmt zu. So spät in der Nacht gibt es auf der Seilduksgate nur selten Autos und Menschen.

Nur selten. Der Chef und das Tier hören das Geräusch von Reifen auf nassem Asphalt. Der Wagen hält vor der Toreinfahrt. Eine von diesen neuen Karossen, die elektrisch fahren. Schwarz, oder vielleicht dunkelblau. Das Seitenfenster wird heruntergelassen, und eine Hand erscheint in der Öffnung.

Trotz entzündeter Augen erkennt der Chef, was zwischen den Fingern steckt. Ein Fünfhunderter. Genug für ein frisches Päckchen Tabak und eine halbe Flasche Wodka. Mühsam kommt er auf die Beine, befiehlt dem Tier, zu bleiben, wo es ist. Das gelbe Auge folgt seinen Schritten bis zum Wagen. Ein paar gedämpfte Worte werden gewechselt, dann dreht sich der Chef zur Höhle um.

»Warte, Castor. Paps kommt bald zurück.«

Er öffnet die Tür und setzt sich hinein. Der Wagen gleitet davon.

Nach einer Woche liegt das Tier noch immer da. Es wartet.

1

Prag, Tschechoslowakei
1968

Es war ein Rudel. Fünfzehn oder zwanzig in einer bedrohlichen Formation. Im grauen Licht des Morgens erinnerten sie mit ihren schnabelförmigen Kanonenläufen, den schildkrötenartigen Körpern und den Panzerketten, die sich über das Kopfsteinpflaster frästen, an Ungeheuer aus prähistorischer Zeit.

T-55. Sowjetische Panzer. Viele davon in eben jenem Land produziert, in das sie jetzt ohne Vorwarnung eingedrungen waren.

Margita Laita stand am Rand des Gehsteigs, eine in sich zusammengesunkene Gestalt, die wie Hunderte andere zu begreifen versuchte. Neben ihr: der knapp acht Jahre alte Sohn. Er, der in einem friedlichen Prag aufwachsen sollte und nicht in einem von Nazis okkupierten Land, in dem sie selbst einst Kind gewesen war. Sie drückte seine Hand und dachte daran, dass die Angst, die sie empfand, nicht ihr selbst galt, sondern dem Sohn, dessen Wohlergehen auf dem Spiel stand, dessen Zukunft bedroht wurde.

Der vorderste Panzer näherte sich der Stelle, wo sie stand. Die Blätter der Bäume raschelten in der windstillen Luft, der Boden vibrierte unter ihren dünnen Schuhsohlen, als erzittere die Erde selbst vor Furcht. Eine ältere Frau zu ihrer Linken weinte herzzerreißend, doch das Geräusch erstarb im Lärm tausender Pferdestärken. Noch zwanzig Meter. Die Ungeheuer hatten je vier Augen: ein Soldat in jeder Luke auf dem Dach.

Dann stand er plötzlich da, hob sich aus der Menschenmasse auf der anderen Straßenseite hervor; ein schlaksiger junger Mann in Flanellhemd, grauer Hose und mit schwarzer dicker Brille auf der Nase. Mit einem Mal stand er mitten auf dem Pflaster, stellte sich den Eindringlingen entgegen und hob die rechte Hand zu einer mahnenden Geste.

Der vordere Panzer bremste ab, nur vier oder fünf Meter vor ihm. Das Geräusch des Dieselmotors wurde schwächer. Der größte Soldat, der Mütze nach zu urteilen ein Offizier, musterte vom Panzer herab die aufrechte Gestalt unten auf dem Pflaster. Dann ein Befehl, erteilt in gebrochenem Tschechisch:

»Treten Sie zur Seite!«

Die Stimme des jungen Mannes war fest und klar, eine Stimme, die allen gehörte:

»Návrat domu. *Geht nach Hause.*«

Der Offizier zögerte.

»Ich wiederhole: Treten Sie zur Seite.«

»Návrat domu. Ihr seid nicht willkommen in unserer Stadt und auch sonst nirgendwo in unserem Land.«

Das Gesicht unter dem Mützenschirm verdüsterte sich.

»Letzte Warnung! Treten Sie zur Seite. *Sofort!*«

Der junge Mann auf dem Pflaster schüttelte den Kopf. Eine Bewegung, die so entschieden und voller Stolz war, dass sie die Herzen aller Augenzeugen aufgehen ließ. Angefeuert von der Unterstützung, die er von seinen Landsleuten wahrnahm, rief er laut:

»Nikdy! Návrat domu.«

Lange musterte der Offizier den Rebellen, ehe er seinem Untergebenen einen Befehl erteilte. Der Soldat verschwand im Innern des Panzers, tauchte aber nach ein paar Sekunden wieder auf. In den Händen hielt er etwas, das an ein Gewehr erinnerte, doch dieses rohrförmige Gerät war ein metallener Drache. Ein Flammenwerfer, der eine Säule brennenden Benzins ausspucken konnte, fünfzehn oder zwanzig Meter weit.

In der nächsten Sekunde brannte der zwanzigjährige Student Petr Sadílek lichterloh. Nicht ein Ton kam über seine Lippen. Die Schreie, die der grauen Wolkendecke am Himmel entgegenschlugen, kamen aus Hunderten anderen Kehlen. Nur wenige Meter entfernt stand Margita mit dem Sohn an der Hand und sah, wie Sadílek wild in den Flammen kämpfte. Ein paar Sekunden später fiel er auf die Knie und verharrte, schwarz und verkrümmt wie der Docht einer brennenden Kerze.

Erst jetzt wurde sich Margita der Situation bewusst. Erst in diesem Moment ging ihr auf, dass ihr Sohn dasselbe sah wie sie, dieses Grausame, vor dessen Anblick alle verschont bleiben sollten – sowohl Erwachsene als auch Kinder. Was sie entdeckte, als sie ihre Augen auf ihr Kind richtete, sollte sie noch bis in ihre schlimmsten Träume verfolgen.

Das Gesicht des Achtjährigen strahlte vor Faszination. Als sei der Junge Zeuge eines Wunders geworden.

2

Ein feiner Strahl der Abendsonne hatte sich einen Weg zwischen den gegenüberliegenden Fassaden hindurch gebahnt und traf das Schild vor dem Eingang des Geschäfts exakt zur Ladenschlusszeit wie eine Art Sonnenuhr. Jaroslaw Laita verriegelte die Tür, nahm die fleckige Schürze ab und ließ sie in den Plastikkorb an der Tür zum Kühlraum fallen.

Er war Schlachter in dritter Generation, und seine Fleischerei in der Jungmannova zog Kunden aus der ganzen Stadt an. Bis jetzt. Dieser Mittwoch hatte ihm nur knapp die Hälfte dessen eingebracht, was er für gewöhnlich bei Ladenschluss in der Kasse vorfand. Die Furcht vor Lebensmittelknappheit hatte begonnen sich auszubreiten, und die Menschen bunkerten nun mal keine Frischwaren. Viele seiner Kunden erinnerten sich noch an die deutsche Besatzung, von der die russische Armee sie befreit hatte. Vor vier Tagen waren die Russen zurückgekehrt, um die Freiheit wieder abzuschaffen.

Er löschte die Neonlampe über der Fleischtheke. Blieb im Halbdunkel stehen und dachte daran, worüber alle sprachen. Über das, was Margita am Samstag hatte mitansehen müssen. Den brennenden Mann. Der Student Sadílek.

»Was ist mit Filip?«, hatte er gefragt. »Hat er gesehen, was passiert ist?«

Murmelnd hatte Margita erwidert, dass die Menschenmenge zu dicht und der Junge zu klein gewesen sei. Außerdem habe sie ihn weiter mit sich fortgezogen, sobald es sich machen ließ. Nein, er habe unmöglich etwas sehen können.

Etwas sagte ihm, dass sie log oder jedenfalls die Wahrheit ausschmückte, aber er verfolgte es nicht weiter.

Schon zwei Wochen.

Vierzehn Tage mit fremden Soldaten, Panzern und brennenden Barrikaden in den Straßen. Nur schwer konnte Jaroslaw Laita die Realität akzeptieren. Dass die auf eine bessere Zukunft gerichtete Hoffnung, die mit der Ernennung Dubčeks im Januar aufgekeimt und sich im Laufe von Frühling und Sommer immer weiter entwickelt hatte, zerstört war. Zu historischem Staub pulverisiert von Generalsekretär Breschnew und seinen Claqueuren in Moskau.

Er saß in seinem Sessel am Fenster und betrachtete die Dämmerung, betrachtete den Tag, der in diesem besetzten Land langsam zur Nacht wurde. Er schloss die Augen und lauschte den Geräuschen aus der Küche. Margita schien die Lage besser zu verkraften. Ungeahnte Kräfte verbargen sich in dieser zartgliedrigen kleinen Frau, die vor fast zehn Jahren vor einem Altar in ihrer slowakischen Heimatstadt die Seine geworden war.

Zwei Jahre nach der Hochzeit war Filip zur Welt gekommen. *Der eingeborene Sohn* wie Jaroslaw sich bisweilen zu denken erlaubte, aber niemals laut aussprach. Nicht einmal gegenüber Margita.

Das muntere Läuten der Türglocke setzte seinem nostalgischen Rückblick ein Ende. Er warf einen Blick auf die Wanduhr über dem Fernseher. Fünf vor halb elf. Dann ein Hämmern an das Schaufenster in der Etage unter ihm. Er stand auf und sah auf die Straße hinunter. Fünf oder sechs Soldaten standen vor der Tür der Fleischerei. Margitas ängstliche Stimme hinter ihm:

»Was geschieht, Jaro?«

Größtmögliche Beruhigung lag in seiner Stimme:

»Ach, bloß ein paar Kunden, die unten klopfen. Vielleicht ein Nachbar, dem noch etwas fürs Abendessen fehlt. Ich gehe mal runter und sehe nach.«

Er nahm die Hintertreppe nach unten. Unterließ es bewusst, das Licht einzuschalten, als er in den Laden trat. Vor der Glastür sah er bleiche Gesichter unter Baretten und graugrünen Bootsmützen. Schulterriemen. Maschinenpistolen.

Er blieb mitten im Laden stehen, hob die Handflächen zu einer Geste des Unverständnisses, als wolle er damit unterstreichen, dass die Öffnungszeit schon längst vorüber sei. Die Antwort wurde mit Fäusten an die Tür gehämmert, sodass die Scheibe zu bersten drohte. Wenn er nicht öffnete, würden sie es tun. Jaroslaw ging zur Tür und schob den Riegel zurück.

Auf schwankenden Beinen drangen sie ein. Der Geruch von Schweiß und Branntwein schlug ihm entgegen. Verschleierte Blicke und schlaffe Lippen untermalten ihren Zustand. Keine Rangabzeichen an den Uniformen. Und dennoch war der Leitwolf gleich erkennbar, wie so oft bei einem Rudel. Dieser war mittelgroß, breitschultrig und hatte die Wangenknochen eines Mongolen. Unter dem Barett ein schwarzer Blick im schummrigen Licht. Er sprach eine Mischung aus Russisch und Tschechisch:

»Essen. Wir sind hungrig, Genosse. Du hast Fleisch.«

»Tut mir leid, aber der Laden ist geschlossen. Kommt doch morgen wieder. Wir öffnen um zehn.«

Der Leitwolf grinste, als hätte Jaroslaw einen guten Witz erzählt. Demonstrativ blickte er dann auf seine Armbanduhr.

»Neun Uhr? Dann bleiben … zehneinhalb Stunden? In zehneinhalb Stunden sind wir vielleicht schon vor Hunger gestorben, Genosse. Dann riskierst du womöglich eine Anklage wegen Mord an Soldaten der friedliebenden sowjetischen Armee.«

Die anderen vier lachten pflichtschuldig.

»Die meisten Kneipen bieten bis Mitternacht Speisen an«, sagte Jaroslaw freundlich. »Zwei davon liegen direkt hier in der Parallelstraße. Das Essen dort ist ausgezeichnet. Und wie gesagt, morgen seid ihr herzlich willkommen.«

Der Leitwolf schlug zu. Der tückische Schlag traf Jaroslaw direkt ins Zwerchfell und faltete ihn zusammen. Nach Luft schnappend, wurde er gepackt und zur Theke geschleift. Eine Kralle von Hand im Nacken, bevor sein Gesicht im nächsten Moment auf das geschwungene Glas donnerte. Es gelang ihm nicht, den Schrei zu unterdrücken. Er spürte den süßen Geschmack seines eigenen Nasenblutes.

»Fleisch!«, fauchte der Wolf. *»Sofort.«*

Das Geräusch schneller Schritte auf der Treppe hinter der geöffneten Seitentür. *Nein!,* dachte Jaroslaw in den Tiefen seines umnebelten Gehirns. *Nicht!*

In der nächsten Sekunde stand sie in der Türöffnung. Eine erstarrte, ungläubige Gestalt mit aufgerissenen Augen, als stünde sie vor einem Gespenst.

»Ihr bekommt euer Fleisch«, fiepte Jaroslaw mit heiserer Stimme. »Hört ihr? Ihr bekommt euer Fleisch!«

Die eiserne Hand stieß ihn hinunter auf die Fliesen. Seit sie erschienen war, hatte der Wolf Margita nicht aus den Augen gelassen.

»Fleisch …?«, sagte er gedehnt. »Vergiss es, Genosse. Wenn ich's recht bedenke, stürzen wir uns doch gleich aufs Dessert.«

Jaroslaw versuchte aufzustehen. Ein schwerer Stiefel traf ihn seitlich am Kiefer und schickte ihn wieder zu Boden. Margita erkannte die Übermacht an, drehte sich auf dem Absatz um und rannte los. Sie schaffte etwa die Hälfte der Treppe, ehe sich die Hand des Leitwolfs um ihren Knöchel schloss. Eine heftige Ohrfeige ließ ihren Schrei verstummen, dann wurde sie in die Hölle gezerrt.

* * *

Langsam kommt er zu sich, ein schmerzhafter Aufstieg aus der Dunkelheit. Vor sich sieht er eine Bewegung, die nach einer Weile menschliche Formen annimmt. Uniformen. Jäh ist er in der Wirklichkeit zurück. Mit dem Rücken zur Wand sitzt er auf dem Fußboden, in dem Raum, in dem er für gewöhnlich die Schlachttiere zerlegt. Zwischen zwei Uniformen sieht er Maritas geblümten Rock. Dann hört er die Stimme des Leitwolfs:

»Werft sie auf den Tisch da vorn, da hab ich den Schwanz in der richtigen Höhe.«

Jaroslaw versucht zu schreien, bringt aber keinen Laut hervor.

3

Der Junge wurde wach. Spähte in die scharfe Morgensonne, die durch das Fenster drang, vor das die Mutter für gewöhnlich einen Vorhang zog, ehe sie schlafen ging. Er grunzte und drehte sich auf den Bauch. Blieb so liegen und lauschte der Stille im Haus. Etwas war anders als sonst. Mit einem Mal wurde ihm klar, was das war. Er verspürte Hunger. Nachdem er diesem Gefühl einen Moment lang nachgegangen war, stand er auf. Öffnete die Tür zum Gang und trat auf den neuen Flickenteppich, den dicken aus Wolle, den die Mutter gewebt hatte.

Er schlurfte durch den Gang in die Küche. Leer. Auf dem Boden lag eine Spülbürste, und aus dem Hahn mit dem roten Punkt floss Wasser. Er hielt den Finger prüfend darunter. Kalt. Kehrte dem fließenden Wasser der Rücken zu und ging zum Schlafzimmer der Eltern. Auch dort war niemand. Im Wohnzimmer das gleiche Bild.

Die Tür zur Treppe stand offen. War die Mutter vielleicht unten im Laden? Manchmal half sie dem Vater beim Bedienen der Kunden.

Barfuß flitzte er die Treppe hinunter und zählte dabei wie üblich die Stufen. Dreizehn an der Zahl. Die Tür zum Laden war geschlossen, aber die andere war offen – die Tür, die in den Raum führte, den der Vater benutzte, wenn er die frisch geschlachteten Tiere von den Bauernhöfen bekam.

Er stieg über die Türschwelle. Nahm den gewohnten Geruch wahr, streng und süßlich zugleich. Er scheuchte ein paar Fliegen weg, die der Vater normalerweise mit den klebrigen Bogen einfing, die er an die Wand hängte. Und da waren die Eltern. Die Mutter lag schlafend auf dem schweren Holztisch, ganz still, wie die Tierleiber, mit denen der Vater sonst arbeitete. Der Vater befand sich halb sitzend, halb liegend auf dem Boden. Sein Hemd war blutdurchtränkt, und etwas ragte unter dem kleinen Schnurrbart aus seinem Mund heraus. Der Junge beugte sich hinunter. Dann sah er, worum es sich handelte. Er fasste nach dem einen Ende und zog, aber die Hand rutschte am Fett ab. Entschlossen packte er abermals zu und zog mit aller Kraft. Langsam löste es sich aus dem Mund des Vaters, und dann hielt der Junge es zwischen den Fingern:

Ein kräftiger Hühnerschenkel.

4

Oslo
Juni 2017

War sie es, die seine Träume einfing? Kehrten diese surrealistischen Szenen, von denen er seit dem Mord an Frida und Anine jede Nacht verfolgt wurde, ihretwegen nicht mehr zurück?

Bogart Bull lag auf dem Rücken und lauschte ihren Atemzügen. Ruhig und gleichmäßig wie ein unendlicher Strom tiefer Seufzer. Christine Sand, diese außergewöhnliche Frau, deren Weg sich vor gut einem Jahr aufgrund tragischer Umstände in Nordirland mit dem seinen gekreuzt hatte.

Beim Begräbnis ihrer Eltern – den Opfern der Tragödie – waren sie sich wieder begegnet. Bull war sozusagen direkt aus Belfast in die Kirche gekommen, und nach der Beisetzung war er in der langen Reihe von Trauergästen, die ihr Mitgefühl ausdrücken wollten, stehen geblieben. Als er endlich an die Reihe kam, umarmte sie ihn fest und lange, ehe sie ihm die magischen Worte ins Ohr flüsterte:

Ich habe an dich gedacht. Sehr viel.

Von diesem Moment an war er verloren. Und reichlich verwundert. Wie groß war die Chance, dass eine junge, hübsche und intelligente Karrierefrau wie Christine Sand sich in einen desillusionierten, introvertierten und höchst gewöhnlichen Polizisten verlieben konnte? Noch dazu von der Sorte, die fünfzehn Jahre älter war als sie. Vielleicht barg der Altersunterschied tatsächlich nichts, was Schlagzeilen hervorrufen würde, aber ansonsten passte doch auch nichts …

Jedenfalls dachte er das. Sie hingegen anscheinend nicht.

Zu Beginn hatte ihn der Verdacht beschlichen, eine Art übertriebenes Bedürfnis, ihn zu beschützen, könne dem Ganzen zugrunde liegen. Halb Norwegen wusste ja von dem Mord an Bulls Frau und Tochter vor vier Jahren. In einem seltenen Augenblick von Offenheit hatte er sie gefragt, nicht nach dem Drang, sich um ihn zu kümmern, sondern danach, was eine Frau wie sie in einem wie ihm wohl sah. Sie hatte aufrichtig erstaunt gewirkt über die Frage, dann ihr besonderes Lächeln aufgesetzt und erwidert:

»Weißt du das nicht, Bogart?«

»Was denn?«

»Dass die meisten Frauen nicht auf Gockel hereinfallen, die vor Selbstbewusstsein nur so strotzen? Auf diese jämmerlichen Geschöpfe, die glauben, Gottes Geschenk an die Frau zu sein? Die den Klang ihrer eigenen Stimme lieben, und die mit ihrer gesellschaftlichen Stellung und entsprechend dicken Brieftaschen angeben? Nein, Bogart. Wir wollen echte Männer. Männer, die aufräumen, ohne Standing Ovations von ihrer Umgebung zu erwarten. Männer, die Geheimnisse haben, die sie niemals mit uns teilen werden. Männer, die durch das Tal der Schatten geritten sind und dennoch fest im Sattel sitzen.«

Dann hatte sie ihn geküsst und versichert, ihn gegen keinen anderen Mann auf der ganzen Welt eintauschen zu wollen. Seitdem hatte Bull das Thema nicht mehr angeschnitten. War gleichwohl aber immer noch leicht verwundert.

Ihre Beziehung ließ sich am ehesten als ›nicht zusammenlebendes Paar‹ beschreiben. Ungeachtet dessen verbrachten sie die meisten Nächte im selben Bett, in der Regel bei ihr zu Hause in Grünerløkka, manchmal auch bei ihm in Ensjø. Die Regelung sagte ihm zu. Sie bedeutete Schluss mit der Einsamkeit, und dennoch stand für sie beide noch immer eine Hintertür offen. Er war darauf vorbereitet, dass sie entschwinden könnte. Ihn fallen lassen könnte im Austausch gegen einen ebenso »echten«, aber jüngeren Mann. Und falls das passierte, sollte der Schmerz nicht größer sein, als Bull es aushalten könnte. Nicht so, wie er es auf dem letzten Kreuzweg erlebt hatte.

Er drehte sich auf die Seite, von Angesicht zu Angesicht mit seinem neuen Leben. Ein paar wilde Strähnen blonder Haare. Sprenkel blasser Sommersprossen auf den sonnengebräunten Wangen. Der hübsch geformte Mund, der …

Sie schlug die Augen auf.

»Hallo, Sheriff«, sagte sie grinsend.

Mehr als »hallo« konnte er nicht erwidern. Wie kam es bloß, dass er nach acht Stunden traumlosen Schlafs plötzlich so außer Atem geriet?

Unter der großen Bettdecke schmiegte sie sich an ihn und legte den Kopf in seine Armbeuge. Er spürte ihren Atem auf der Brust, spürte die Haarsträhnen auf der Haut kitzeln und nahm die warme Hand auf dem Bauch wahr, der nur durch unregelmäßige Mahlzeiten daran gehindert wurde, sich so ungünstig zu entwickeln, wie es bei über 45-Jährigen ohne Sporterfahrung üblich war.

Er wurde größer, wuchs fast schmerzhaft schnell, bis seine Begeisterung ihre Hand berührte.

»Ui, na so was!«, sagte sie heiter.

Und verschwand unter der Bettdecke.

5

Die Küste entlang des Oslofjords erglühte in der späten Dämmerung. Anlässlich des längsten Tages im Jahr waren Hunderte von Feuern entzündet worden. Der Triumph der Sonne über den dunklen Norden. Zahlreiche Menschen hatten sich zu losen Gruppen um die Flammen geschart und feierten, nicht zuletzt, weil der diesjährige Johannistag auf einen Freitag fiel.

Auf einer kleinen Landzunge westlich des Osloer Zentrums hatte der Lions Club ein Feuer entfacht, das vom Vorsitzenden voller Stolz als »rekordverdächtig« bezeichnet wurde. Der Abriss der alten Pfadfinderhütte im Frühjahr war wie gerufen gekommen. Viele Kubikmeter knochentrockenen Holzes, genau richtig übereinandergestapelt, sodass das Feuer mit genügend Sauerstoff versorgt wurde.

Am Rande des festlich flammenden Mittelpunkts waren kleinere Feuer entzündet worden. Hier grillten die jüngeren Teilnehmer Würstchen und Hamburger, während die Erwachsenen an unscheinbaren Plastikbechern nippten, die alles Mögliche enthalten konnten.

Als die Zeiger der Uhr auf Mitternacht zutickten, konnte sich der prestigesüchtige Klubpräsident nicht länger bremsen. Auf unsicheren Beinen erhob er sich von seinem mitgebrachten Campingstuhl, schlug zwei leere Weinflaschen aneinander und verlangte die Aufmerksamkeit der Gäste. Zeit für ein Loblied auf das Lagerfeuer, auf die dahinterstehenden Arrangeure sowie auf den Abend an sich.

Die Ansprache geriet ein wenig schwülstig, ließ aber – außer zwischen den Zeilen – keinen Zweifel daran aufkommen, wer tatsächlich die treibende Kraft hinter dem Rekordfeuer war.

»Und gestatten Sie mir zu bezweifeln …«, schloss der Vorsitzende mit schwerer Zunge, »… zu bezweifeln, dass irgendwer im Königreich ein größeres Feuer zu bieten hat, als wir es heute Abend erleben!«

Die letzten fünf Wörter hatte er förmlich hinausgeschrien, euphorisch, und bereit den Applaus entgegenzunehmen, der, wie er wusste, kommen würde, sobald er sich wieder auf seinen Stuhl fallen ließ. Doch stattdessen sprang plötzlich die Kassenwartin des Klubs von dem Stein auf, auf dem sie gesessen hatte, und deutete auf einen Punkt in der Ferne.

»Gut möglich, dass du dich irrst, Claus!«

Der Klubvorsitzende Claus Byhring kniff verwirrt die Augen zusammen, ehe er den Blick in die entsprechende Richtung lenkte. Ganz oben auf dem Hügelkamm, mehrere Kilometer Luftlinie entfernt, brannte ein Feuer, wie es niemand je zuvor gesehen hatte. Gigantische Feuerzungen wölbten sich in den dunklen Himmel hinein, und der Qualm legte sich über das Flammenmeer wie goldener Nebel im Abendlicht. Und trotz seiner anderthalb Promille Alkohol im Blut wusste Claus Byhring, dass er – rein formal betrachtet – recht behalten würde. Denn was die Versammelten aus der Ferne betrachteten, war kein Johannisfeuer.

Sondern die Mutter aller Hausbrände.

6

Als persönliche Referentin der norwegischen Finanzministerin folgte Christine Sand den Fernsehnachrichten mit Argusaugen. Der Flachbildschirm in ihrem Wohnzimmer war daher meist eingeschaltet, auch an diesem Morgen, als Bull den Weg ins Badezimmer antrat.

Die über den Bildschirm flackernde Szene schien mit einer Handykamera gefilmt worden zu sein. Verwackelt und manchmal außer Fokus, gleichwohl überdeutlich in dem Grauen der eingefangenen Bilder. Ein großes weißes Haus, das lichterloh brannte. Gleichwohl ein stummes Inferno, da Christine den Ton ausgeschaltet hatte, um sich in aller Ruhe dem Kaffee zu widmen, nach dem beide sich sehnten. Bull nahm die Fernbedienung vom Wohnzimmertisch und hörte die letzten Worte der Reportage:

»*… laut Informationen des NRK wurde das Haus durch das Feuer bis auf die Grundmauern zerstört. Es sollen sich Personen im Haus aufgehalten haben, momentan liegen aber noch keine bestätigten Angaben über Verletzte oder Tote vor.*«

Nach einem harten Schnitt zeigte die Kamera den Nachrichtensprecher, der einen weiteren Beitrag ankündigte. Bull schaltete den Ton aus und umging anzuhören, was die für Umweltschutz zuständige Stadträtin Nguyen Berg zu diesem oder jenem anzumerken hatte.

Mit der Fernbedienung in der rechten Hand blieb Bull regungslos vor dem Fernseher stehen, während in seinem Inneren die Bilder zurückgespult wurden, die er eben gesehen hatte. Etwas mit dem Feuer. Hatte er am oberen linken Bildrand nicht einen Zipfel von Holmenkollen gesehen? Und wenn schon. Er kramte in seinen Erinnerungen, fand aber nichts.

Christines Stimme aus der Küche riss ihn aus seinen Gedanken:

»Das Ministerium verteilt jetzt Gratiskaffee an notleidende Polizeibeamte!«

Bull löschte die Bilder von seiner inneren Festplatte. Sollten sie etwas zu bedeuten haben, würde der Zusammenhang früher oder später auftauchen.

* * *

Am späten Nachmittag desselben Tages wurde ihm Hilfe bei der Lösung des Rätsels zuteil. Er hatte gerade seinen in die Jahre gekommenen Golf in der Tiefgarage in Ensjø geparkt, als das Handy klingelte. Der Name eines ihm bekannten Rechtsanwalts leuchtete ihm vom Display entgegen und gab den Bildern auf dem Fernsehbildschirm plötzlich einen Sinn. Fredrik Steffensen hatte ihm nach dem Mord an Frida und Anine beigestanden, aber gleichwohl nicht verhindern können, dass der schwerbehinderte Mörder vom König begnadigt worden war.

»Einen schönen guten Tag, Bull.«

»Hallo, Fredrik.«

So hielten sie es. Fredrik sagte »Bull«, und Bull sagte »Fredrik«.

»Sie ahnen vielleicht, weswegen ich anrufe?«, fragte der Rechtsanwalt.

»Falls ich tatsächlich eine Ahnung habe, dann erst seit höchstens zehn Sekunden. Aber es war das Torp-Haus, das letzte Nacht abgebrannt ist, nicht wahr?«

»Stimmt genau.«

Richard Torp. Sohn stinkreicher Eltern, den Bull 2009 schließlich hinter Schloss und Riegel gebracht hatte, nachdem der Jüngling drei ausgesucht brutale Vergewaltigungen begangen hatte. Als der selbstmordgefährdete Torp nach vier Jahren als unfreiwillige Knasthure den Mauern der Haftanstalt entkommen war, hatte er den ultimativen Racheplan geschmiedet: ein gewollter Frontalcrash bei hoher Geschwindigkeit. Wie durch ein Wunder hatte Torp überlebt. Die beiden, die in dem anderen Wagen saßen, hatten weniger Glück. Bogart Bulls Frau und Anine, ihre zwölfjährige gemeinsame Tochter.

Ein paar Monate nach den Morden war Bull zum Holmenkollen hinaufgefahren, wo sich das Haus befand, in dem Torp und seine Eltern einst gelebt hatten. War an dem hohen, schwarz gestrichenen Lattenzaun entlangspaziert, der das riesige Grundstück umgab. Hatte das gediegene Herrenhaus betrachtet, den parkähnlichen Garten, den Pavillon und die Schieferterrasse, hinter der eine Ecke des Schwimmbeckens hervorlugte.

Er wusste nicht, weswegen er diese Fahrt unternommen hatte. Vielleicht suchte er nach einer Art Verständnis, einer Erklärung dafür, warum ein Mensch, der in solchen Verhältnissen groß geworden war, derart destruktiv werden konnte. Völlig sinnlos, wie er im Nachhinein konstatiert hatte. Reichtum sorgte nicht automatisch für geistiges Wohl, genauso wenig wie Armut die Menschen zu bösen Taten antrieb.

Bull wusste nur, dass er einmal an dem Haus gewesen war, ohne dass es ihm weitergeholfen hätte.

Und nun war das Haus also bis auf die Grundmauern abgebrannt, dieses Haus, in dem Torp seit zwei Jahren lebte, weil seine massive Behinderung einen normalen Strafvollzug unmöglich gemacht hatte. Die sich daraus ableitende Frage war unausweichlich, und Bull schämte sich nicht, das Schlimmste zu hoffen.

»Was ist mit Richard Torp?«, fragte er.

Der Anwalt am anderen Ende der Leitung räusperte sich.

»Nun …« setzte er an. »Alles deutet darauf hin, dass Torp

im Haus war, als es in Flammen aufging. Bedauernswert ist eigentlich nur, dass sich auch eine seiner Krankenschwestern dort aufhielt. Sie kam von einem privaten Pflegedienst und gilt als vermisst.«

Bull sagte nichts, und Steffensen fuhr fort.

»Die Techniker von der Feuerwehr sind dort schon den ganzen Tag zugange. Noch geben sie keine Einzelheiten preis, wollen aber wohl im Laufe des morgigen Tages mit konkreten Informationen an die Öffentlichkeit gehen. Aber mal ganz unter uns: Wenn nicht mal eine gesunde und agile Krankenschwester den Flammen entkommen konnte, besteht wohl kaum ein Zweifel, dass unseren Rollstuhlfahrer Torp das gleiche Schicksal ereilt hat. Ich melde mich wieder, wenn ich mehr weiß.«

»Gut. Dann warte ich auf Ihren Anruf«, sagte Bull und beeilte sich, die Verbindung zu unterbrechen.

Von dem akuten Bedürfnis getrieben, sich setzen zu müssen, öffnete er die Autotür und nahm hinter dem Lenkrad Platz. Blieb auf dem durchgesessenen Sitz hocken und verspürte Erleichterung. Richard Torp war tot. Von der Erdoberfläche verschwunden. Ausradiert. Bull hingegen lebte, und das tat auch Christine Sand.

Der Gedanke überwältigte ihn in bisher unbekanntem Maße. Erst jetzt begann es. Das neue Leben.

Es dauerte einen ganzen Tag, bis die endgültige Bestätigung kam. Nach einem kurzen Blick in den Kühlschrank hatten Christine und Bogart beschlossen, das Sonntagsessen in das kleine Sushi-Restaurant unten an der Ecke zu verlegen.

Sie hatte hart daran gearbeitet, seine Ernährungsgewohnheiten zu ändern. Nur Kaffee zum Frühstück war durch Biomüsli mit Beeren, Joghurt plus Kaffee ersetzt worden. Schweinekoteletts hatten Fisch, Geflügel, Salat und Vollkornreis weichen müssen. Jetzt saßen sie an ihrem Stammtisch ganz hinten im Lokal, sie mit Sashimi auf dem Teller, er mit einer Kombination aus Nigiri und Maki. Christine zerkaute nachdenklich ein dünnes Scheibchen Ingwer und betrachtete dabei Bogart, der bemüht war, die Essstäbchen in die richtige Position zu bringen.

»Wollte er dich nicht anrufen?«

»Hat er gesagt.«

»Hast du den Ton eingeschaltet?«

Bull nickte. Kaum hatte er die Bewegung vollführt, klingelte das Handy auch schon in der Jackentasche. Er warf einen Blick auf das Display, erhob sich und nickte Christine vieldeutig zu.

»Hallo, Fredrik«, sagte er, während er aus der Tür nach draußen trat.

»Guten Abend, Bull. Störe ich?«

»Das tun Sie nur selten – und momentan keineswegs.«

»Tja, ich kann also bestätigen, dass wir im Gerichtssaal des Schicksals einen vollen Sieg errungen haben. Langer Rede kurzer Sinn: Nachdem ein Nachbar angerufen hatte, kam die Feuerwehr erst verspätet an. Offensichtlich hatten die am Johannistag so einiges zu tun. Daher war dann also auch nicht mehr viel übrig, was vor den Flammen gerettet werden konnte. Jedenfalls haben sie Metallreste von Torps Rollstuhl gefunden sowie etwas anderes, das jeden Zweifel ein für alle Mal ausräumt. Denn das Einzige, das sich trotz der massiven Hitze nicht so schnell zerstören lässt, sind die Zähne. Torps Zahnarzt konnte heute bestätigen, dass die odontologischen Funde mit Torps Krankenjournal übereinstimmen.«

Obwohl er mental darauf vorbereitet war, konnte Bull das endgültige Urteil über den Mörder Richard Torp nicht so leicht verdauen.

»Da gibt es noch etwas, das Sie wissen sollten«, fuhr der

Rechtsanwalt fort. »Die Techniker sind zu dem Schluss gekommen, dass es sich um Brandstiftung handelt. Übrigens mit der einfachsten Methode – ein paar Liter Benzin und ein Streichholz. Von einem alten Freund und Kommilitonen, der bei der Osloer Polizei arbeitet, habe ich außerdem erfahren, dass in Torps Briefkasten ein milde ausgedrückt sensationeller Fund gemacht wurde.

»Fund?«, fragte Bull und spürte den Ermittler in sich erwachen.

»Ein Brief. Unfrankiert. Torps Name auf dem Umschlag, mit einer Etikettenmaschine geschrieben. Übrigens dieselbe Maschine, mit der auch die kurze Nachricht auf dem Bogen im Inneren des Umschlags verfasst wurde.«

»Und wie lautet diese Nachricht?«

Steffensen räusperte sich gründlich.

»Acht Wörter und ein Ausrufezeichen: *Das war für sie, du Abschaum der Hölle!*«

Wortlos verarbeitete Bull die Meldung in seinem Kopf.

»Was fällt Ihnen als Erstes dazu ein?«, fragte Steffensen.

»Dass Torp drei junge Mädchen vergewaltigt und misshandelt hat, bevor wir ihn schnappen konnten.«

»Und vielleicht auch, dass sich ›sie‹ genauso gut auf nur zwei Personen beziehen kann?«

Der Rechtsanwalt hatte recht. Niemand hatte ein stärkeres Motiv für die Brandstiftung als Bull selbst. Zum Glück gab es aber auch eine überaus glaubwürdige Zeugin, die bestätigen konnte, dass er sich in einem Bett in Grünerløkka befunden hatte, als das Feuer ausbrach.

Er warf einen Blick durch die Glastür, hinter der Christine Sand gerade noch zu erkennen war.

7

Prag, Tschechoslowakei
1968

Sie hieß Hana Pilarová, war sechsundsiebzig Jahre alt und unter dem Kosenamen »Engel der Jungmannova« bekannt. Nach fast vierzig Jahren als Krankenschwester und Hebamme am Bulovka-Hospital hatte die Krankheit sie in die Reihen der Pensionisten gezwungen, und da das Gelenkrheuma sie daran hinderte, zu stricken, hatte sie sich ein anderes Hobby zugelegt.

Sie half denen, die Hilfe benötigten. Die guten Taten trugen viele Namen: Babysitterin, Gesellschafterin, Hundeausführerin, Botin, Waschfrau, Kuchenbäckerin und natürlich – Samariterin für Pflegebedürftige, egal, ob es sich dabei um einen banalen Beinbruch handelte oder um Beistand für alte Menschen, die sich dem Ende des Lebens näherten.

In diesen chaotischen Zeiten war sie mehr beschäftigt als je zuvor. Die täglichen Zusammenstöße zwischen den Demonstranten und der Besatzungsmacht brachten sowohl plötzliche Todesfälle als auch leichtere Schäden mit sich, und in der letztgenannten Kategorie konnte Hana Pilarová etwas ausrichten. An diesem Donnerstagmorgen war sie von einer Mutter aus dem jüdischen Viertel angerufen worden, die mit dünner Stimme um Hilfe bat. Ihr zwanzigjähriger Sohn hatte sich Brandverletzungen an der rechten Hand und am Unterarm zugezogen, nachdem ein Molotow-Cocktail schneller explodiert war, als der Junge vorausberechnet hatte. Hana war gerade im Gehen begriffen, als es an ihrer Tür klingelte.

Draußen stand der Sohn von Laita, dem Schlachter, der

ganz in der Nähe seinen Laden betrieb. Der Junge war barfuß und trug einen Schlafanzug, der etwa die gleiche hellblaue Farbe aufwies wie die intensiv blickenden Augen unter der blonden Mähne.

»Nein, aber Filip!«, rief Hana erstaunt. »Läufst du hier draußen im Schlafanzug herum?«

»Vater ist tot, und Mutter schläft«, sagte der Junge. »Ich kann sie nicht aufwecken.«

Niemals sollte Hana Pilarová diesen Augenblick vergessen. Die Bedeutung seiner Worte war eine Sache. Die andere war die Art, wie sie vorgebracht worden waren. Ruhig, fast sachlich, als ob er ihr mitteilen wollte, dass das vorbestellte Schweinemett zur Abholung bereit sei. Viel später, als alles vorbei war, sollte sie noch viel an Filip denken.

Wie etwa an den kühlen Herbsttag 1960, an dem er zur Welt gekommen war. Hana hatte die Morgenschicht auf der Geburtsstation und war überrascht, wie schnell die Geburt verlief. Als die Presswehen einsetzten, schrie Margita Laita herzzerreißend und rief höhere Mächte um Gnade an. Zwanzig Minuten später war das Kind da. Nachdem die Nabelschnur durchschnitten war, trug Hana den Knaben fort von der erschöpften Mutter und legte ihn auf einen Wickeltisch. Da bemerkte sie es. Anders als die vielen Neugeborenen, die Hana in ihrer Zeit im Krankenhaus gewaschen und gewickelt hatte, blickte dieser Junge sie unmittelbar an. Kalt und blassblau wie Schnee im Mondschein leuchteten ihr die weit aufgerissenen Augen entgegen.

Später war ihr aufgefallen, dass sie den Nachbarjungen nie hatte weinen sehen. Sogar dann nicht, als sie ihm sagen musste, dass auch seine Mutter gestorben war.

Es kam mir ein wenig ungelegen, dass sie tot war. Mutter war immer dagewesen. Erst viele Jahre später erfuhr ich, dass sie erst misshandelt und vergewaltigt und danach erdrosselt worden war. Wenn irgendetwas mit dem Tode bestraft werden sollte, dann diese Art von Verbrechen. Es hätte mir nicht einmal widerstrebt, das Todesurteil eigenhändig zu vollstrecken, doch wo hätte ich anfangen sollen? Zu jener Zeit befanden sich tausende russischer Soldaten in Prag. Sogar heute, fünfzig Jahre später, geschieht es, dass ich den Mördern meiner Mutter im Schlaf begegne. Ich träume, dass ich sie an jenen Haken aufhänge, unter denen ich Mutter fand, und ihnen das abtrenne, womit sie sie besudelt haben. Dass ich in die Weichteile ihrer haarigen Körper hineinschneide. Sie stoßen gellende Schreie aus, zappeln herum wie die Schweine, die sie selbst gewesen sind, während das Blut die Rinne entlangläuft, die am Abfluss in der Ecke endet. Doch was nutzt es? Wenn ich erwache, verspüre ich nur denselben Rachdurst, mit dem ich eingeschlafen bin. Die tragische Gewissheit, dass sie entkommen sind. Dieses Schicksal muss ich bis an das Ende meiner Tage tragen. Ich habe eine Fotografie von Mutter, aufgenommen in Smolenice, als sie noch jung war. Schwarzweiß. Sie sitzt auf dem Rand eines Brunnens, vermutlich auf dem städtischen Marktplatz. Sie lächelt, wenngleich nicht in die Kamera. Sie trägt ein helles Kleid mit kleinem Blumenmuster. Ihre Hand spielt mit einer Haarlocke auf der linken Seite des Gesichts. Eine Taube erhebt sich gerade von der anderen Seite des Brunnens. Das Foto ist schön, wird aber von einem Schatten auf dem Pflaster vor ihr gestört. Der Fotograf war anscheinend so ungeschickt, sich mit dem Rücken vor die Sonne zu stellen. Es würde mich nicht wundern, wenn es Vater war. Ein Perfektionist war er jedenfalls nicht gerade. Diese Eigenschaft habe ich von ihr geerbt. Vielleicht liegt es an der Fotografie, dass ich sie so im Gedächtnis habe. In Schwarzweiß.

8

Oslo
Juni 2017

Da trat Petrus zu ihm und sprach: »Herr, wie oft muss ich denn meinem Bruder, der an mir sündigt, vergeben? Ist's genug siebenmal?«

Jesus sprach zu ihm: »Ich sage dir: Nicht siebenmal, sondern siebzigmal siebenmal.«

Die Stimme des Pastors klang laut und mahnend durch die kleine Kapelle mit dem gewölbten Dach auf dem Friedhof Vestre Gravlund. Laut Matthäus-Evangelium sollte Richard Torp also 490 Mal vergeben werden.

Keine dieser Absolutionen würde von Bogart Bull kommen.

Er saß auf der Bank in der hintersten Reihe, den Blick fest auf das Altarbild hinter dem Rücken des Pastors gerichtet, wo Engel über zwei kleine Kinder wachten. Zur Beisetzung waren noch fünf andere Personen erschienen. Auf der vorderen Kirchenbank links saßen drei Frauen und ein Mann. Sogar von hinten glaubte Bull, Richard Torps Rechtsanwalt zu erkennen, einen verkniffenen und leidenschaftslosen Typen, dessen Namen er vergessen hatte. Die drei Frauen waren vielleicht entfernte Verwandte oder Freundinnen aus der Zeit, bevor Torp wegen Vergewaltigung verhaftet worden war.

Auf der Bank vor Bull saß eine vierte Frau. Allein. Trotz der Jahreszeit trug sie ein ockerfarbenes Kopftuch, der Kragen ihres Popelinmantels war aufgestellt, die Augen lagen hinter einer großen Sonnenbrille verborgen. Genau die Art von gewollter Anonymität, die allen sogleich auffällt.

Als ob der Pastor sich direkt an Bull wandte, zitierte er aus dem ersten Brief des Johannes: *Wer aber seinen Bruder hasst, der ist in der Finsternis und wandelt in der Finsternis und weiß nicht, wo er hingeht; denn die Finsternis hat seine Augen verblendet.*

Bull musste den Drang bekämpfen, sich zu erheben und das Gotteshaus zu verlassen. Der christliche Glaube, der enorme Leiden und vielfachen Tod verursacht hatte, ermahnte ihn also, dem Mann zu vergeben, der Frida und Anine getötet hatte. Und weigerte er sich, werde er in ewiger Finsternis umherwandeln, eine verlorene Seele, fern von allem, was an Frieden erinnern kann.

Wo war der Imperativ des guten Alten Testaments abgeblieben? *Auge um Auge, Zahn um Zahn.*

Schließlich nahm die Farce ein Ende. Aus der Lautsprecheranlage klang Robbie Robertsons »Fallen Angel«.

All the tears, all the rage
All the blues in the night
If my eyes could see you
kneeling in the silver light

Bull scherte sich nicht um die Etikette und verließ die Kapelle als Erster. Der Himmel war grau, eine Art Kompromiss zwischen der Finsternis, von der der Pastor gesprochen hatte, und dem Sommertag, der die Menschen tatsächlich umgab. Bull hatte gerade ein paar Meter auf dem asphaltierten Weg zurückgelegt, als er hinter sich Schritte hörte. Eine dünne Stimme:

»Verzeihung?«

Er blieb stehen und drehte sich um. Die Frau mit dem ockerfarbenen Kopftuch und der Sonnenbrille. Sie trat neben ihn, eine magere Hand nahm die Brille ab, unter der rot geränderte Augen zum Vorschein kamen.

»Sie sind doch Bogart Bull?«, fragte die Frau kurzatmig.

»Stimmt.«

»Ich kann mich vom Prozess her an Sie erinnern. Mein Name ist Birgitte Hammer – Lydias Mutter.«

Es war fast zehn Jahre her, doch Bull hatte Lydia Hammer noch im Gedächtnis. Das letzte von Richard Torps Vergewaltigungsopfern. Mit Mühe und Not hatte sie die Misshandlungen überlebt. Ein siebzehnjähriges Mädchen, das ein halbes Jahr später in den Gerichtssaal gerollt werden musste, in dem Torp sein Urteil von sechs Jahren Gefängnis entgegennahm.

Bull fiel auf die Schnelle nichts Passendes ein, daher begnügte er sich mit einem Nicken, woraus zu lesen war, dass der Name ihm etwas sagte.

»Ich wollte bloß ...«, setzte sie an.

Ihre Stimme versagte, sie brach in Tränen aus. Ratlos verharrte Bull. Eine tröstende Umarmung kam ihm unpassend vor. Keinen Finger zu rühren, erschien ihm kalt und herzlos. Er legte ihr eine Hand auf die Schulter und drückte behutsam zu.

»Wie geht es ihr denn?«

Birgitte Hammer fasste sich wieder.

»Nicht so gut«, schluchzte sie leise. »Körperlich ist sie wieder einigermaßen beisammen, aber sie ist eine andere. Eine andere als die, die sie war, bevor ... es passierte. Die Wunden am Körper sind verheilt, aber ihre Seele blutet weiterhin. Es stimmt nicht, was immer alle sagen, dass die Zeit alle Wunden heilt.«

Nein, dachte Bull. Bestenfalls ließ der Schmerz mit den Jahren nach. Wurde periodisch, wie ein Virus, das dauerhaft im Körper lebte, aber nur dann und wann wieder aufblühte.

»Lydia war so kontaktfreudig, so fröhlich«, fuhr Birgitte Hammer fort. »Jetzt nimmt sie Antidepressiva und schafft es kaum, am hellichten Tag allein vor die Tür zu gehen. Und gleichzeitig fürchtet sie sich davor, allein zu sein, was bedeutet, dass ich immer bei ihr sein muss.«

Sie zog ein Päckchen Zigaretten aus der Manteltasche. Musste viermal das kleine Rädchen des Einwegfeuerzeugs drehen, bevor sie sich Feuer geben konnte. Zwei, drei tiefe Züge, ehe sie mit einer Stimme zu reden fortfuhr, aus der nur Verachtung zu hören war.

»Mir wurde schlecht, als ich den Pastor von Vergebung reden hörte. Vergebung ist bloß ein schönes Wort, das leicht von Menschen in den Mund genommen wird, deren Leben nicht von Abschaum wie Richard Torp zerstört wurde.«

Bull nickte, verzichtete aber darauf, seine Zustimmung auszudrücken.

»Manchmal träume ich …«, sagte sie und hielt einen Moment lang inne, »… träume ich, dass Lydia fort ist … tot. Dass ich ihr Grab besuche. Und wenn ich dann wach werde und die Realität vor Augen habe, dann kommt mir die Trauer … *schlimmer* vor als im Traum. Dann schäme ich mich zu allem Überfluss.«

Ein leichter Regen trieb über den Friedhof. Vielleicht wäre es der richtige Moment gewesen, sie zu fragen, ob sie in einem der Cafés im Frognerpark etwas mit ihm trinken wolle. Eine halbe Stunde mit der armen Frau zusammenzusitzen, die ganz allein zu der Beisetzung gekommen war. Die vielleicht tatsächlich ganz *allein* war, mit einer anderen Tochter als der, die sie siebzehn Jahre lang gekannt hatte. Aber Bull vermochte es nicht. Nach der Vorstellung in der Kapelle fühlte er sich innerlich leer. Völlig erschöpft. Und mit einer Trauer, einer Verbitterung konfrontiert, die nicht die seine war. Er hatte mit seiner eigenen zu kämpfen. Bull murmelte etwas von einem Problem bei der Arbeit und wirkte mit einem Mal sehr schuldbewusst.

Sie reichten einander die Hände zum Abschied.

»Wissen Sie was?«, sagte sie.

Er wusste es nicht.

»Ich bin sehr froh, dass er tot ist.«

Dann drehte sie sich um und ging weg. Erst später fiel ihm auf, dass sie kein einziges Wort über Frida und Anine verloren hatte. Vielleicht las sie ja keine Zeitungen. Oder vielleicht war die Nachricht auch in ihrer eigenen Verzweiflung untergegangen.

9

Prag – Paris
1968

Der Junge blieb bis nach dem Begräbnis bei Hana Pilarová. Doch es musste eine langfristige Regelung gefunden werden. Niemand wollte Hana um eine Ausweitung ihres Engagements bitten, und auch sie selbst sprach nie von dieser Möglichkeit.

Nach sechs Wochen in einem Kinderheim am Rande der Stadt tat sich eine Lösung auf. Jaroslaw Laitas zwei Jahre ältere Schwester Viktória, die verwitwet in Paris lebte, hatte sich bereit erklärt, die Vormundschaft für den Jungen zu übernehmen. Die Vorsteherin des Kinderheims überbrachte Filip die gute Nachricht. Der Junge zuckte mit den Schultern und fragte, wann es Abendessen gebe.

Die Reise in die französische Hauptstadt barg gewisse Herausforderungen. Filip war gerade einmal acht, und die Grenze nach Deutschland konnte nur von Tschechen überquert werden, deren Papiere in Ordnung waren. Ein letztes Mal opferte sich Hana Pilarová im Dienst der guten Sache auf.

* * *

An einem Dienstagnachmittag Ende Oktober rollte der Zug in den Gare du Nord, einen der großen Pariser Bahnhöfe. Ein Schaffner half den beiden, Filips Koffer auf den Bahnsteig hinunterzuhieven, Hana trug nur eine kleine Reisetasche bei sich. Und eine Rückfahrkarte für den Nachtzug am selben Abend. Noch immer gab es in ihrer Heimatstadt viele Hilfsbedürftige.

Um sie herum wimmelte es von Menschen. Einige kehrten zu Familie und Freunden zurück, andere suchten das Glück, ein paar waren auf der Flucht, und wieder andere wollten bloß weiter. Umarmungen, Händeschütteln, aufgeregte Stimmen, Gelächter und Freudentränen. Irgendwo in diesem Chaos sollte sich Viktória Mandaroux befinden. Nach einer Weile schrumpfte die Menschenmenge, und Hana spähte in die leerer werdende Bahnhofshalle. Keine Viktória. Schließlich blieben nur sie und der Junge übrig. Der Bahnsteig gegenüber füllte sich langsam mit neuen Menschen. Eine metallische Stimme aus dem Lautsprecher kündigte die Ankunft eines Zuges auf Französisch an, wobei Hana nicht mehr als *arrivée* verstand. Als der Lautsprecher verstummte, hörte sie jemanden rufen:

»Mademoiselle Pilarová!«

Von der Ankunftshalle kam eine Gestalt mit wiegenden Hüften auf sie zugelaufen, in jener kuriosen Gangart, in die Frauen mitunter gezwungen werden, wenn die Länge des Rocks die der Schritte begrenzt und die Absätze dünn wie Bleistifte sind. Ein lautstarkes Bedauern ob der Verspätung wurde auf fünf Meter Abstand geäußert, und dann stand sie da. Hana bekam einen Kuss auf jede Wange, gefolgt von einer weiteren Entschuldigung, bevor Viktória den Blick auf Filip richtete und in die Hände klatschte, als hätte sie gerade ein Geschenk ausgepackt, das ihr die Sprache verschlug.

»Filip! *Endlich.*«

Sie beugte sich hinunter und überschüttete den Jungen mit Küssen, drückte ihn in einer engen Umarmung an sich und flüsterte ihm etwas ins Ohr, das Hana verborgen blieb. Die alte Frau wusste, dass Filip seiner Tante zuvor nur ein einziges Mal begegnet war. Sofern hier überhaupt von Begegnung die Rede sein konnte. Denn Filip war damals zwei Jahre alt gewesen. Für ihn war Viktória eine Fremde, und Achtjährige werden nun einmal verlegen, wenn sie von Fremden geherzt und gekost werden.

Nicht allerdings Filip, dachte Hana.

Der Junge wirkte nicht im mindesten verlegen. Sah aber andererseits auch nicht besonders glücklich aus.

Er verhielt sich in etwa so wie an jenem seltsamen Morgen, als er an Hana Pilarovás Tür geklingelt hatte.

Die acht Jahre, die ich bei Viktória Mandaroux in Paris verbrachte, erscheinen mir im Rückblick als ereignislos, ja geradezu vergeudet. Abgesehen vielleicht von den Büchern und zwei anderen Ereignissen, auf die ich noch zurückkomme. Jetzt sitze ich mit dem Time Magazine *und einem Glas Tommasi Amarone auf dem Flughafen in Bangkok. Ich liebe diesen Wein. Eine tiefe rubinrote Farbe, ein komplexer reichhaltiger Geschmack, der an Kirschen und Pflaumen erinnert. Nektar der Götter, wie es jemand im* Wine Spectator *ausdrückte. In einer guten Stunde geht mein Flug nach Amsterdam. Die letzte Tour nach Europa. Noch sechs Aufträge, und ich ziehe einen Schlussstrich. Das ist es, was die meisten meiner »Kollegen« nicht begreifen: Dass man aufhören muss, solange das Spiel gut läuft und die Verfolger noch weiter im Dunkeln tappen. Am Ende werden 49 Opfer auf meiner Liste stehen, übrigens genauso viele wie die des legendären Boxers Rocky Marciano. Auch ihn konnte niemand erwischen. In der VIP-Lounge um mich herum sitzen Männer, die mein Spiegelbild sein könnten. Distinguierte Herren in den Fünfzigern, gepflegte Erscheinungen in eleganter Kleidung mit kostbaren Armbanduhren und Aktentaschen aus exklusivem Leder. Mitunter streift mich einer ihrer Blicke. Dann sehen sie einen Mann, der Chef eines internationalen Konsortiums sein könnte oder Anteilseigner eines lukrativen Hedgefonds. Sie sehen die Quintessenz meiner Tätigkeit: als jemand zu erscheinen, der ich nicht bin. Der Reisepass in meiner Aktentasche ist einer von vielen, die ich besitze. Jeder natürlich mit einer anderen Identität. Nennen Sie mich doch einfach Rezník. Ein Name so gut wie jeder andere.*

10

Oslo
September 2017

Von Kopf bis Fuß in Schwarz, bis auf eine graue Bluse unter der Kostümjacke, war Kripochefin Eva Heiberg wie für eine Beerdigung gekleidet. Vielleicht verhielt es sich tatsächlich so, dachte Bull. Es war kurz nach neun, und die meisten Bestattungen fanden vormittags statt.

Vor den Fenstern des Kripogebäudes in der Brynsallé verdampften die Reste des Sommers in einem Regenwetter, das laut Vorhersage mindestens zwei Tage anhalten sollte. Ein ebenfalls schwarzer Regenschirm stand zum Trocknen aufgespannt neben Heibergs Garderobenständer.

»Gut sehen Sie aus, Bogart«, sagte sie.

Sie leitete ihre Unterhaltungen unter vier Augen häufig mit derartigen Komplimenten ein, als ob sie fürchtete, dass er eines schönen Tages mit Portweinnase und glänzenden Augen in ihrem Büro auftauchen könnte.

»Danke – mir geht's auch ganz gut.«

Ein verschlagenes, aber freundliches Lächeln von der Chefin. Die Regenbogenpresse hatte natürlich längst Wind bekommen von der Verbindung zwischen dem erfahrensten Mordermittler des Landes und der persönlichen Referentin der Finanzministerin.

»Amsterdam«, sagte Heiberg.

Die Notwendigkeit einer Mordermittlung auf ein einziges Wort heruntergebrochen.

»Waren Sie da schon mal?«

Bull schüttelte den Kopf. Einer der wenigen Vorteile als

Norwegens Vertreter in der reisenden Ermittlergruppe von Europol: Man bekam Orte und Städte zu sehen, die ansonsten weiße Flecken auf der persönlichen Landkarte geblieben wären.

»Linda Varhaug, neunzehn Jahre alt, Austauschstudentin«, fuhr Heiberg fort. »Stammt ursprünglich aus Stavanger, zog aber 2013 nach Oslo. Sie wurde Samstagvormittag im Amsterdamse Bos gefunden, einem großen Park außerhalb der Stadt.«

Die meisten Ermittler würden den Mord an einem jungen Mädchen automatisch mit Themen wie Vergewaltigung, Streit unter Geliebten, Eifersucht und Ehrenmord in Verbindung bringen. Was Linda Varhaug betraf, fiel Letzteres vermutlich weg.

Bull fragte nach.

»Die Sache unterscheidet sich etwas von den üblichen«, sagte Heiberg. »Nichts deutet darauf hin, dass das Opfer sexuell missbraucht wurde. Und die Mordmethode ist etwas bizarr. Die Kleine wurde nämlich mit einer ... Bolzenschusspistole ins Jenseits befördert.«

Heibergs Worte riefen Bull eine Filmszene in Erinnerung. Der spanische Schauspieler Javier Bardem in einem Film der Coen-Brüder. *No Country for Old Men.* Vierzehn Tage nachdem sie den Film angeschaut hatten, hatte Frida ihm anvertraut, dass Bardems Filmfigur ihr noch immer ein Frösteln verursachte. Die meisten Menschen würden mit Verwunderung und Abscheu auf eine derartige Mordwaffe reagieren. Erdrosselt? Schlimm. Erschlagen? Schrecklich. Erschossen? Tja, so was passiert ja ständig. Aber eine Bolzenschusspistole? Wer in Gottes Namen tötete ein junges Mädchen mit einer Bolzenschusspistole?

Aber genau diese Frage reizte Bogart Bull. Weil sie herausfordernd war. Weil es bedeutete, dass sie am Tatort keine DNA-Spuren eines verschmähten Liebhabers finden würden.

Bitte einen Bauunternehmer, dir eine Garage zu bauen, und er nickt höflich. Bitte ihn, eine Kirche zu bauen, und du machst seinen Tag zu etwas Besonderem.

»Wann können Sie aufbrechen?«, fragte Heiberg.

»So rasch wie möglich«, erwiderte er.

Bei weitem nicht alles ist Kunst, doch lässt sich Kunst in allem finden. Ich habe nie verstanden, wieso man immer wieder dieselbe langweilige Methode anwendet. Ich selbst habe Menschen auf höchst raffinierte Weise ums Leben gebracht. Wie etwa auf Zypern, wo ich eine Dame aus der englischen Oberklasse dazu brachte, sich selbst umzubringen, weil ihr die Alternative viel schlimmer erschien. In solchen Augenblicken fühlt man sich als Visionär. Als einer, der fähig ist, Grenzen zu sprengen. Ein Mozart oder ein Picasso des Todes. Was diese junge Dame angeht, musste ich mich etwas zusammenreißen. Alter und Geschlecht verlangten, dass es schnell und schmerzlos gehen sollte, doch ohne dabei in Trivialität abzugleiten. Wie die meisten Menschen war sie ein Gewohnheitstier. Jeden Samstagmorgen, wenn die Universität sie aus ihren Klauen entließ, begab sie sich in diesen Park. Und immer an denselben Ort, eine Bank an einer offenen Stelle am Ufer des breiten Kanals. Manchmal hatte sie ein Buch bei sich, manchmal die aktuelle Ausgabe von de Volkskrant*. An diesem Samstag konnte ich aus ein paar Metern Entfernung sogar den Titel des Buchs ausmachen. Es war Roberto Bolaños Meisterwerk* 2666*. Auch er ein wahrhafter Grenzgänger, dieser Bolaño. Ich stand schon am Ufer des Kanals, als sie kam. Sie reagierte nicht im mindesten auf mich, weshalb sollte sie auch? Der Anblick eines in die Jahre gekommenen Mannes mit Angelrute und Angeltasche über der Schulter regt nicht dazu an, jemanden in Alarmbereitschaft zu versetzen. Ich stand nur etwa vier oder fünf Meter von der Bank entfernt und grüßte freundlich, als sie sich hinsetzte. Mit einem schüchternen Lächeln winkte sie mir zu. Bescheiden und süß auf eine etwas altmodische Art. Ich mag solche wie sie. Einige Minuten vergingen in Stille. Mein Schwimmer lag ruhig auf dem glänzenden Wasser. Der Haken hatte keinen Köder. Zu meinen Füßen stand ein Plastikeimer. »Was für ein herrlicher Tag«, sagte ich laut, während ich zu* *der Bank hinübersah. Man muss ja keine Grenzen sprengen, um ein Gespräch zu beginnen. »Wunderbar«, entgegnete sie mit einem Lächeln. »Schon was gefangen?« Wahrheitsgemäß erwiderte ich, dass ich drei oder vier Fische in meinem Eimer hätte, unterließ allerdings zu erwähnen, dass ich sie tags zuvor in einem Zoogeschäft gekauft hatte. »Darf ich mal sehen?«, fragte sie. Manchmal machen sie es mir wirklich leicht. »Aber sicher«, sagte ich. Sie stopfte die eine Seite des Schutzumschlags als Lesezeichen in ihr Buch, erhob sich und kam über das leuchtend grüne Gras zu mir. Als sie sich über den Eimer beugte, zog ich mein neues Werkzeug aus der Angeltasche.*

11

Amsterdam
September 2017

Zwei Stunden in einem Metallzylinder zehntausend Meter über dem Boden eröffnet Raum für Reflexionen.

Bogart Bull wunderte sich beispielsweise darüber, dass er zwar keine Angst vorm Fliegen hatte, aber an einer weit fortgeschrittenen Form von Höhenangst litt. Oder er konnte die Pappschale auf dem Klapptisch vor sich betrachten und abwägen, ob es gesundheitsschädlich wäre, diese trockenen grauweißen Bissen zu essen, bei denen es sich laut Fluggesellschaft um Geflügelsalat handelte.

Der Bonuspunkt des Tages bestand darin, dass er die ganze Sitzreihe für sich allein hatte. Er schob das unberührte Essen hinüber zum Nebensitz, fischte sein iPad aus der Tasche und las sich noch einmal die einzelnen Punkte in Eva Heibergs Notizen durch. Personalien des Opfers, mutmaßlicher Todeszeitpunkt, vorläufige Einschätzung der Rechtsmediziner.

Bolzenschusspistole.

Was konnte einen Täter kennzeichnen, der solch aparte Waffen benutzte? Ein Handwerker, der leichteren Zugriff zu dieser Art Werkzeug hatte als zu Pistole oder Revolver? Ein Veterinär, der manchmal große Tiere wie Pferde oder Kühe töten musste? Eine verwirrte Person, die sich von Javier Bardem in diesem verdammten Film hatte inspirieren lassen? Es war sinnlos zu raten. Die Antwort konnte so oder so ausfallen.

Wie so oft war das Motiv der Schlüssel. Die Frage nach dem Warum erlaubte in der Regel eine Orientierung in Richtung

Täter. Weshalb hatte jemand Linda Varhaug ins Jenseits befördern wollen? Das war der Punkt, an dem man beginnen musste. Vahrhaugs Mitstudenten und ihr Freundeskreis. Natürlich gab es auch Freunde in ihrem Heimatland, allerdings war es eher unwahrscheinlich, dass jemand von Norwegen in die Niederlande gereist war, um eine neunzehnjährige Austauschstudentin umzubringen, eine junge Frau, die mit zwölf Einsen im Zeugnis von der Schule abgegangen war und laut Heiberg von der Familie als »ruhiges Mädchen mit gesunden Interessen« beschrieben wurde.

Ein zufälliges Opfer? Aber gab es jemanden, der zufällig mit einer Bolzenschusspistole in der Tasche herumlief?

Ganz unten in Heibergs Notizen war der Name von Bulls Kontaktperson vermerkt: *Hoofdinspecteur* Bert Meijer vom DRR. Die Bezeichnung war vermutlich mit einem Kommissar oder Fahndungsleiter gleichzusetzen. Meijer sollte Bull persönlich am Flughafen abholen. Das sprach jedenfalls schon mal für ihn.

* * *

Bert Meijer nahm einen letzten Zug, ließ die Kippe in den Aschenbecher fallen und sah auf die Uhr. Die Maschine aus Oslo war eine halbe Stunde verspätet und sollte um 12:50 Uhr landen. Zeit genug für einen weiteren Glimmstengel. Unwillkürlich überprüfte er, ob sein Mentholspray in der Jackentasche lag. Der Drache – oder »seine liebe Gattin« wie es hieß, wenn sie sich in der Nähe befand – hatte ihn vor einem Jahr mehr oder weniger gezwungen, die Qualmerei aufzugeben. Nach zwei leiderfüllten Wochen hatte er kapituliert und rauchte seitdem heimlich. Zweiundfünfzig Jahre alt und heimlicher Raucher. Jämmerlich. Und außerdem kompliziert. Der Drache besaß den Geruchssinn eines Drogenspürhunds, doch

Meijer hatte Gegenmaßnahmen ergriffen. Im Garderobenschrank in seinem Büro hingen Duplikate der Hemden und Anzüge, die er für gewöhnlich bei der Arbeit trug. Zum Glück hatten sein zurückweichender Haaransatz sowie die gängige Mode es ganz natürlich erscheinen lassen, sich den Schädel kahl zu rasieren. Haare und Zigarettenrauch ergaben als Beweismittel nämlich eine gefährliche Kombination.

Meijer steckte sich eine neue Marlboro an und dachte an den Mann, den er in Kürze treffen würde. Bogart Bull, norwegischer Ermittler bei Europol. Was zum Teufel bildeten die in Den Haag sich eigentlich ein? Dass Meijer und seine Kollegen Hilfe bei der Aufklärung eines Mordes benötigten, weil das Opfer norwegische Staatsbürgerin war? Ganz unverfänglich hatte er das Ganze bei seinem Vorgesetzten Commissaris Langenberg angesprochen, doch Tatsache war, dass es sich bei seinem Chef um einen karrieregeilen Speichellecker handelte, der allen Anordnungen und Befehlen aus der oberen Etage gehorchte. *Landelijke Eenheid* – die oberste nationale Polizeibehörde. So ist die verdammte Welt nun mal zusammengeschraubt, dachte Meijer. Es gibt immer einen Chef. Und einen darüber.

So lagen die Dinge nun mal. Dieser Bull sollte nur kommen, Meijer war jedenfalls Manns genug, den Typen dort zu halten, wo er hingehörte. An einer straffen Leine neben seinem linken Fuß.

Auch ohne das Pappschild, das Meijer in den Händen hielt, hätte Bull seinen niederländischen Kollegen sofort identifizieren können. Der elegante Anzug war für einen Polizisten vielleicht nicht ganz alltäglich, der Rest jedoch entsprach einer Hollywood-Inkarnation des toughen Detective. Blanker Schädel, Granitfresse und ein Blick, der jeden hätte dazu bringen können, den Kennedy-Mord zu gestehen. Was die Größe betraf, wurde Bull mit seinen eins vierundachtzig von dem Niederländer kaum überragt. Dafür war er anderthalbmal so breit, mit dem Nacken eines Berggorillas. Wie bei den meisten mittelalten Schwergewichten hatte sich über der Gürtelregion eine sichtbare Gravidität gebildet, doch Meijers Beine und Schenkel waren zweifellos stark genug, um die Last zu tragen. Kurz gesagt: eine Physis, die jeden Zweifel darüber beseitigte, dass der Anzug maßgeschneidert war.

Sie reichten einander die Hand, wobei Meijer ein Lächeln aufsetzte, das Bull schon häufiger gesehen hatte, zum Beispiel bei amerikanischen Präsidentschaftskandidaten, wenn sie die Zustimmung von Menschen zu gewinnen suchten, die ihnen ansonsten völlig gleichgültig waren. Der Hoofdinspecteur streckte pflichtschuldig die Hand nach Bulls Reisetasche aus, aber Bull kam ihm zuvor.

»Ich steh gleich hier draußen«, sagte er und ließ Bull den Vortritt durch die Schwingtür.

Dass Meijer gutes Englisch sprach und im absoluten Halteverbot geparkt hatte, war für Bull keine große Überraschung. Der Wagen hingegen entsprach weniger einem, den man bei einem durchschnittlichen Staatsangestellten hätte erwarten können. Ein kreideweißer Porsche von der Art, bei der man nur wenige Zentimeter über dem Asphalt hockt. Der Kofferraum schluckte mit Mühe und Not Bulls bescheidene Reisetasche, während der Besitzer der Tasche sich auf den Beifahrersitz quetschte.

Die Fahrt nach Amsterdam dauerte eine gute Viertelstunde auf der linken Fahrbahn. Meijer sprach über dieses und jenes, vermied aber ganz bewusst, den Fall zu erwähnen. Das Phänomen war Bull nicht unbekannt. Einige Kollegen im Ausland nahmen ihn mit offenen Armen auf, während andere durchblicken ließen, dass sie auf norwegische Unterstützung durchaus verzichten konnten. In der Regel erwies sich die erste Gruppe als überaus kompetent, wenn es darauf ankam. *Vermutlich genauso wie sonst im Leben,* dachte Bull. Freundlichkeit und Intelligenz gingen oft Hand in Hand. Tatsache war, dass Europol die Mitglieder der Flying-Tigers-Gruppe mit einem Papier ausgestattet hatte, das sie den lokalen Ermittlungsleitern gleichsetzte. Aber Bull ging mit dem Einsatz dieser Trumpfkarte stets vorsichtig um. Er hatte – nicht zuletzt im Jahr zuvor in Belfast – schon öfter die Erfahrung gemacht, dass es hinter den Kulissen meist größeren Spielraum gab als mitten auf der Bühne.

Sie näherten sich der Amsterdamer Innenstadt. Enge Grachten mit Bogenbrücken aus Naturstein. Schiefe schmale Häuser in verschiedenen Farbtönen, aufgereiht wie Bücher in einem unaufgeräumten Regal. Ein Heer von Radfahrern, so gut wie alle auf schwarz lackierten alten Rädern und ohne Helm. Die Umgebung machte auf Bull den Eindruck, als hätte jemand die Zeit um hundert Jahre zurückgedreht. Wieso war er nie zuvor in Amsterdam gewesen? In seinem Inneren entwarf er bereits eine Einladung für Christine. Eine romantischere Stadt als diese war nur schwer vorstellbar.

»Wir haben Sie im Dikker & Thijs an der Prinsengracht untergebracht«, ließ Meijer ihn wissen. »Ein komfortables Hotel in der richtigen Größe, ausgezeichnete Küche, erstklassiger Service und mitten im Geschehen.«

»Hört sich gut an«, sagte Bull. In dieser seltenen Idylle von Großstadt wäre er auch bereit gewesen, in einem Zelt zu kampieren.

Meijer bog an der nächsten Straßenecke nach links ab, vermied dabei knapp, eine Radfahrerin zu torpedieren, die alles dransetzte, ihn mit Blicken zu töten, und bremste vor einem hübschen Gebäude aus rotem Backstein ab.

»Da sind wir«, konstatierte der Hoofdinspecteur. »Ich gehe davon aus, dass Sie sich erst mal im Hotel einrichten möchten, bevor wir unsere Nasen in Mord und Elend stecken. Wilhelm holt Sie in einer Stunde ab und fährt Sie raus zum Kabelweg.«

Und ich gehe davon aus, dass du eine Chance gesehen hast, mich hier eine Stunde zwischenzuparken, bevor du gezwungen wirst, die Protokolle zu öffnen, dachte Bull und sagte:

»Ich werde bereitstehen. Danke fürs Abholen.«

* * *

Der erste Eindruck vom Dikker & Thijs stimmte mit Meijers verbaler Werbebroschüre überein. Eine Art unaufdringliche Eleganz, ein unkompliziertes Check-in und eine kleine Oase von einem Zimmer. Er benötigte knapp zwei Minuten, um auszupacken. Bulls Verhältnis zu Kleidung war recht prosaisch. Man zog sie an, um nicht nackt herumlaufen zu müssen. Und wenn man ein seltenes Mal etwas Neues benötigte, gab es bei H & M alles, was man brauchte.

12

Wilhelm trug weder einen maßgeschneiderten Anzug, noch fuhr er einen Porsche, doch dafür kannte er Amsterdam wie seine Westentasche. Innerhalb kürzester Zeit wusste Bull, wo Anne Frank sich vor den Nationalsozialisten versteckt hatte, wo die Fußballlegende Johan Cruyff geboren worden war und wo Rembrandt auf dem Höhepunkt seiner Karriere gelebt hatte.

Nach einigen Minuten Fahrt verschwand der schöne Teil der Stadt und wurde vom Industriegebiet abgelöst – eine Art gut organisierter Hinterhof. Vierspurige Straßen, Verkehrsmittel aller Art und nichtssagende Bauten, gründlich befreit von jedweder Vegetation. Sogar die Sonne, die in der Altstadt gestrahlt hatte, war hinter einer derart dichten Wolkenschicht verborgen, dass man glauben konnte, diese würde sich nie wieder auflösen.

»DRR oder Dienst Regionale Recherche«, sagte Wilhelm und richtete den Zeigefinger auf ein Gebäude, das auf der rechten Seite auftauchte. Bull betrachtete das massive Betongebäude durchs Seitenfenster. Immerhin ließ sich über das Hauptquartier der Kriminalpolizei in Amsterdam sagen, dass es die Landschaft wie eine Trutzburg überragte.

Am Empfang wurde Bull von einer schüchtern wirkenden Frau begrüßt, in den Aufzug begleitet, dann fünf Etagen in die Höhe verfrachtet und zu einer Glastür geführt, die mit *TGO 5 + 6* markiert war. Dahinter erstreckte sich ein Großraumbüro, wie Bull es schon viele Male zuvor gesehen hatte. Inmitten der Bürolandschaft stand Meijer, beinahe symbolisch ihm den Rücken zukehrend. Er hatte seine Anzugjacke an einen Haken gehängt, die Dienstwaffe des Hoofdinspecteurs befand sich in einem Holster an seiner Hüfte. Willkommen beim NYPD.

Erst als die schüchterne Frau sich räusperte, drehte Meijer sich um.

»Da sind Sie ja«, begrüßte er Bull.

»Hier bin ich«, bestätigte dieser.

Zum ersten Mal seit er sich erinnern konnte, erlebte Bull die körperliche Präsenz eines anderen Menschen als unangenehm, ja beinahe einschüchternd. Oder vielmehr die Kombination aus Körpergröße und negativer Ausstrahlung. Er konnte *spüren,* dass Meijer ihn zum Teufel wünschte, so deutlich, als hätte er es offen ausgesprochen. Zu allem Überfluss gab es noch dieses Lächeln, die aufgesetzte und falsche Freundlichkeit, die Bull ihm gern aus dem Gesicht gewischt hätte. Bull war im Grunde genommen ein einsamer Wolf, der jedoch mit den meisten Menschen zurechtkam – sowohl mit gesetzestreuen als auch mit eher zweifelhaften Individuen. In diesem Fall allerdings lag es nicht nur an der schlechten Chemie. Vielmehr gab es von Anbeginn eine gegenseitige Antipathie, die im besten Fall eine Zusammenarbeit kompliziert machen würde.

Bull musste diese Gedanken abschütteln. Sich als der eigentliche Profi erweisen. In ein bis zwei Wochen würde Meijer nur noch eine unwichtige Fußnote in seinem Buch der Erinnerung darstellen.

»Wo fangen wir an?«, fragte Bull.

»An meinem Schreibtisch. Wir werfen einen Blick in die Fallakten. Und danach möchte ich Ihnen zwei Kollegen vorstellen, die aber momentan noch unterwegs sind.«

Bull folgte Meijer in eine Ecke des Großraumbüros. Unauffällig warf er einen Blick auf die Waffe des niederländischen Kollegen. Eine Walther P99 im Paddle-Holster. Sie passierten eine Küchenzeile, wo ein junger Mann gerade die letzten Tropfen aus einem Teebeutel quetschte. Ohne das Tempo zu verringern, gab der Hoofdinspecteur mit kurzem Seitenblick auf den Teetrinker seine Bestellung auf:

»Zwei Kaffee in mein Büro.«

Nein, danke – ich nehme weder Milch noch Zucker, dachte Bull.

Die Größe von Meijers Büro entsprach der von Bulls Arbeitsplatz in der Brynsallé. Anders ausgedrückt, war es relativ bescheiden. Auch die Einrichtung machte nicht viel her. Ein nicht allzu aufgeräumter Schreibtisch, zwei Besucherstühle, ein Regal mit Aktenordnern und einer Auswahl an Büchern – von denen eines so dick war, dass es zweifellos das gesamte Gesetzeswerk der Niederlande enthielt. An der Wand hingen zwei Diplomurkunden, ein Plakat von der letzten Welttournee der Red Hot Chili Peppers (was Bulls Urteil über den Mann ein winziges bisschen abmilderte) sowie der interessanteste Gegenstand im Raum: eine Korktafel mit einer Reihe von Aufnahmen aus dem Park, in dem Linda Varhaug gefunden worden war. Der Park selbst trat auf den Fotos in den Hintergrund, die meisten Bilder zeigten das Opfer – von Totalaufnahmen, die sie tot im Gras zeigten, bis zu stark vergrößerten Ausschnitten des Punktes, an dem das unorthodoxe Projektil eingedrungen war. Hinter dem rechten Ohr der jungen Frau, falls das Bild nicht spiegelverkehrt war.

Oben rechts an der Tafel hingen drei oder vier Bilder von einer Parkbank. Auf die Rückseite der Bank war mit roter Farbe eine Zahl geschrieben oder gesprüht worden:

13

»Was ist das?«, fragte Bull.

»Das ist auf die Bank gesprüht worden, nur wenige Meter vom Fundort der Leiche entfernt.«

»Was sagen die Kriminaltechniker?«

»Sie sagen, dass der Lacktyp, die Trocknungszeit, die Aufnahmefähigkeit des Holzes und was weiß ich noch alles bestätigen, dass der Zeitpunkt für das Anbringen des Graffitos vermutlich mit dem des Mordes übereinstimmt.«

»Eine Signatur?«

»Könnte so aussehen.«

Der Kaffee wurde gebracht. Der junge Polizeibeamte (falls es einer war) zeigte wenig Begeisterung dafür, zu Meijers Kellner degradiert worden zu sein, gönnte Bull aber ein Begrüßungsnicken und ein freundliches Lächeln. Als der Junge die Tür wieder hinter sich geschlossen hatte, sagte Bull:

»Dann besteht wohl die Gefahr, dass da noch mehr kommt.«

Der niederländische Hoofdinspecteur hielt mit der Kaffeetasse in der Hand inne und glotzte Bull an.

»Wie meinen?«

»Mehr Morde. In der Regel ist das der Punkt, wenn eine derartige Signatur hinterlassen wird. Der Täter will, dass wir wissen, mit wem wir es zu tun haben, wenn er das nächste Mal zuschlägt.«

Meijers Augen blitzten auf – nur kurz, aber eben lang genug, dass Bull einen Funken Zufriedenheit verspürte. Meijer ließ sich nichts anmerken.

»Nicht ausgeschlossen«, sagte er.

»Sogar sehr wahrscheinlich.«

»Sie haben viel Erfahrung mit Serienmördern, wenn ich das richtig verstanden habe?«

Die Frage triefte vor Ironie, aber Bull ließ sich nicht provozieren.

»Es gibt zahllose ausländische Berichte über solche Täter, zuallererst aus den USA. Ich hatte bisher nur mit zweien zu tun.«

Meijers Gesichtsausdruck verriet, dass das mehr Fälle waren, als er vorzuweisen hatte. Einen Moment lang herrschte

Stille im Raum. Bull musste an David Wøien denken, einen tief religiösen Lokomotivführer, der zur Zeit von Bulls erstem Jahr in der Abteilung für Gewaltverbrechen vier junge männliche Prostituierte in Oslo getötet und ihre Leichen mit in Leder gebundenen Bibeln im Taschenbuchformat dekoriert hatte. Und an *Tobin,* die Person, die seinen Weg vor erst fünfzehn Monaten in Belfast gekreuzt hatte. Vierzig Jahre lang hatte Tobin in unregelmäßigen Abständen zugeschlagen, und bei den Opfern waren stets weiße Lilien in den Schädelhöhlen gefunden worden, wo die Augen sitzen sollten.

»Lassen Sie uns hoffen, dass Sie unrecht haben«, sagte Meijer schließlich.

»Das Problem ist, dass man nichts über die Präferenzen solch eines Mörders erfährt, bevor nicht ein weiterer Mord geschieht«, erwiderte Bull.

»Präferenzen?«

»Jagt er junge Frauen? Oder Studenten im Allgemeinen? Norwegische Staatsbürger? Bei den meisten solcher Fälle gibt es ein Muster. Diese verwirrten Menschen haben in der Regel eine bestimmte Agenda.«

»Ted Bundy«, murmelte Meijer.

»Genau. College-Studentinnen, etwa dreißig Opfer, bevor das FBI ihm auf die Schliche kam.«

»Verfluchter Mist«, fasste Meijer zusammen.

Einige Sekunden lang teilten sie schweigend den gleichen Gedanken. Den nicht auszudenkenden Gedanken, dass sie es womöglich mit einem ähnlichen Albtraum zu tun hatten.

»Da ist noch etwas«, sagte der Hoofdinspecteur. »Er hat mir eine SMS geschickt. Am Abend, bevor er das Mädchen umgebracht hat.«

Jetzt war es an Bull, völlig überrascht dreinzublicken.

»Der Mörder hat Ihnen eine SMS geschickt?«

Meijer nickte.

»Sie enthielt keine Wörter, nur eine ewig lange Zahlenreihe«, sagte er und drehte den Bildschirm seines Laptops Bull zu. »Als die Nachricht einging, erschien sie mir völlig sinnlos. Oder an den falschen Empfänger gerichtet. Aber da wir das Fazit jetzt haben, ist es klar wie Kloßbrühe.«

Bull beugte sich vor und blickte auf den Schirm:

52,370216 4,895168 0909 0900 13

»Die letzten drei Zahlen sind einfach. Datum, Uhrzeit und Absender«, sagte Meijer.

»Und die beiden Dezimalzahlen?«

»Geographische Koordinaten des Tatorts. Der Park.«

»Haben Sie versucht, die SIM-Card zu tracken?«

»Natürlich. Rein gar nichts. Die Karte ist vermutlich zerstört worden. Selbstverständlich eine anonyme SIM-Card.«

»Sind die in den Niederlanden noch zu haben?«

»Nicht auf legalem Weg. Aber alles ist möglich, sofern man die richtigen Kontakte hat. Nach allem, was wir wissen, kann die Karte auch in Usbekistan gekauft worden sein. Oder auf den Philippinen.«

Bull zog es vor, den Mund zu halten, dachte sich aber seinen Teil. Wenn er recht hatte und mehrere Morde zu erwarten waren, dann würden auch weitere SMS kommen. Hoffentlich solche, die leichter zu dekodieren waren, nachdem jetzt eine Art Muster zu erahnen war. Aber eben nur zu *erahnen*. Noch befand sich der Täter hinter einer dicken Nebelwand. Bull blickte abermals auf den Bildschirm.

»Wie leicht kommt man an Ihre Handynummer?«, fragte er Meijer.

»Ich habe zwei. Eine private und eine für die Arbeit. Die SMS hat mich auf meinem Arbeitshandy erreicht. Die Nummer ist nirgendwo verzeichnet und wird auch nicht an Außenstehende herausgegeben. Andererseits ist sie ja schon eine Weile in Gebrauch und somit auch nicht mehr völlig geheim.«

Nein, dachte Bull. Aber es verriet ihnen etwas über die Fähigkeiten des Mörders. Übersicht. Planung. Kontrolle. Laut sagte er:

»Was haben wir sonst, abgesehen von der SMS und der Zahl auf der Parkbank?«

»Nicht viel. Die Techniker haben am Tatort nichts Interessantes gefunden. Es gibt Überwachungskameras an den meisten Eingängen zum Amsterdamse Bos, aber der Park ist sehr groß. Zehn Quadratkilometer mit Wald, Wiesen und Wasserflächen. Wir versuchen jetzt, Besucher zu identifizieren, die in dem aktuellen Zeitraum dort gewesen sind. Wer sich nicht auf die Aufforderung meldet, wird eingehender geprüft. Eventuell müssen wir einige Zeugen mithilfe der Kamerabilder über die Medien suchen.«

»Was ist mit der Waffe – diese Bolzenschusspistole?«

Meijers verspanntes Gesicht verkrampfte sich noch weiter, sein Tonfall wirkte etwas kühler:

»Wir sind keine Anfänger, Bull. Unsere Leute sind schon unterwegs und überprüfen alle Läden und Betriebe in Amsterdam und Umgebung, die dieses Werkzeug verkaufen. Und wenn wir nichts finden, wird die Suche auf die benachbarten Städte ausgedehnt. Und bevor Sie fragen: Ja, wir haben drei Ermittler an die Universität geschickt, wo die junge Frau studiert hat. Zufrieden?«

»Unbedingt.«

Meijer sog die Luft tief durch die Nase ein. Vermutlich ein Schritt auf dem Weg zur Kunst der Selbstbeherrschung.

»Und dann haben wir diese Zahl«, sagte er. »Gleichsam die klassische Unglückszahl. Aber so banal wird dieser Typ doch wohl nicht sein.«

Wieder zog Bull es vor, zu schweigen. Natürlich konnte es so banal sein. Doch andererseits konnte die Zahl was auch immer symbolisieren. Im schlimmsten Fall konnte sie einen Hinweis darauf geben, wie weit der Mörder zu gehen bereit war, bevor er einen Schlussstrich unter seine Verbrechen zog.

Noch weitere zwölf Opfer? Gott möge es verhüten.

Oder wir, dachte Bull.

* * *

Nach einem halben Tag mit Meijer war eine Stunde mit Rinske Ceulemans geradezu erfrischend. Meijers rechte Hand war genauso klein wie Meijer groß. Körperlich betrachtet. Professionell betrachtet hätte es Bull nicht gewundert, wenn es sich umgekehrt verhielte.

Die Unterhaltung an Ceulemans Schreibtisch begann vielversprechend mit frisch gebrühtem Kaffee, und Bull bekam zu allem Überfluss die Gelegenheit, zu betonen, dass er ihn am liebsten schwarz trank. Nach zwei Minuten üblichen Geplänkels beugte Ceulemans sich vor und senkte die Stimme:

»Ich muss Ihnen was anvertrauen.«

Bull fand ihr Englisch mit niederländischem Akzent sehr charmant.

»Fein«, sagte er. Eine informationsbereite Kollegin, die sich in der Runde der Amsterdamer Polizeibeamten positiv hervorhob.

»Ich hab Sie gegoogelt.«

Sein Enthusiasmus bekam einen Dämpfer. Google hatte die letzten Hürden im Privatleben der Menschen eingerissen.

»Ich habe nicht alles gelesen, aber genug, um zu begreifen, dass Ihre Anwesenheit unsere Chancen erhöht, den Fall zu lösen.«

Bull wand sich auf seinem Stuhl. Lob machte ihn oft verlegen, ein Charakterzug, den abzustellen Christine ihm bereits dringend empfohlen hatte. *Bescheidenheit ist schon okay, Bogart, aber bitte nicht bis zur Selbstaufgabe.*

»Ich hoffe, dass ich dazu beitragen kann«, sagte er.

Sie lächelte subtil und erinnerte ihn für einen Moment lang an Frida. Nicht so hübsch, aber der gleiche Typ. Warme, kluge Augen unter einem wilden Schopf blonder Haare.

»Wir haben den ersten Bericht aus dem Feld bekommen«, konstatierte Ceulemans und setzte sich eine Brille auf. »Wenn wir mit den Aufnahmen der Kameras draußen vor dem Park anfangen, ist der Status folgendermaßen: Der Mord wurde irgendwann zwischen 08:45 und 09:15 begangen. Zu diesem Zeitpunkt ist der Park noch nicht allzu stark besucht. Nur eine Handvoll Menschen hat sich dort aufgehalten, und von denen haben wir vier bis jetzt noch nicht identifiziert.«

Sie drehte den Laptop ein Stück zu Bull hin. Drei Aufnahmen auf dem Bildschirm, etwas grobkörnig, aber dennoch gut zu erkennen. Ein junges Paar, so eng umschlungen, wie es sich beim Gehen machen ließ. Ein Jogger. Und ein älterer Mann auf dem Fahrrad.

»Das Paar käme natürlich infrage«, fuhr Ceulemans fort. »Ihre Kleidung schließt eine darunter verborgene Bolzenschusspistole nicht aus, aber irgendwie unwahrscheinlich, dass ein junges, anscheinend heftig verliebtes Paar knutschend durch den Park läuft, um jemanden umzubringen. Den Jogger können wir vergessen, falls er die Pistole nicht vorher irgendwo versteckt hatte. Am interessantesten ist wohl der Mann auf dem Fahrrad.«

Mit einem Klick auf die Maus vergrößerte Ceulemans das Foto. Die Auflösung wurde schlechter, aber dennoch ließ sich der Mann gut erkennen. Er schien zwischen siebzig und achtzig zu sein, mit weißem Haar, das unter einer Schiebermütze hervorlugte. Ansonsten nüchterne Freizeitkleidung in Olivgrün und Beige. An den Füßen trug er braune Schnürstiefel mit langen Senkeln.

»Achten Sie mal auf die Angeltasche, die er über der Schulter trägt«, sagte Ceulemans. »Mehr als Platz genug. Außerdem hat er einen Eimer auf dem Gepäckträger festgespannt. Der Inhalt lässt sich auf den Fotos leider nicht ausmachen.«

Bull nickte zur Antwort. Nichts war an Ceulemans' Analyse auszusetzen.

»Wir überprüfen jetzt die weiter entfernten Kameras, vielleicht liefert eine von denen ja noch bessere Bilder von dem Angler«, schloss sie.

»Was ist mit der Bolzenschusspistole?«

»Das Dilemma ist, dass das Werkzeug – oder die Waffe, wenn Sie so wollen – schon seit Ewigkeiten im Besitz des Täters gewesen sein kann. Natürlich haben wir alle Käufe der letzten Monate überprüft. Es handelt sich um eine Pistole mit *freiem* Bolzen, also eine Variante, bei der der Bolzen nicht in die Pistole zurückschnellt, sondern im Opfer stecken bleibt – wie ein konventionelles Projektil. Wir haben den Bolzen sichergestellt und konnten die Suche damit eingrenzen. Drei solcher Pistolen wurden in letzter Zeit verkauft, eine davon ist sogar bar bezahlt worden. Der Kauf erfolgte letzten Donnerstag in einem großen Eisenwarengeschäft im Stadionweg, und zu allem Überfluss erinnert sich der Verkäufer an den Kunden. Vielleicht, weil er ein elegant gekleideter Typ in den Vierzigern war – laut Aussage des Verkäufers durch und durch britisch. Oxford-Englisch, Nadelstreifen, das ganze Paket. Oder vielleicht auch, weil der Mann so offen schwul war. Er erzählte dem Verkäufer, er wolle die Pistole seinem Partner zum fünfzigsten Geburtstag schenken. Tja, es lebe die Romantik, sollte man wohl sagen. Wir suchen jetzt mit den Bildern der Ladenkameras nach ihm.«

Ceulemans hielt inne und nahm zwei Schluck Kaffee, ehe sie fortfuhr:

»Was die Universität angeht, sind wir noch mitten in den Befragungen. Es gibt eine Menge Leute, mit denen wir reden müssen, aber bis jetzt hat Linda Varhaug den besten Leumund. Ein ruhiges Mädchen, das hart gearbeitet und nicht viel Aufhebens um sich gemacht hat. Bis jetzt wurden keine Liebhaber … oder andere romantische Verbindungen gefunden. Sie lebte allein in einer kleinen Wohnung in Universitätsnähe. Die Miete wurde aus Oslo online überwiesen. Von ihrem Vater, soweit ich das verstanden habe.«

Bull führte im Kopf eine kurze Bestandsaufnahme durch. Bis jetzt fiel sie eher mager aus. Keine technischen Spuren, keine Zeugenbeobachtungen – wenn man von den Kameraaufnahmen absah. Ein älterer Hobbyangler und ein englischer Oberklasseschwuler waren die einzigen losen Teilchen im Spiel. Bulls Vorahnung, die ihn in Heibergs Büro beschlichen hatte, schien sich zu bestätigen.

Sie waren dazu verdammt, eine Kirche zu bauen und keine Garage.

Der folgende Nachmittag und Abend machte sie nicht klüger. Der Jogger war als Verdächtiger ausgeschieden, das verliebte Paar hatte sich noch nicht bei der Polizei gemeldet. Neue Kameraaufnahmen bestätigten nur, was sie bereits wussten. Doch ein vernünftiger Zusammenhang ergab sich daraus nicht.

13

Nach einer traumlosen Nacht wurde Bull von Christine geweckt. Ein munteres Signal vom Mobiltelefon und drei Herzen auf dem Display. Eine Angewohnheit, wenn sich einer von ihnen auf Dienstreise befand. Er schickte eine passende Dosis Liebe durch den Äther zurück und sah auf die Uhr. Viertel vor sieben. Christine Sands Arbeitstag begann früh.

Bull duschte, um wach zu werden, rasierte das Ergebnis von zwei Tagen Bartwuchs weg und zog sich an. Ein Blick aus dem Fenster. Die Morgensonne ließ die Prinsengracht in goldenem Licht erscheinen, und die ersten Wachgewordenen rasten auf dem Weg zur Arbeit oder anderen Dingen schon unten auf dem Fahrradweg vorbei. Am knallblauen Himmel hatte sich ein unregelmäßiges Muster aus Kondensstreifen gebildet, was Bull daran erinnerte, dass Schiphol zu den verkehrsreichsten Flughäfen Europas zählte. Ein Hausboot lag am gegenüberliegenden Ufer der Gracht vertäut. Bull betrachtete das Fahrzeug. Ein umgebauter Schleppkahn mit Blumenkästen an der Reling und Rattan-Möbeln an Deck. Eine reizvolle Alternative zu seiner Dreizimmerwohnung in Ensjø.

Unten im Frühstücksraum saß nur ein weiterer Gast. Ein Mann, einige Jahre älter und ein paar Kilo schwerer als Bull. Dunkle Locken mit kleidsamen grauen Strähnen, Zweistärkenbrille, Tweedjacke und ein Hemd, dessen oberster Knopf offenstand. Ein adretter Akademiker, schätzte Bull.

Sie wechselten einen Blick. Bull versorgte sich mit Müsli vom Büfett und nahm zwei Tische von dem Akademiker entfernt Platz. Im Augenwinkel sah er, dass der andere ihn mit freundlicher Neugier beobachtete. Bull schaffte drei Löffel von seinem Müsli, ehe der Nachbar die Stille brach:

»It seems you and I are the only ones enjoying this beautiful morning«, sagte er mit einem Lächeln.

»Early birds come first to the corn«, erwiderte Bull.

»Gut formuliert«, fuhr der andere auf Englisch fort.

»Ein Zitat von meinem alten Großvater. Er ist Brite.«

»Ire, wenn ich Ihren Akzent nicht falsch einordne?«

»Nordire.«

»Sieh mal einer an – ein weiterer Beweis dafür, wie klein die Welt ist. Meine Großeltern verließen Belfast vor fast hundert Jahren und gingen nach Missouri. Und Sie? Leben Sie in Belfast?«

»Norwegen.«

»Aah … Skandinavien. Ein friedlicher Winkel in einer unruhigen Welt.«

Zwei weitere Löffel Müsli in Stille. Dann kam es:

»Darf ich fragen, was einen Norweger nach Amsterdam verschlägt?«

»Arbeit.«

Bull wurde plötzlich bewusst, dass es vielleicht allzu reserviert wirkte, auf jede freundliche Frage mit einer einsilbigen Antwort zu reagieren.

»Und Sie?«, fragte er daher.

»Eine kleine Abwechslung von meinem Dasein als Literaturprofessor an der Universität von Kansas City. Abgesehen vom geschriebenen Wort ist Kunst meine große Leidenschaft, und in dieser Hinsicht gleicht Amsterdam einer Schatzkiste. Ich mag die alten Meister wie Bruegel, Vermeer, Rembrandt und Bosch. Aber auch spätere wie Breitner, van Gogh oder Israëls, um nur ein paar zu nennen.«

Bull kannte nur wenige der erwähnten Genies und dachte, dass die Unterhaltung vermutlich ein anderes Niveau erreicht hätte, wenn sein Vater – der Kunstmaler Thomas Bull – an seiner Stelle hier säße.

Die Tür zur Küche wurde geöffnet. Eine weiß gekleidete Kellnerin brachte eine Kanne frisch gebrühten Kaffees zum Büfett. Sie begrüßte die Frühstücksgäste höflich und zog sich wieder zurück. Die kurze Unterbrechung gab Bull allerdings die Gelegenheit, der niederländischen Renaissancekunst und dem Postimpressionismus zu entkommen.

Er schaufelte die letzten Müslireste in sich hinein. Auch der Professor schien zufrieden zu sein. Er wischte sich den Mund sorgfältig mit einer Serviette ab und stand auf.

»Kaffee?«, sagte er und blickte Bull fragend an.

»Gern, aber ich kann doch …«

Der Professor hob abwehrend die Hand.

»Nein, nein – bleiben Sie ruhig sitzen, junger Mann. Es soll mir eine Freude sein.«

Bull blickte dem in Tweed gewandeten Professor nach, der sich am Büfett zu schaffen machte. *Vielleicht an der Zeit, etwas aufzutauen, Bogart? Es gibt freundliche und wohlmeinende Menschen auf der Welt, die durchaus etwas Entgegenkommen verdienen.*

Der Kaffee kam. Als der Professor die gefüllte Tasse auf den Tisch stellte, erhaschte Bull einen Blick auf seine Armbanduhr. Apple Watch. Schwarzes Display und schwarzes Armband an einem behaarten Unterarm. Bull hatte genau so eine Uhr für Christines Geburtstag im August erstanden. Vermutlich war die ebenso kompatibel mit ihrem iPhone wie dieses mit ihrem iPad, das wiederum mit ihrem MacBook kompatibel war. Er würde jedenfalls zufrieden sein, solange Christine sich als kompatibel mit ihm erwies.

»Milch und Zucker stehen vor Ihnen auf dem Tisch.«

»Besten Dank«, entgegnete Bull, der nie begriffen hatte, wieso das Aroma von Kaffee mit Milch abgedämpft werden sollte.

Der Professor nahm wieder an seinem Tisch Platz und zog eine Ausgabe des englischen *Guardian* hervor. Genug Smalltalk für den Morgen, wie es schien. Bull widmete seine Aufmerksamkeit dem Kaffee. Frisch gebrüht und genauso kräftig, wie er ihn schätzte. Draußen vor den Fenstern schien weiterhin die Sonne. Ein neuer Tag im Dienst des Todes. Der Gedanke an die Signatur auf der Bank, wo Linda Varhaug gefunden worden war, drängte sich plötzlich in Bulls Bewusstsein.

Was sie symbolisierte, war unmöglich zu erraten, aber er hatte keine Zweifel, dass sie ein schlechtes Omen darstellte.

* * *

Vor dem Hotel warf er einen Blick auf die Armbanduhr. Zwanzig vor zehn, und noch kein Wilhelm in Sicht? Ging seine Uhr falsch? Bull wollte sie mit der Uhr auf dem Handy vergleichen und schob die Hand in die Jackentasche. Leer. Anscheinend hatte er sein Handy im Zimmer liegen gelassen.

Er eilte die Hoteltreppe hinauf, nahm jeweils drei Stufen auf einmal und kollidierte fast mit der Empfangsdame, die sich auf dem Weg nach unten befand – mit seinem Telefon in der Hand.

»Das hat im Frühstücksraum gelegen«, sagte sie lächelnd.

Bull bedankte sich und entdeckte die SMS von Wilhelm auf dem Display:

Bin ein paar Minuten verspätet – tut mir leid. W.

Gleich hinter ihm ertönte das muntere Geräusch einer Autohupe. Wilhelm. Bull setzte sich hinten in den Wagen und wurde mit neuen Entschuldigungen überschüttet. Kinder, die zur Tagesbetreuung gebracht werden sollten, leisteten mitunter etwas Widerstand, konnte Wilhelm berichten.

* * *

Die Morgenstunde im Betonklotz am Kabelweg verlief ereignislos. Der Höhepunkt schien gekommen, als das Liebespaar aus dem Amsterdamse Bos sich endlich bei Ceulemans meldete. Die Erklärung dafür, weshalb es so lange gedauert hatte, sich erkennen zu geben, war genauso banal wie menschlich. Beide waren verheiratet, allerdings nicht miteinander. Und beide waren unschuldig, was den Mord an Linda Varhaug betraf. Ein Wirtshausbesitzer konnte bestätigen, dass die beiden zur veranschlagten Zeit des Mordes an einem seiner Tische gesessen und einander tief in die Augen geblickt hatten. Darüber hinaus habe er nie zuvor erlebt, so fügte der Wirthausbesitzer hinzu, dass jemand »so viel Zeit für eine Tasse Kakao brauchte«. Eine Bemerkung, die Ceulemans nicht in das Vernehmungsprotokoll aufnahm.

* * *

Gerade als Ceulemans ihren Bericht abschloss, wurde einem gut gekleideten Mann in einer Bar in der Nieuwe Kerkstraat ein Glas Amarone gebracht. Die Kellnerin zog sich wieder hinter den Bartresen zurück, wo sie den Gast verstohlen beobachtete. Eigentlich ein ganz gewöhnlich wirkender Typ, der vermutlich zwanzig Jahre älter als sie selbst war. Aber irgendetwas war mit ihm. Der Blick. Und die Stimme beim Bestellen, und danach der höfliche Dank, als sie sein Glas gefüllt hatte. Eine ruhige und freundliche Stimme, die ihr gleichwohl das Gefühl vermittelt hatte, er könne explodieren, falls ihm der Wein nicht zusagte.

Jetzt fischte er einen Zettel aus der Innentasche seines Sakkos und fing an, eine SMS zu schreiben, wobei sein Blick zwischen Zettel und Telefondisplay hin und her wechselte. Ein zufriedenes Lächeln auf den schmalen Lippen. Hatte er vielleicht eine vorgefertigte Nachricht an seine Freundin verschickt, um sicherzugehen, dass die Worte den größtmöglichen Eindruck hinterließen?

14

Paris
1969

Viktória Mandaroux hatte sich ein paar Tage Bedenkzeit ausgebeten, die ihr ohne Weiteres gewährt wurden. Natürlich. Sie brauchten ihr Wohlwollen. Sie hingegen brauchte ihn nicht.

Den Jungen.

Jaroslaws Sohn.

Zuerst sprach sie mit dem Chef des Theaters, an dem sie als Maskenbildnerin arbeitete. Monsieur Blanchard rümpfte die Nase, gewährte ihr aber drei Monate Auszeit. *Ohne* Gehalt, wie mehrmals unterstrichen wurde. Aber das spielte keine Rolle. Der Zuschuss, den sie aus Prag erhielt, glich den Verlust aus.

Nach zwei schlaflosen Nächten rief sie in Prag an und sagte Ja. In späterer Zeit hatte sie sich häufiger gefragt: Wieso? Weil sie kinderlos war? Aus Respekt vor dem toten Bruder? Damit sie, ohne sich schämen zu müssen, in den Spiegel blicken konnte? Oder hatte sie die Entscheidung aus reiner Mitmenschlichkeit getroffen?

Eine eindeutige Antwort blieb ihr verwehrt, und nach einer Weile hörte sie auf, danach zu suchen. Es war, wie es war. Und Filip war der, der er war – oder geworden war. Viktórias Adoptivsohn.

Es dauerte nicht allzu lange, bis sie ein Anflug von Reue überkam. Der Junge war anstrengend auf eine Art, die sie nicht erwartet hatte. Sie hatte mit heftigen Anfällen von Heimweh gerechnet, mit tränenfeuchter Sehnsucht nach den Eltern, mit Schwierigkeiten bei der Anpassung an eine neue

Schule und eine neue Sprache, mit durchwachten Nächten, einem schlaflosen Kind und nicht zuletzt mit Traumata infolge der Erlebnisse, die der Junge verarbeiten musste. Sie wusste, dass Filip ihren Bruder und ihre Schwägerin nach jener schicksalhaften Nacht in Prag gefunden hatte. Hana Pilarová hatte ihr die Details erspart, Viktória aber anvertraut, dass der Anblick der beiden Toten hinreichend war, eine Frau zu schockieren, die nach vierzigjähriger Tätigkeit im Gesundheitswesen fast alles gesehen hatte.

Die Realität indes wurde eine andere. Und eine, die Viktória weitaus mehr erschreckte, wenn sie ehrlich sein sollte. Der Achtjährige wirkte geradezu ungerührt. Als ob seine Eltern nie existiert hätten. Er erwähnte sie mit keinem Wort und sprach auch niemals über Dinge, die sich vor seinem Leben in Paris ereignet hatten. Viktória weigerte sich, das Thema anzuschneiden, da sie fürchtete, einen unkontrollierten Sturm der Gefühle auszulösen. Nach einer Weile erwog sie, den Jungen zu einem Psychologen zu schicken, verwarf die Idee aber wieder. Vielleicht war es ja so am besten. Dass alles nur ein vergessener Albtraum war und Prag ein gelöschtes Kapitel in einem verbrannten Buch. Dass Filip Laita als Philippe Mandaroux in Paris wiedergeboren worden war.

Davon abgesehen gab es lichte Momente. Der Junge hatte in Rekordzeit Französisch gelernt und erhielt gute Beurteilungen von der Schule, die er besuchte. Intelligenz und Lernwille paarten sich. Sofern seine Klassenlehrerin, Madame Pélissier, überhaupt etwas auszusetzen hatte, betraf das Philippes erstaunlich geringes Interesse für seine Mitschüler und das soziale Leben an der Schule. In den Pausen hielt er sich von anderen fern, und auch, wenn nach der letzten Stunde die Schulklingel läutete, blieb er in der Regel ein paar Minuten sitzen, bis das Klassenzimmer leer war.

Normalerweise konnte solch ein Verhalten durch Mobbing

verursacht werden, wie Madame Pélissier während des ersten Elternabends Viktória verriet, doch Philippe wurde von allen in Ruhe gelassen.

Weder Madame Pélissier noch Viktória wussten, dass Philippe selbst für diese Ordnung gesorgt hatte. Wohlwissend, dass eine Prügelei auf dem Schulhof scharf bestraft werden würde, hatten drei von Philippes Klassenkameraden in einem Park unweit der Schule auf ihn gewartet. Als der Kampf vorüber war, lagen die drei wie Herbstlaub über den Rasen verstreut, während Philippe sorglos weiterschlenderte, nachdem er alle Münzen aus ihren Taschen genommen hatte. Der Vorfall wurde niemals gemeldet, weder zu Hause bei den Angreifern noch in der Schule. Immerhin waren sie drei gegen einen gewesen.

Auch nicht zu Hause in der Rue du Texel war Philippe sonderlich auf Kontakt aus. Bis zum Abendessen hielt er sich meist in seinem Zimmer auf, und wenn Viktória anklopfte, fand sie ihn für gewöhnlich in Hausaufgaben oder in ein Buch versunken vor. Er hielt peinliche Ordnung, machte sogar jeden Morgen sein Bett, während Viktória einmal wöchentlich sein Zimmer reinigte und seine Kleider wusch. Wenn das Essen auf den Tisch kam, fraß er wie ein Wolf. Brav ging er ihr beim Abwasch zur Hand, und manchmal kam es vor, dass er ihr danach vor dem Fernseher Gesellschaft leistete. Spielfilme standen bei ihm hoch im Kurs. Mit einer gewissen Unruhe erinnerte sich Viktória an den Abend, an dem sie Truffauts *Fahrenheit 451* angesehen hatten. Als die gewaltigen Flammen über den Bildschirm zuckten, hatte er mit zu Fäusten geballten Händen vornübergebeugt auf dem Sofa gesessen, während seine Augen so hell leuchteten, als wären sie es, welche die Bilder auf den Fernsehschirm projizierten. Nachdem das Drama vorüber war, hatte er völlig erschöpft gewirkt und war sofort schlafen gegangen.

An jenem Abend hatte Viktória lange wach gelegen. Etwas stimmte nicht mit dem Jungen. Etwas an ihm war anders als bei anderen. Das wusste sie, obwohl sie selbst niemals Kinder gehabt hatte.

* * *

Nach zweieinhalb Monaten war es ein erhellender Gedanke, dass sie bald wieder zurück zu ihrer Arbeit müsste. Wann hatte sie zuletzt einen Abend mit guten Freunden oder Kollegen in der Stadt verbracht? Alain, der Schauspieler, der ihr Bett im Laufe des letzten Jahres warm gehalten hatte, verlor den Glauben an sie und suchte sich einen fünfzehn Jahre jüngeren Ersatz. Der Bruch kam ungelegen. Viktória brauchte einen Mann, das körperliche Verlangen war weitaus stärker als der Wunsch nach Gesellschaft. Gleichwohl stieß sie der Gedanke ab, in einer der zahlreichen Bars in Montparnasse einen zufällig daherkommenden Kerl aufzureißen. Zweimal hatte sie das ausprobiert, nachdem ein Gehirntumor der Ehe mit Jacques Mandaroux ein schnelles Ende bereitet hatte. Der erste Mann verpasste ihr einen nur schwer kurierbaren Tripper, der zweite zeigte sich von seiner weniger angenehmen Seite, als sie sich weigerte, ihn von hinten heranzulassen.

Der Gedanke an Philippe als der Klotz an ihrem Bein wuchs genauso schnell, wie der Tumor ihres Ehemanns gewachsen war. Gleichzeitig nagte das schlechte Gewissen auf eine Art an ihr, dass sie sich beinahe schizophren vorkam. Philippe hatte nicht darum gebeten, zu ihr kommen zu dürfen. Die Anschaffung eines Hundes konnte man immer bereuen. Oder die eines Liebhabers.

Philippe hingegen war irreversibel. Es gab weder eine Frist der Reue noch ein Rückgaberecht.

15

Amsterdam
September 2017

Hoofdinspecteur Bert Meijer hasste sein Samsung-Arbeitstelefon genauso sehr wie die rigiden Formulierungen in der Stellenbeschreibung des DRR: »*… auch außerhalb der normalen Dienstzeit ist das Mobiltelefon immer in unmittelbarer Nähe des Nutzers aufzubewahren. Der Geräte-Akku sollte stets zu mindestens fünfzig Prozent geladen sein und das Tonsignal durchgehend aktiviert bleiben.*«

Was zum Teufel dachten sich diese Bürokraten bloß? Dass er sein Handy dabeihaben sollte, wenn er mit einem Fallschirm absprang oder im Wasser tauchte? Oder mit eingeschaltetem Klingelton an einer Beerdigung teilnahm oder im Kino saß? Er wusste schon gar nicht mehr, wie oft ihn dieses verdammte Ding mitten in der Nacht geweckt und aus dem warmen Bett gezwungen hatte.

Er drehte sich auf die andere Seite und warf einen Blick auf den Digitalwecker, der ihm von seinem Nachttisch rot entgegenleuchtete. 23:13.

13 …

Meijer erschrak, als das Handy den Eingang einer SMS verkündete, was sich in seinem verdunkelten Schlafzimmer so fremdartig wie ein chinesischer Gong anhörte. Er zog das Handy zu sich heran und öffnete die Nachricht:

650206138 1409 0815-0830 farewell to the young 13

* * *

Etwa eine Stunde später hatten sie sich in einem der Konferenzräume beim TGO 5 versammelt. Meijer, Bull und ein Kriminalbeamter namens Röhmer tranken Kaffee, während Rinske Ceulemans einen koffeinhaltigen Energy-Drink direkt aus der Dose in sich hineinkippte.

»Der vierzehnte September ist jetzt fünf Minuten alt«, konstatierte Meijer mit einem Blick auf seine Armbanduhr. »Wenn er dem gleichen Muster folgt, dann haben wir noch ziemlich genau acht Stunden vor uns. Passiert etwas, dann soll sich das angeblich irgendwann zwischen Viertel nach acht und halb neun in der Früh abspielen.«

»Und die erste Ziffernreihe – eine Mobilfunknummer?«, sagte Ceulemans.

»Gut möglich«, erwiderte der Hoofdinspecteur und nickte. »Die Anzahl der Ziffern stimmt, außerdem fangen die Handynummern immer mit einer Sechs an. Ederveen überprüft gerade den Anschluss.«

»Das klingt etwas zu einfach«, meinte Bull. »Jedenfalls wenn der Inhaber des Anschlusses die Zielperson ist.«

»Glauben Sie's oder nicht, Bull, aber der Gedanke ist uns tatsächlich auch schon gekommen. Ich habe eine Codespezialistin von der *Landelijke Eenheid* aus den Federn gescheucht. In diesem Augenblick sitzt sie schon da und spielt mit den Zahlen.«

Die Tür zum Konferenzraum wurde geöffnet, und ein junger Mann kam herein. Der teetrinkende Polizeibeamte, der ihnen bei der ersten Besprechung Kaffee in Meijers Büro gebracht hatte.

»Der Anschluss läuft auf den Namen Rita Hogenkamp«, teilte Ederveen mit. »Eine siebzehnjährige Schülerin mit Wohnadresse in Amersfoort.«

Die Versammelten blickten einander fragend an.

»*Farewell to the young …*«, zitierte Meijer mit leiser Stimme. »Erst eine neunzehnjährige Studentin und jetzt eine siebzehnjährige Schülerin. Ruf mal die Kollegen in Amersfoort an, Röhmer. Die sollen die Einsatztruppe alarmieren.«

* * *

Sie einigten sich auf eine Verteilung der Aufgaben.

Meijer und Röhmer fuhren nach Amersfoort, während Ceulemans und Bull in Amsterdam blieben, für den Fall, dass die Spezialistin von der *Landelijke Eenheid* etwas Interessantes entdeckte.

»Kein Grund, hier länger zu sitzen und sich die Nacht um die Ohren zu schlagen«, sagte Ceulemans, nachdem die anderen den Raum verlassen hatten. »Lassen Sie uns noch ein paar Stunden schlafen, mit dem Handy auf dem Kopfkissen.«

16

Mit dem Mobiltelefon als tickende Zeitbombe auf dem Nachttisch schlief Bull schlecht. In unregelmäßigen Abständen überprüfte er das Display. Aber Ceulemans hatte anscheinend nichts Neues zu vermelden. Um halb acht kroch er schließlich aus dem Bett, legte das Handy neben das Waschbecken im Bad und verpasste sich selbst eine fünfminütige kalte Abreibung unter der Dusche. Danach zog er sich an, nahm ein Beutelchen Pulverkaffee vom Schreibtisch und bereitete sich eine Dosis Koffein.

Es war eine absurde Situation. Er hockte da und wartete auf einen Mord, der *vielleicht* geschehen würde. Einen kurzen Moment lang bereute er, nicht nach Amersfoort mitgefahren zu sein, fand sich aber damit ab.

Es war zu simpel. Das war kein Mörder, der so dumm war, dass er ihnen die Handynummer des nächsten Opfers verriet.

Er trank noch eine Tasse des geschmacklosen Kaffees. Die Zeit kroch dahin, so wie sie es immer tut, wenn man alle drei Minuten auf die Uhr schaut.

08:15. Im Laufe der nächsten Viertelstunde sollte es passieren, sofern der Mörder seinen makabren Zeitplan einhielt.

* * *

Erst als die Zeiger der Uhr auf Viertel vor neun vorrückten, rief Ceulemans an.

Bull riss das Handy an sich und drückte auf die grüne Taste.

»Wie sieht es aus?«

»Nichts«, seufzte Ceulemans. »Und nur wenig deutet darauf hin, dass überhaupt etwas passiert, jedenfalls mit Rita

Hogenkamp. Da Meijer und Röhmer mitten in der Nacht in Amersfoort ankamen, dauerte es eine Weile, bis sie sich einen Überblick verschaffen konnten. Als sich dann schließlich ein Nachbar auftreiben ließ, der zufälligerweise der Onkel der jungen Dame ist, konnte der berichten, dass Familie Hogenkamp – einschließlich Rita und ihrem älteren Bruder – genau in diesem Moment in einem Flugzeug auf dem Weg von London nach Daressalaam sitzt. Eine geplante Safaritour, wie es aussieht. Wir können wohl davon ausgehen, dass sich unser Kandidat nicht unter den Mitreisenden befindet. Aber der Ordnung halber kontaktieren wir die Familie gleich nach der Landung.«

»Jedenfalls gute Nachrichten für Rita Hogenkamp. Fragt sich nur, wer die schlechten bekommen hat – falls überhaupt.«

»Gute Frage. Unsere Codeknackerin hat die Ziffernreihe jetzt genauestens unter die Lupe genommen, allerdings ohne daraus klug zu werden. Meijer und Röhmer werden in etwa einer halben Stunde hier im Kabelweg zurückerwartet. Wir sollten wohl einen kleinen Kriegsrat einberufen. Ist es okay, wenn Wilhelm Sie in zwanzig Minuten aufgabelt?«

»Ich warte vor dem Haupteingang«, gab Bull zurück.

17

Eigentlich ist er ganz okay, wenn man davon absieht, dass er ein zynischer, arroganter und eingebildeter Drecksack ist.

So hatte einer von Jan de Jongs Angestellten den Chef einmal charakterisiert, wobei anzumerken ist, dass der Betreffende gefeuert worden war. De Jong kümmerte sich persönlich um alle Verabschiedungen, weil er nach eigener Aussage anderen dieses Vergnügen nicht gönnen wollte. Was Einstellungen betraf, sah die Sache etwas anders aus. Mit männlichen Kandidaten traf er sich nur, wenn sie direkt mit *Seiner Hoheit* arbeiten sollten. Die weiblichen Bewerber hingegen wurden natürlich allesamt von ihm gesichtet und ausgewählt.

Wie der freimütige Ex-Angestellte es schon ausgedrückt hatte: Jan de Jong war ein waschechter Drecksack.

Jetzt stand er an der Tür zu seinem begehbaren Kleiderschrank und versuchte, sich an den ersten Tagesordnungspunkt zu erinnern. Auswärtige Termine mit Menschen, die ihm von Nutzen sein konnten, verlangten Blazer und Hemd mit Manschettenknöpfen. Wenn der Tag weniger formell begann, konnte er sich im Büro immer noch umziehen, sofern das erforderlich war. Ohne sich an den Eintrag im Terminkalender zu erinnern, griff er nach einem cremeweißen Hemd von Dolce & Gabbana. Wieder im Schlafzimmer, ließ er den Blick über die Frau gleiten, die in dem riesigen Bett lag und schlief. Schlank genug war sie, wobei die Brüste ruhig etwas größer hätten ausfallen dürfen. Zum Ausgleich dafür war sie gerade mal vierundzwanzig, also genau die Hälfte an Jahren, die de Jong selbst schon hinter sich gebracht hatte. Im Bett war sie ein Knaller, eine der Besten, mit denen er es je getrieben hatte. Alles war erlaubt, und kein Tropfen wurde verschwendet. In dieser Hinsicht war de Jong privilegiert. Auch wenn er sich seiner Grenzen bewusst war, wenn er in den Spiegel blickte oder auf die Waage stieg, konnte er stets Frauen der ersten Güteklasse wählen.

Geld war der Schlüssel zu allem, ob nun zu Türen oder zu Frauen.

De Jong streifte seinen Morgenrock ab und blickte auf die Rolex. Viertel vor acht. Zeit für einen Kaffee und einen erfrischenden Sprung ins kühle Nass, bevor er sich in sein Büro in der Kanaalstraat begeben würde.

* * *

Er hatte Mosaikfliesen in verschiedenen Blautönen gewählt. Die hellsten waren mit einem reflektierenden Firnis überzogen worden, was dazu führte, dass der Swimmingpool im Sonnenlicht gleichsam funkelte. Die Regenbogenpresse hatte eine große Nummer aus der Wasseraufbereitungsanlage gemacht, wo über einen eigens dafür entwickelten Verteilungsmechanismus Salz hinzugegeben wurde, was dem Wasser ungefähr die gleiche Viskosität gab, die tropische Gewässer aufwiesen. Die Installation hatte Unsummen gekostet, doch Jan de Jong war der Auffassung, dass man das Leben genießen sollte, solange man dazu in der Lage war.

Unwissend darüber, dass sein irdisches Dasein auf nur noch wenige Minuten begrenzt war, überquerte er splitternackt die mit Naturstein belegte Terrasse. Eine drei Meter hohe Hecke bewahrte die Nachbarn vor diesem Anblick. Nicht, dass es de Jong interessiert hätte, was sie dachten oder nicht dachten. Aber Nachbarn waren nun mal ein notwendiges Übel, wenn man in einem der begehrtesten Villenviertel von Amsterdam leben wollte. Er trat an den Beckenrand und genoss den Anblick der »Lagune«, wie er den Pool selbst bezeichnete.

Mit leicht gebeugten Knien holte er tief Luft und sprang dann kopfüber ins Wasser. Ließ sich über dem glatten Bodengrund des Beckens ein paar Meter vorwärtstreiben, bevor er wieder an die Oberfläche kam, um Luft zu holen. Vier oder fünf energische Längen in einem professionellen Crawl, ehe er am tiefsten Ende des Beckens innehielt und die Unterarme auf den Beckenrand legte. Mit geschlossenen Augen genoss er sichtlich zufrieden die Morgensonne und gratulierte sich selbst. Man erntete, was man säte, und im Wald von Jan de Jongs kleinen und großen Geschäften wuchsen die 100-Euro-Scheine gleichsam an den Bäumen.

Als er die Augen wieder öffnete, nahm er eine Bewegung im Wasser neben sich wahr. In der nächsten Sekunde stach ihn irgendetwas äußerst schmerzhaft in die Seite, wie ein elektrischer Stoß in die rechte Niere. Instinktiv versuchte er, sich auf den Beckenrand hochzuhieven. Vollkommen nutzlos. Die Arme wollten ihm nicht gehorchen, und ein lähmendes Gefühl breitete sich in seinem gedunsenen Körper aus. Panisch ließ er los und versuchte, sich zu der flacheren Seite des Beckens hinüberzukämpfen. Bis zur Treppe waren es etwa zehn Meter. Genauso gut hätte er den Pazifik durchschwimmen können. Nach drei schlaffen Schwimmzügen waren alle Glieder in seinem Leib paralysiert. Sekunden bevor sein Herz zu schlagen aufhörte, begriff Jan de Jong, dass er sterben würde. Ausgerechnet hier, inmitten seiner blauen Lagune.

18

Exakt um elf Uhr wurde der Code geknackt. Bull war gerade in Meijers Büro, als das Telefon des Hoofdinspecteurs klingelte.

»Ja?«, blaffte er in sein goldfarbenes Handy.

Am anderen Ende wurde etwas gesagt, das Meijers Gesicht beinahe einfrieren ließ. Es folgte ein schneller Wortwechsel auf Niederländisch, ehe der Hoofdinspecteur das Gespräch beendete. Bull blickte ihn fragend an. Etwas widerwillig erwiderte Meijer den Blick und nickte.

»Sieht so aus, als hätte Nummer 13 zum zweiten Mal zugeschlagen.«

* * *

Die Gegend stank förmlich nach Geld. Die schnurgeraden Straßen wurden von prächtigen Laubbäumen gesäumt, und auf jeder Straßenseite gab es breite Gehsteige. Der Ausblick auf die Besitzungen wurde durch mannshohe Mauern in verschiedenen Ausführungen auf ein Minimum begrenzt, nur unterbrochen von dem einen oder anderen überwucherten Lattenzaun. Meijer fuhr relativ langsam, was möglicherweise seinem Respekt vor der mondänen Nachbarschaft geschuldet war.

Sie mussten keine Hausnummern zählen, um ans Ziel zu gelangen. Vor Nummer zweiundzwanzig hatte sich die übliche Menge an Schaulustigen in einem Halbkreis um zwei Streifenwagen und ein Notarztfahrzeug geschart. Ein Polizeibeamter erkannte Meijers Porsche, scheuchte die Zuschauer zur Seite und winkte den Hoofdinspecteur und seinen Begleiter durch das Tor herein. Die kurze Fahrt endete auf einem mit Kopfsteinpflaster belegten Vorplatz. Eine Trippelgarage auf der rechten Seite und eine Art Anbau auf der anderen. Die Villa in der Mitte der u-förmigen Bebauung war aus Backstein und hatte sich offenbar schon so lange an Ort und Stelle befunden, dass der Großteil der Fassade von Efeu überwachsen war. Rinske Ceulemans stand wartend vor der massiven Haustür.

Bull öffnete die Beifahrertür und hievte sich aus dem lächerlich niedrig angebrachten Sitz. Menschen, die solche Autos fuhren, mussten vermutlich erst wochenlang üben, ehe ihnen ein einigermaßen würdevoller Ein- oder Ausstieg gelang.

»Wir gehen zur Rückseite«, sagte Ceulemans.

Meijer und Bull folgten ihr über einen mit Steinplatten ausgelegten Weg und passierten die erste Hausecke, an der sie von einem Schwall aus Rosen, Jasmin und Hortensien begrüßt wurden, die an der unkrautfreien Seitenwand wuchsen. Zum Nachbargrundstück hin erstreckte sich ein dichter, kurzgeschnittener Rasen, der an Teppichboden erinnerte. Sechs oder sieben Apfelbäume standen mit fruchtschweren Ästen in Reih und Glied, ohne dass auch nur ein Blatt den Boden verunzierte. Der Besitzer des Hauses musste entweder über viel freie Zeit verfügen, oder er hatte einen Gärtner engagiert.

Sie umrundeten die nächste Ecke und traten auf eine Terrasse in der Größe eines Squash-Feldes mit zwei Sitzgruppen und einem länglichen Esstisch, der von einer Pergola beschattet wurde. Am Ende der Terrasse führten fünf Stufen zu einem geräumigen Swimmingpool hinab, der einladend gewesen wäre, wenn sich nicht in der Beckenmitte eine im Wasser treibende Gestalt befunden hätte. Das Gesicht war auf den Grund des Beckens gerichtet, die gekrümmten Arme des Opfers hingen in einer Art Umarmungsposition unter ihm herab. Körperbau und Haarwuchs ließen keinen Zweifel daran, dass es sich um einen Mann handelte. Über das normale Maß an Fett hinaus wirkte der Körper aufgedunsen, was Bull makabererweise an ein aufblasbares Badespielzeug denken ließ.

Mit blutroter Farbe aufgesprüht stand am Beckenrand:

13

»Ist schon jemand zu ihm reingesprungen?«, fragte Meijer.

»Röhmer«, bestätigte Ceulemans. »Der Typ ist mausetot.«

»Wissen wir, wer er ist?«

»Die Frau, die ihn gefunden hat, und das Klingelschild an der Tür sagen das Gleiche – Jan de Jong.«

Farewell to the young …, dachte Bull.

Meijer richtete sich in seinem maßgeschneiderten Anzug ein wenig auf.

»*Der* Jan de Jong?«

»Höchstpersönlich.«

»Glück im Unglück, heißt es nicht so?«, murmelte der Inspecteur.

Er richtete seinen Blick auf Bull. Meijer wusste, dass seine Äußerung einer Erklärung bedurfte.

»De Jong ist – oder war – der faule Apfel in Amsterdams Korb. Ein großes Talent in der Kunst der Gratwanderung. Schlau genug, um die Grenzen des Gesetzes bis zum Äußersten zu dehnen, ohne dass er dabei je wirklich in Gefahr geraten wäre. Geldwäscherei, Konkursverschleppung, Steuerhinterziehung, Bestechung … you name it. In der Abteilung für Wirtschaftskriminalität thronte de Jong ganz oben auf der Wunschliste, aber sie konnten ihn niemals drankriegen. Abgesehen davon kontrollierte er die populärsten Bordelle und

Striplokale in der Stadt. Der Typ hatte eine Einstellung zu Frauen, die Donald Trump im Vergleich als Feministen erscheinen ließ.«

Ceulemans räusperte sich:

»Röhmer hatte übrigens bei allem noch ziemliches Glück.«

»Wovon redest du?«, fragte Meijer.

»Wir haben es erst entdeckt, als er schon wieder draußen war. Am anderen Ende des Beckens – ein … Fisch.«

Der Hoofdinspecteur starrte seine Kollegin ratlos an, als hätte er gerade den endgültigen Beweis dafür erhalten, dass sie eine Schraube locker hatte.

»Ein *Fisch?*«

Ceulemans schien sich nur ungern zu wiederholen.

»Wir haben ihn mit dem Kescher rausgeholt, der sonst für das Laub im Becken benutzt wird. Schwimmt jetzt in einem Behälter da vorn.«

Sie zeigte auf einen Punkt unterhalb der Stufen. Ein rechteckiger Kasten aus Plastik, ganz ähnlich denen, die bei IKEA zur Aufbewahrung von allen möglichen Gegenständen verkauft wurden. Hinter der Plastikwand war eine Bewegung im Wasser zu sehen. Bull und Meijer traten näher heran.

Ein Fisch, in der Tat. Die beiden Ermittler standen da und glotzten. Das Wesen war zwischen dreißig und vierzig Zentimeter lang und besaß einen fast tropfenförmigen Körper, überwiegend kobaltblau mit fünf dünnen vertikalen grauweißen Streifen. Die kurze gezackte Rückenflosse erstreckte sich vom Hals des Tieres bis zum Schwanz und erinnerte an die Haartracht eines Irokesen. Unterhalb der schleierartigen Schwanzflosse befand sich eine Art Spitze in derselben Farbe wie die vertikalen Streifen und so dick wie eine gewöhnliche Ahle.

»Verflucht!«, entfuhr es Meijer, mit einem Blick auf Bull. »Was ist *das* denn?«

»Wie Ceulemans schon sagte: ein Fisch.«

Bull drehte sich zum Pool hin, wo ein Polizist in Zivil gerade dabei war, die Leiche aus dem Wasser zu bergen.

»Und außerdem die Mordwaffe, wenn mich nicht alles täuscht.«

* * *

Sie lag auf einem cremeweißen Sofa. Eine Polizeibeamtin saß mit vor der Brust verschränkten Armen auf der anderen Seite des Tisches in einem Sessel und streckte dabei den Rücken durch, als wolle sie das Professionelle ihrer Anwesenheit unterstreichen. Die Einrichtung des großzügigen Wohnzimmers mit mehrfarbigem Marmorboden und verzierten Gipsleisten an der Decke entsprach dem Stil des Hauses – eindrucksvoll und leicht pompös.

Die junge Frau auf dem Sofa war vermutlich hübsch, wirkte jetzt aber völlig verweint und aufgelöst, wie es den meisten Menschen ergangen wäre, wenn sie ihren Ehepartner, Liebhaber oder guten Freund tot im Swimmingpool gefunden hätten. Meijer wechselte einen Blick mit der Beamtin, ein lautloses *Wie geht es ihr denn?*

»Doktor Steenkamp war vorhin da und hat ihr was zur Beruhigung gegeben«, berichtete sie mit leiser Stimme.

»Nicht zu viel hoffentlich?«

Die Beamtin verzichtete auf eine Antwort, woraufhin Meijer sie mit einer Kopfbewegung entließ. Sie stand auf und trat auf die Terrassentür zu. Ihr Gesichtsausdruck zeigte deutlich, dass ihr der Stil des Inspecteurs missfiel.

Meijer sagte etwas auf Niederländisch zu der Frau auf dem Sofa. Offenbar eine Vorstellung, da Bull seinen eigenen Namen heraushörte.

»Sie sprechen Englisch?«, fragte Meijer.

Die junge Frau nickte schwach.

»Dann bleiben wir dabei. Sie haben ihn gefunden, stimmt das?«

Sie nickte abermals.

»Und ihr Name, Mevrouw?«

»Eva … de Witt.«

Sie räusperte sich kurz zwischen Vor- und Nachnamen, als hätte ihre Stimme lange Zeit geschlummert und müsste nun zu neuem Leben erweckt werden.

»In welcher Beziehung standen Sie zu Jan de Jong? Da Sie einen seidenen Morgenrock tragen, gehe ich davon aus, dass Sie keine Nachbarin sind, die zufällig einen Blick über die Hecke geworfen hat?«

Bull biss die Zähne zusammen. Meijer hatte die Stunden, bei denen es auf der Polizeihochschule um den psychologischen Umgang mit Zeugen ging, offenbar verschlafen. Die Traurigkeit aus de Witts Augen verschwand und wurde von einem härteren Ausdruck abgelöst. Sie setzte sich auf, wobei sie peinlich darauf bedacht war, den Morgenrock auch weiterhin alles verdecken zu lassen.

»Wir waren ein Liebespaar«, sagte sie kühl. »Er zog es vor, es *friends with benefits* zu nennen. Sie können es bezeichnen, wie Sie wollen.«

»Und wie lange hat dieses Verhältnis bestanden?«

»Zwei Monate. Vielleicht drei.«

»Wo haben Sie sich kennengelernt?«

Sie zögerte.

»Spielt das eine Rolle?«

»Vielleicht.«

»Sunrise Club.« Sie spuckte den Namen förmlich aus.

»Sicher nicht notwendig zu fragen, weswegen Sie dort gewesen sind?«

»Sicher … so schlau sind Sie ja.«

Meijer hielt kurz inne, wie um abzuwägen, wer den Ballwechsel gewonnen hatte. Neuer Serve:

»Wann haben Sie Jan de Jong zuletzt lebend gesehen? Letzte Nacht – heute früh?«

»Irgendwann letzte Nacht. Bevor wir eingeschlafen sind.«

»Und wann sind Sie heute wach geworden?«

Sie dachte einen Augenblick nach.

»Fünf oder sechs Minuten nach halb zehn.«

»Sie haben die Zeit immer so gut im Blick?«

Weil die meisten Menschen auf die Uhr schauen, wenn sie von selbst erwachen, dachte Bull entmutigt und ergriff das Wort:

»Erzählen Sie uns bitte, was in dem Zeitraum zwischen Ihrem Erwachen und dem Augenblick passiert ist, als Sie Mijnheer de Jong im Schwimmbecken gefunden haben.«

Eva de Witt richtete den Blick auf ihn. Ein schwaches Lächeln, als wolle sie durchblicken lassen, dass sie über die Fähigkeit verfügte, zwischen einem wohlgesinnten Bullen und einem ungehobelten Stinkstiefel zu unterscheiden. Sie erzählte. Ihre Stimme klang fest und gleichmäßig, ihr Bericht war chronologisch und umfassend. Sie hatte geduscht und war danach hinunter in die Küche gegangen. Hatte sich einen Cappuccino mit der Maschine bereitet und ihn getrunken, während sie die letzten zehn Minuten der gestrigen Ausgabe von *Paradise Hotel* angeschaut hatte, die vormittags immer wiederholt wurde. Nach einer Weile hatte sie Lust auf eine Zigarette bekommen, und da de Jong das Rauchen im Haus untersagte, hatte sie draußen auf der Terrasse einen Aschenbecher stehen. Schon als sie das Wohnzimmer durchquert und die angelehnte Gartentür gesehen hatte, spürte sie, dass etwas nicht stimmte. Jan de Jong legte nämlich großen Wert auf verschlossene Türen und Fenster, wenn er das Haus verließ.

»Bis zu dem Moment war ich ja davon überzeugt, dass Jan

wie üblich in sein Büro gefahren war«, sagte sie mit nun etwas dünnerer Stimme. »Als ich auf die Terrasse trat, sah ich etwas … ihn … da draußen im Wasser. Ich …«

Der Rest ertrank in einem Schluchzen. Bull ließ sie in Ruhe. Meijer ergriff die Chance und fragte:

»Und dann – was haben Sie dann gemacht?«

Ihr Blick wurde fern. Ein paar Sekunden blieb sie stumm. Bull hoffte, dass Meijer die Klappe hielt, und wurde erhört:

»Ich habe die Zigarette geraucht.«

* * *

»Ziemlich merkwürdige Person«, meinte Meijer, als sie nach einer guten Stunde wieder wegfuhren.

Und du bist ein merkwürdiger Polizist, dachte Bull. Laut sagte er:

»Vielleicht nicht so ungewöhnlich, etwas irrational zu agieren, wenn man seinen Kerl im Schwimmbecken ertrunken vorfindet.«

Eva de Witt hatte die restlichen Fragen ausführlich beantwortet. Nein, sie hatte nichts Ungewöhnliches gehört oder gesehen, bevor sie ins Wohnzimmer kam und die Gartentür sah. Nein, sie hatte keinen Zweifel daran, wer da im Wasser lag. Nein, sie hatte nicht versucht herauszufinden, ob er wirklich tot war. (»Ist man das nicht für gewöhnlich, wenn man mit dem Gesicht nach unten in einem Schwimmbecken treibt?«) Ja, nachdem sie die Zigarette ausgedrückt hatte, hatte sie ihr Handy geholt und 112 gewählt. Nein, abgesehen von de Jong hatte sie nichts Ungewöhnliches bemerkt – weder im noch um den Swimmingpool (»Ich bin nicht näher als sieben oder acht Meter herangetreten«). Nein, soweit sie wüsste, hatte de Jong keine Norwegerin in seinem »Stall«. Eine Dänin, zwei Deutsche, den üblichen Strauß aus Osteuropäerinnen sowie ein paar lokale Kräfte. Und vielleicht das Wichtigste: Der Name Linda Varhaug sagte ihr gar nichts. Die Aussage wurde auf eine Weise vorgebracht, die keinen Zweifel an ihrem Wahrheitsgehalt ließ.

Meijers Handy klingelte. Er schaltete die Freisprechanlage aus und stopfte sich einen Hörer, der aus der Brusttasche seines Sakkos heraushing, ins Ohr. Vielleicht ein Gespräch der eher privaten Natur, dachte Bull.

Nachdem er ein paar Sekunden zugehört hatte, fragte Meijer:

»Was sagst du, wie nannte sich der Betreffende?«

Eine nur für ihn hörbare Antwort.

»In Ordnung – solange er weiß, was er da treibt. Wir sind auf dem Weg.«

»Ceulemans«, sagte Meijer und zog den Ohrstöpsel wieder heraus. »Sie hat jemanden mit einer Berufsbezeichnung aufgetrieben, die ich nicht mal versuchen werde wiederzugeben. Anscheinend ein Zoologe, der auf Fische spezialisiert ist.«

19

Sie wurden in einem der Besprechungsräume erwartet. Ceulemans hatte wieder zu einem Energy-Drink gegriffen, während der Mann neben ihr mit Kaffee versorgt worden war. Auf dem Tisch stand der Plastikkasten mit der mutmaßlichen Mordwaffe. Jemand hatte sich des Tiers erbarmt und eine kleine Pumpe mit zwei Schläuchen, die für die Zufuhr von Sauerstoff ins Wasser sorgte, an den Kasten montiert. Der Fisch ruhte auf dem Boden des Kastens, Kopf und Schwanzflosse schwangen in langsamen Bewegungen hin und her, als überlegte er, wer von den Anwesenden das nächste Opfer werden sollte.

Bull und Meijer begrüßten den Kaffeetrinker, der sich als Wim Beyen vorstellte. »Herr Beyen ist Ichthyologe«, erläuterte Ceulemans, ohne sich bei der Aussprache der Berufsbezeichnung zu verhaspeln.

»Was heißen soll, dass Fische mein Spezialgebiet in der Zoologie sind«, fügte Beyen hinzu.

Der Mann sah genauso akademisch aus wie sein Titel anzudeuten schien. Von kleinem Wuchs, mit blankem Schädel, Hornbrille, Ziegenbart und purpurroter Schleife, die nicht zu seinem Anzug passte. Bull schätzte ihn auf um die sechzig, möglicherweise jünger.

Sie setzten sich. Meijer und Bull lehnten dankend ab, als Ceulemans die Kaffeekanne anhob und die beiden fragend anblickte. Beyen beugte sich über den Tisch und betrachtete den Plastikkasten mit unverhohlenem Interesse.

»Milde gesagt ein aufsehenerregender Fund«, begann er. »Fast würde ich sagen: sensationell. Noch dazu in diesen Breitengraden.«

»Und was für ein Geschöpf ist das?«, wollte Meijer wissen, »abgesehen davon, dass es sich um einen Fisch handelt.«

»Die Wissenschaft hat ihm den Namen *Hyacinthum Secretum* gegeben – blaues Geheimnis. In Japan wird er Aoi Shi genannt, was so etwas wie ›blauer Tod‹ bedeutet. Ein ebenso präziser Name wie der lateinische, wenn man es nüchtern betrachtet. Die Art wurde erst Mitte der neunziger Jahre entdeckt, als sich ein Exemplar im Netz eines Bootes verfangen hatte, das im Yamoto-Becken zwischen Japan und Nordkorea fischte. Nähere Untersuchungen der Physiologie deuteten darauf hin, dass er in großen Tiefen lebt.«

Wim Beyen gönnte sich einen Schluck Kaffee und eine kurze Pause.

»Er ist also giftig?«, fragte Meijer überflüssigerweise.

»Weitaus giftiger als jeder andere Meeresbewohner«, bestätigte Beyen. »Übrigens auch giftiger als jedes Landtier.«

»Und vermutlich sehr selten?«, warf Bull ein.

»Eine zutreffende Annahme«, erwiderte Beyen lächelnd. »Zwei Dinge sind allerdings schnell klar geworden. Trotz seines natürlichen Habitats – und im Gegensatz zu vielen im Wasser lebenden Wirbeltieren aus dieser Kategorie – fühlt sich Hyacinthum auch in flacherem Wasser wohl. Darüber hinaus gilt das Fleisch dieser Kreatur in Teilen Asiens inzwischen als ausgesprochene Delikatesse, zu entsprechenden Kilopreisen selbstverständlich. Ein japanischer Unternehmer in Fukui hat daher begonnen, die Art für die industrielle Verwertung zu züchten. Man kann ihn sich also beschaffen, wenn die Dicke des Portemonnaies es zulässt.«

Bull dachte über die Informationen nach. Sollte die Obduktion bestätigen, dass der Fisch die Ursache für de Jongs Tod gewesen war, gab es zwei große Rätselfragen: Wer hatte das Tier in den Swimmingpool gesetzt, und warum war de Jong mit einem schweineteuren exotischen Fisch getötet worden, wenn ein Schalldämpfer und eine Patrone für drei Kronen denselben Zweck erfüllt hätten?

Rinske Ceulemans hatte anscheinend in die gleiche Richtung gedacht.

»Zweifellos gibt es einfachere und billigere Möglichkeiten, einen Menschen ins Jenseits zu befördern«, konstatierte sie. »Wenn wir davon ausgehen, dass der Fisch die Mordwaffe ist, sollten wir uns wohl fragen, welches Motiv hinter diesem Extrem steckt. Eine Antwort darauf könnte uns dem oder den Tätern ein Stückchen näherbringen.«

Beyen hob seine magere Hand.

»Die Polizeiarbeit liegt weit abseits meines Berufsfeldes, aber zu bedenken ist, dass das Gift dieses Fisches einen schnellen und ausgesprochen schmerzvollen Tod herbeiführt. Vielleicht hat der Betreffende ja etwas damit verbunden? Mit dem Schmerz, meine ich.«

Im Gegensatz zu der Bolzenschusspistole, dachte Bull. Ceulemans und Beyen waren da auf einer Spur.

Meijer meldete sich wieder zu Wort:

»Dieses kleine Ungeheuer hat wohl kaum auf eigene Faust den Weg von einer japanischen Zuchtanlage in einen niederländischen Swimmingpool gefunden«, sagte er. »Jemand muss es also ins Wasser gelassen haben, nach allem zu urteilen im Laufe der Nacht. Was hat Röhmer bei der Nachbarschaftsbefragung herausbekommen?«, fragte er Ceulemans.

»Nichts. Niemand hat was gehört oder gesehen, aber wie wir selbst feststellen konnten, ist de Jongs Besitz gut von außen abgeschirmt.«

»Überwachungskameras?«

Sie nickte.

»De Jong hatte drei davon, aber keine überblickt den Bereich des Gartens, in dem das Schwimmbecken liegt. Da gäb's auch bloß ein paar Sonnenstühle zu klauen. In den Bereichen, die von den Kameras erfasst werden, ist nichts Interessantes auf den Festplatten verzeichnet. Momentan wird die südwestliche Ecke des Grundstücks durchkämmt – der kürzeste Weg von der Straße zum Pool. Hoffen wir das Beste.«

Meijer erhob sich und öffnete den obersten Knopf seiner Anzugjacke mit einer Hand. Geschickt, dachte Bull. Solch weltgewandte Details erforderten sicher viel Übung vor dem Spiegel.

»Dann bedanken wir uns bei Herrn Beyen für die wertvollen Informationen«, sagte der Inspecteur. »Mevrouw Ceulemans hat Ihre Nummer, falls wir noch weitere Fragen haben sollten.«

Beyen verstand den Wink und erhob sich vom Tisch. Ein sehnsüchtiger Blick auf den Plastikkasten, ehe er allen Mut zusammennahm:

»Falls Sie nicht vorhaben, diesen kleinen Wicht auf die Anklagebank zu schicken, hätte ich gute Freunde im Aquarium des Amsterdamer Zoos, die ihn mit Freuden auf unbestimmte Zeit in Untersuchungshaft nähmen. Dort wäre er eine willkommene Attraktion.«

Meijer warf Bull einen schnellen Blick zu, den dieser mit einem fast unmerklichen Nicken beantwortete.

»Das ist sicher eine gute Lösung«, entschied Meijer.

* * *

Sie blieben am Tisch sitzen, nachdem Beyen gegangen war.

»Die Gleichung in der SMS war wesentlich einfacher zu lösen, nachdem die Variable de Jong hinzugefügt wurde«, bemerkte Ceulemans. »Die neun Ziffern sind identisch mit der Organisationsnummer seiner Holding-Gesellschaft.«

Meijer stieß ein verächtliches Schnauben aus.

»Ich kenne da eine Codeknackerin bei der *Landelijke Een-*

heid, die sich bald eine andere Beschäftigung suchen sollte«, sagte er.

Bull war kurz davor, etwas zu sagen, doch Ceulemans kam ihm zuvor.

»Wenn man etwas vorgelegt bekommt, bei dem es sich um einen Code handeln soll, kann man schnell übersehen, dass es sich um eine ganz gewöhnliche und öffentliche Nummer handelt, wie sie in den Niederlanden zuhauf vorkommen. Wenn de Jong einen Hund gehabt hätte, wäre es vielleicht die Registrierungsnummer seines Züchtervereins gewesen.«

Der Hoofdinspecteur wirkte ungehalten, fügte sich aber in die milde Zurechtweisung seiner Untergebenen. Es sah fast so aus, als hätte sie ihn irgendwie im Griff, dachte Bull. Offenbar wollte Meijer das Gespräch jetzt fortsetzen:

»Aber was ist der Witz an diesen SMS, wenn sie so gut wie unmöglich zu deuten sind?«

»Er foppt uns«, sagte Bull. »Er weiß, wie er uns aufscheuchen kann, er weiß, welche Frustration diese Nachrichten in der Ermittlergruppe hervorrufen, und das scheint er in vollen Zügen zu genießen. Vielleicht hat er ja in den Stunden vor dem Mord an Varhaug den Amsterdamse Bos beobachtet, für den Fall, dass jemand die Gefahr erkennen und die Ortsangabe aus den Koordinaten herauslesen würde. Aber wie Sie selbst schon gesagt haben: Die Chancen dafür tendieren gegen null, wenn man bedenkt, wie sehr wir die ganze Zeit im Dunkeln herumgetappt sind. Müsste ich raten, würde ich sagen, dass die nächste SMS noch subtiler wird. Im schlimmsten Fall nur ein Datum, eine Uhrzeit und die Signatur.

»Sie glauben also, dass noch mehr kommt?«, fragte Ceulemans.

»Alles andere würde mich sehr wundern«, erwiderte Bull.

Sogar die Besten erleben Augenblicke, in denen sie sich selbst übertreffen. Vincent van Goghs »Sternennacht«. Henry Fords Fließbandproduktion. Sir Edmund Hillary auf dem Gipfel des Mount Everest. Bob Beamons 8,90-Weitsprung in Mexiko. Steve Jobs mit Apple Macintosh. Der Augenblick der Gewissheit darüber, einen neuen Standard etabliert – oder wenn man so will: ein neues Niveau erreicht – zu haben, lässt diese Person ein rauschhaftes Glücksgefühl erleben. Der gestrige Tag war für mich ein solcher Augenblick. Eine Mordwaffe, noch dazu eine lebende, mitten in der Nacht von einer Drohne über einem Swimmingpool abgeworfen. Magisch. Ein kostspieliges Unterfangen allerdings, sowohl was die Vorbereitungen als auch den reinen Kaufpreis betrifft. Der Fisch kam per Flugzeug aus Tokio, ein diskretes Arrangement, einer meiner Kontaktleute bei der Yakuza. Zehntausend Dollar plus Frachtkosten. So etwas gönnt man sich nur wenige Male im Laufe der Karriere, einer Karriere, die sich jetzt dem Ende zuneigt. Ein Ende hat es auch für den Schleimaal bedeutet, dem der Pool gehörte. Ich war zufällig im HP/De Tijd *auf ihn gestoßen, einem Nachrichtenmagazin, das einmal pro Woche in den Niederlanden erscheint. Der Artikel handelte von dem neuesten Projekt dieser Kreatur, eine Website, die »Sugardaddies« mit »Sugarbabes« zusammenbringt. Anders ausgedrückt: ein Forum im Internet, wo wohlhabende ältere Männer in Kontakt mit blutjungen Mädchen kommen können, die sich ökonomische Unterstützung wünschen. Man benötigt keine große Phantasie, um sich auszumalen, was diese armen Mädchen im Ausgleich dafür anbieten müssen. Ich betrachtete meine Handlung daher als einen sinnvollen Dienst, den ich ihnen und der niederländischen Nation erwiesen habe. So etwas verschafft außerordentliche Zufriedenheit, noch dazu in Ergänzung eines weiteren Durchbruchs, der auf persönlicher Ebene für mich damit verbunden ist. Natürlich ist mir der Gedanke gekommen, dass ich eine gewisse Leere empfinden werde, wenn ich meine Tätigkeit ein für alle Mal einstelle. Wenn das letzte Kunststück ausgeführt ist. Wir, die Grenzen niederreißen, haben ungleiche Voraussetzungen, je nachdem, wie körperlich anstrengend unsere Berufung ist. Baryshnikov musste seine Ballettschuhe an den Nagel hängen, bevor er vierzig war, wohingegen Chagall malte, bis ihm als 97-Jährigem der Pinsel endgültig aus der Hand fiel. Nicht viel lässt sich an diesem Phänomen ändern. Anders als die Menschen meist glauben, ist es die Profession – vom Schicksal wohlwollend unterstützt –, die uns auswählt. Nicht umgekehrt.*

20

Paris
1973

Der magische Raum.

Der Raum, in dem junge Menschen zu alten Menschen, hübsche Menschen zu hässlichen und ganz gewöhnliche Frauen zu Schönheiten wurden, die sich mit Sophia Loren messen konnten. In Philippes Augen war Tante Viktória (er weigerte sich, sie »Mutter« zu nennen) eine Zauberkünstlerin.

An fünf Nachmittagen pro Woche verließen sie gemeinsam die Wohnung, spazierten über den Friedhof Montparnasse, kamen am Balzac-Denkmal an der Kreuzung zum Boulevard Raspail vorbei, setzten ihren Weg durch den majestätischen Jardin du Luxembourg fort und kamen zum Theater. Philippe hatte seinen eigenen Stuhl in der Maskenbildnerei und folgte der Arbeit seiner Tante mit wachsamen Blicken. Jeder Strich mit Pinsel, Stift oder Schwämmchen, jedes Zupfen oder Ziehen mit Pinzette und Wimpernzange wurde im Bewusstsein des Jungen abgespeichert. Wenn die Zeit nicht zu knapp und der Schauspieler im Stuhl von der freundlichen Sorte war, durfte Philippe manchmal mithelfen, eine Grundierung oder ein Puder aufzulegen. Schwierigere Dinge wie falsche Bärte, künstliche Zähne oder Kontaktlinsen erledigte Viktória selbst, aber auch hier erklärte sie dem Jungen nebenher die Technik.

»Du musst den Pinsel so führen, als ob du einem Schmetterling über die Flügel streichst«, sagte sie zum Beispiel.

Oder:

»Achte darauf, dass du nicht das Augenlid erwischst, verstärke den Druck auf die Zange und halte sie zehn Sekunden fest.«

Nach drei Jahren in diesem magischen Raum wusste Philippe, wie man einen grünäugigen Schauspieler mit kurzen Haaren und gepflegten Zähnen in einen hässlichen, langhaarigen und schwarzäugigen Rasputin verwandelte.

Die restliche provisorische Ausbildung konzentrierte sich eines Sonntagabends im November auf ein paar Minuten. Yves Marchal, ein Schauspieler aus dem Ensemble des Theaters, war zum Abendessen bei Viktória und Philippe eingeladen. Während die Gastgeberin nach dem Essen den Tisch abräumte, saßen Yves und Philippe auf dem Sofa und unterhielten sich über die Quintessenz seines Berufs: einen Menschen darzustellen, der man tatsächlich nicht ist.

»Maske und Kostüm sind nur die Sprungbretter für ein überzeugendes Auftreten«, sagte Yves. »Der Körper ist das Instrument des Schauspielers, und das lässt sich nur auf eine Weise stimmen. Du musst beobachten, Philippe. Niemand kann dich *lehren,* wie ein alter Mann eine breite Treppe hinuntergeht. Oder wie ein schüchterner Mann reagiert, wenn er unverhofft von einer hübschen Frau umarmt wird. Mach es dir zur Gewohnheit, die Menschen um dich herum zu beobachten, immer und überall. Auf der Straße, im Café, im Klassenzimmer, im Bus. Sieh zu, was sie tun, höre, was sie sagen, und merk dir, wie sie sich ausdrücken. In der Wirklichkeit findest du den Schlüssel zur Fiktion.«

Viktória Mandaroux und Yves Marchal erahnten kaum die Konsequenzen, die es hatte, dem Jungen dieses Werkzeug in die Hände gelegt zu haben.

In der Schule weckte Philippe verschiedenste Gefühle bei seinen Kameraden. Die Jungen in der Klasse fürchteten ihn, die Mädchen waren fasziniert von ihm, und die Lehrer betrachteten ihn als Musterschüler. Fünfundzwanzig Schüler waren auf fünf Reihen verteilt, und Philippe saß genau in der Mitte des Quadrats, das die Pulte bildeten.

Ein Thron im Zentrum, umgeben von einer unsichtbaren Mauer.

Die wenigen Mädchen, die gelegentlich verstohlene Blicke in seine Richtung warfen, sahen unnahbare Kraft. Ein stoischer Gesichtsausdruck, der sich nie oder nur selten änderte, selbst wenn in der Klasse Streit herrschte oder Gelächter ausbrach. Er saß einfach nur da, gerade und aufrecht, mit eisblauen Augen unter einem blonden Haarschopf. Er zeigte niemals auf, doch wenn die anderen nicht weiterwussten, richtete die Lehrerin für gewöhnlich die Frage direkt an das Klassenorakel. Die Antwort war immer richtig, wenngleich Philippe es vermied, dadurch glänzen zu wollen. Seine Stimme war stets gedämpft, rief aber den Eindruck hervor, bis auf den Gang hinaus gehört werden zu können. Einmal hatte Madame Pélissier ihn nach Schulschluss zur Seite genommen und aufgefordert, sich aktiver am Unterricht zu beteiligen.

»Sind Sie mit mir nicht zufrieden, Madame?«, sagte Philippe, wobei seine Frage von *jenem* Blick begleitet wurde.

Leicht perplex hatte ihm die Klassenlehrerin versichert, dass sie durchaus nichts an ihm auszusetzen habe, weder an seinem Betragen noch an seiner Kenntnis der Schulfächer.

»Na, dann«, erwiderte er, wünschte ihr mit einer Verbeugung einen schönen Nachmittag und ging.

Eine halbe Stunde später saß Madame Pélissier in der zum Place de la Concorde fahrenden Metro und fragte sich, wieso sie sich die Arroganz des Jungen hatte gefallen lassen.

* * *

Sie hieß Amélie, war neu in der Klasse und saß an dem Pult schräg vor ihm. Ein graziles Mädchen mit kastanienbraunem Haar, so schön, dass sogar Tante Viktórias Magie sie nicht hätte perfekter machen können.

An diesem Vormittag ist es mäuschenstill im Klassenzimmer. Madame Pélissier hat eine Klassenarbeit in Mathematik anberaumt, und fünfundzwanzig Kinder sitzen über die drei Papierbogen mit Zahlen, kursiven Buchstaben und Symbolen gebeugt und versuchen, dem Ganzen einen Sinn abzugewinnen. Amélie besitzt einen Radiergummi, einen rosa Gummiklumpen, der wie der Kopf eines Kaninchens geformt ist. Vor lauter Frustration über die mutmaßliche Unlösbarkeit einer Gleichung zweiten Grades stößt sie mit ihrem Unterarm ungewollt gegen den rosa Radiergummi. Der Kaninchenkopf fällt auf das Linoleum, hüpft wie ein Ball wieder in die Höhe und landet irgendwo hinter ihrem Pult. Hier hätte Amélie natürlich Madame Pélissiers Aufmerksamkeit einfordern und um Erlaubnis bitten müssen, den Radiergummi aufzuheben. Stattdessen steht sie so leise wie möglich auf, dreht sich um und entdeckt den Kaninchenkopf. Doch nicht auf dem Boden, wo er hätte liegen sollen, sondern in der Hand des Jungen mit diesen Augen. Er steht aufrecht neben seinem Pult und reicht ihr den rosa Gummiklumpen. Eine unerklärliche Viertelsekunde stellt Amélie sich vor, dass er ihr einen Blumenstrauß überreicht. In diesem Augenblick ertönt Madame Pélissiers Stimme:

»Verzeihung – was geht da drüben vor?«

Amélie wendet sich um und will etwas antworten, hat aber keine Ahnung, was sie sagen soll. Da ergreift *er* das Wort. Die Stimme ist leise, gleichwohl durchwirkt von einem warnenden Unterton, wie ferner Donner:

»Sie hat ihren Radiergummi auf den Boden fallen lassen, Madame. Meine verstorbene Mutter hat mir beigebracht, hilfsbereit gegenüber Frauen zu sein, die einer Handreichung bedürfen. Sie stimmen mir doch sicher zu?«

Im Blick des Jungen sieht Madame Pélissier all das, was sie nicht verstehen kann. Die bescheidene Autorität. Die kämpferische Freundlichkeit. Die höfliche Arroganz. Die zurückhaltende Art der Agitation.

Dieser Blick, der schon längst die Macht an sich gerissen hat, in diesem Raum, in dem sie die Chefin ist. Langsam atmet sie durch die Nase ein.

»Nun gut«, kapituliert sie. »Setzt euch wieder hin und macht weiter.«

* * *

Sie wartete draußen am Schultor auf ihn. Wagte kaum, ihn anzusehen, als er vor ihr stehen blieb. Schließlich zwei schüchtern dreinblickende braune Augen, die seinen Blick erwidern.

»Merci beaucoup, Monsieur«, sagte sie.

»Ich heiße Philippe.«

»Das weiß ich. Aber meine Mutter hat mir beigebracht, höflich zu Männern zu sein, die mir eine Handreichung gewähren.«

Zum ersten Mal sah sie ihn grinsen. Breit, sogar. Das machte ihn noch attraktiver. Sie spürte ihre Wangen rot werden.

»Wohnst du in der Nähe?«, fragte er.

Sie nickte, auf den schwarzen Asphalt blickend.

»In der Rue d'Odessa.«

»Nicht weit von mir«, sagte er. »Wir können zusammen gehen.«

Nebeneinander spazierten sie über den Gehsteig, sie anderthalb Kopf kleiner als er. Eine wahre Flut von Autos rauschte auf dem großen Boulevard an ihnen vorbei, um sie herum ein Wald aus Passanten, doch Amélie sah nur ihn. Sie sprachen nicht viel. Sie erwog ihn zu fragen, wie es mit seiner Mathe-Arbeit gelaufen war, begriff aber, dass die Frage überflüssig war. Er bekam immer eine Eins. Sie selbst musste sich für gewöhnlich mit einer Vier begnügen.

Als sie das Mietshaus erreichten, in dem sie wohnte, war sie außer Atem, als wären sie gerannt. Auf der Zielgeraden hatte sie nach passenden Abschiedsworten gesucht, ohne auf etwas zu kommen.

»Ich warte hier morgen früh«, sagte er. »Viertel nach acht.«

Ohne eine Antwort abzuwarten, drehte er sich um und ging weiter.

21

Zwei Monate vergingen. Jeden Morgen stand er vor Nummer 7 in der Rue d'Odessa, und nach der Schule begleitete er sie nach Hause. Wenn es ein seltenes Mal regnete, hatte er einen großen Schirm dabei, der sie beide beschützte. Nur selten unterhielten sie sich. Manchmal stellte sie vorsichtig eine Frage, die er bis auf ein paar Ausnahmen auch beantwortete. Doch immer kurz und knapp, wie etwa, als sie wissen wollte, ob er viel Zeit auf die Hausaufgaben verwende.

»Manchmal. Kommt drauf an.«

Amélie brannte darauf, ihn nach seiner toten Mutter zu fragen, ob er bei seinem Vater lebe und ob er Geschwister habe, brachte aber nie den Mut dazu auf.

Derweil fragte sich Philippe, wie er Amélie begreiflich machen könnte, dass er sie gut leiden mochte. Sehr gut sogar. Er kannte keinen erwachsenen Mann, den er hätte um Rat fragen können, und sein Dilemma gegenüber Viktória zu erwähnen, war ihm unangenehm. Für kurze Zeit erwog er, Mahmoud anzusprechen, den freundlichen und gutmütigen Algerier, der den Laden an der Ecke betrieb, doch der 55-jährige Mahmoud war nie verheiratet gewesen und daher kaum eine Kapazität auf diesem Gebiet.

* * *

Gleichwohl war es Mahmoud, der Philippe zu Hilfe kam, als der Junge eines Tages in den Laden schlenderte. Nachdem er sich geweigert hatte, Geld für das kleine Kaugummipäckchen zu nehmen, das Philippe aus dem Regal genommen hatte, blieb der ansonsten so redselige Algerier vor ihm stehen und musterte ihn wortlos. Nach einigen langen Sekunden sagte er:

»Also, *mon ami* … wie heißt die junge Dame?«

Philippe war bemüht, sich sein Erstaunen nicht anmerken zu lassen.

»Wovon redest du?«

Mahmoud lächelte schelmisch.

»Du machst mir nichts vor, mein Junge. Solange ich dich kenne, bist du mit Eiseskälte im Blick umhergewandelt. Doch in den letzten Wochen ist die Kälte strahlenden Sternen gewichen. Es gibt nur eines, wodurch sich der Blick eines Mannes auf diese Weise ändert, also frage ich noch mal: Wie heißt sie?«

»Amélie«, murmelte Philippe.

»Ah … Amélie … was für ein schöner Name. Und Amélie erwidert deine Gefühle, hoffe ich?«

Der Junge wand sich.

»Ich glaube schon.«

»Du *glaubst* es? Nun – wenn du dir nicht sicher bist, gibt es nur eins, was du vernünftigerweise tun kannst.«

»Und das wäre?«

»Du musst es ihr natürlich sagen. Dass du in sie verliebt bist.«

»Vergiss es, Mahmoud!«

»Verstehe«, seufzte der Kaufmann. »Mein junger Freund leidet an Schüchternheit.«

Er beugte sich über den Tresen, faltete die Hände und schien über diese Herausforderung nachzudenken.

»Tja, dann bleiben wohl nur die stummen Boten der Liebe«, erklärte der Algerier mit Pathos in der Stimme.

Diesmal war Philippe aufrichtig verwundert.

»Blumen«, fuhr Mahmoud fort. »Oder noch präziser: Rosen. Sie müssen rot sein, und es müssen drei sein. Mach keinen Fehler bei der Anzahl! Eine einzelne Rose bedeutet, dass du sie begehrst, und fünf oder sieben Rosen sind das Symbol für ewige Liebe. Beides würde die Ereignisse vermutlich etwas zu sehr vorwegnehmen. Aber drei Rosen erzählen ihr alles, was sie wissen muss, ohne dass du den Mund zu öffnen brauchst.«

Philippe sah den älteren Mann skeptisch an.

»Meinst du wirklich?«

»Natürlich meine ich das«, erwiderte Mahmoud indigniert. »Dass ich immer noch Junggeselle bin, liegt ausschließlich an der Tatsache, dass ich klein, beinahe kahlköpfig, dick und ausgesprochen wählerisch bin. Wenn ich Catherine Deneuve nicht bekommen kann, dann sollen mir alle anderen egal sein. Du hingegen, der wie ein griechischer Gott aussieht, hast alle Chancen auf deiner Seite. Jetzt sieh zu, dass du weiterkommst. Der Blumenladen unten am Platz hat bis halb acht geöffnet.«

* * *

Er ließ sich die Blumen von der Verkäuferin so einpacken, dass sie genügend Feuchtigkeit hatten, und versteckte den Strauß im Keller. Als Amélie am nächsten Morgen um Viertel nach acht aus der Haustür kam, reichte er ihr die Rosen, ohne ein Wort zu sagen.

Mahmoud hatte recht behalten. Worte waren überflüssig. Amélie starrte völlig entgeistert auf die Blumen, dann stellte sie sich auf die Zehenspitzen und küsste ihn auf beide Wangen.

»Wartest du einen Augenblick?«, fragte sie mit sanfter Stimme. »Ich will sie nur ins Wasser stellen, bevor wir gehen.«

Zwei Minuten später war sie zurück. Nachdem sie die erste Straßenecke umrundet hatten, nahm sie seine Hand. Und ließ sie nicht wieder los, ehe sie zum Schultor kamen.

22

Durch Mahmouds Entdeckung gewarnt, verbarg er sein Glück in den darauffolgenden Wochen hinter einem Pokerface. Viktória ahnte, dass irgendetwas im Gange war, deutete es fälschlicherweise jedoch als Teil des jugendlichen Reifeprozesses.

Dann, an einem Montag Anfang April, schlug der Blitz zum zweiten Mal in Philippes Leben ein.

An diesem Tag wartete er draußen vor Amélies Haustür bis fast halb neun. Als sie nicht auftauchte, rannte er die drei Kilometer zur Schule und erreichte, fünf Minuten nachdem es geklingelt hatte, sein Ziel. Die anderen Kinder blickten ihn erstaunt an, als er ins Klassenzimmer trat. Da der Junge zum allerersten Mal zu spät kam, beschloss Madame Pélissier, über das Fehlverhalten hinwegzusehen. Amélies Pult war unbesetzt. An und für sich nichts Aufsehenerregendes. Schulkinder, die an der Grippe oder anderen ansteckenden Krankheiten litten, wurden aufgefordert, zu Hause zu bleiben. Unnötig zu erwähnen, dass sie ein Bestätigungsschreiben der Eltern beibringen mussten, wenn sie in die Schule zurückkehrten.

Dienstag und Mittwoch kamen und gingen. Noch immer keine Amélie. Am Donnerstag wurden die Eltern der Kinder in Madame Pélissiers Klasse aufgefordert, sich noch am selben Abend zu einer Besprechung in der Schule einzufinden. Im Theater gab es an diesem Abend keine Vorstellung, sodass Viktória der Bitte nachkam. Zu Philippe sagte sie wahrheitsgemäß, es handele sich um einen Elternabend.

Als sie nach zwei Stunden in die Wohnung zurückkam, stand er wartend an der Tür.

»Worum ging es?«, fragte er.

»Mein lieber Junge, lass mich erst mal den Mantel ausziehen.«

Er versperrte ihr den Weg zur Garderobe.

»Worum ging es?«

Auf ihrer Wange erschien eine Träne. Sie wollte den Dreizehnjährigen zurechtweisen, ihn zur Seite schieben, aber Viktória fehlte die Kraft.

»Ein Mädchen aus deiner Klasse«, sagte sie leise. »Amélie Dubois. Sie ist … tot.«

Ein leises Zucken im Gesicht des Jungen, ein Hauch von Ermattung in dem durchdringenden Blick, wie beim Spannungsabfall in einer Glühbirne. Dann wurde das Licht wieder heller.

»Tot? Wieso tot?«

Viktória Mandaroux kämpfte mit sich. Er würde es ohnehin erfahren. Also konnte er es genauso gut von ihr hören. Nein, es war sogar *besser,* wenn er es von ihr erfuhr.

»Komm mit mir ins Wohnzimmer«, sagte sie und warf den Mantel ab.

Er ließ sie vorbei, folgte ihr zu dem großen Sofa am Fenster.

»Setz dich, Philippe«, bat sie ihn.

Er tat wie ihm geheißen. Sie setzte sich neben ihn, legte vorsichtig eine Hand auf seinen Oberschenkel, spürte die eisenharte Muskulatur unter dem Baumwollstoff der Hose. Dann berichtete sie.

Am Samstagnachmittag hatte Amélie nach Aussage der Eltern die Wohnung verlassen, um die erlaubte Menge an Süßigkeiten einzukaufen, die zum Wochenende dazugehörten. Als sie nicht wiederkam, begann Amélies Mutter, die Freundinnen der Tochter reihum anzurufen, während der Vater die Straßen in der Nachbarschaft absuchte. Ohne Erfolg. Um neun Uhr abends wurde die Polizei verständigt, Amélie galt als vermisst. Die Suche war über das Wochenende mit voller

Kraft weitergeführt worden, und am Montagvormittag wurde sie gefunden. Auf einer Baustelle im 13. Arrondissement, unweit des Seine-Ufers.

Philippe hörte sich den mühsam vorgebrachten Bericht der Tante an, ohne ein einziges Wort zu äußern. Als sie geendet hatte, fühlte sie sich leer. Es gab nichts weiter zu erzählen, jedenfalls solange sie nicht musste. Ein paar Sekunden herrschte gespannte Ruhe. Dann kam es:

»Wurde sie umgebracht?«

Obwohl die Frage vollkommen logisch war, erschrak Viktória. Sie brachte nur ein Nicken zustande.

»Wie?«

»Ich weiß nicht«, flüsterte sie. »Madame Pélissier wusste es auch nicht. Bei solchen Sachen ist die Polizei sehr zurückhaltend mit Informationen.«

Er schob ihre Hand von seinem Oberschenkel. Nahm Kurs auf sein Zimmer.

»Philippe …?«, rief sie ihm nach.

Er schloss die Tür hinter sich. Sie hörte, wie der Schlüssel herumgedreht wurde.

An diesem Abend weinte Philippe Mandaroux, doch niemand sah oder hörte es. Ein Phänomen, das sich niemals wiederholen sollte.

An diesem Abend im April wurde mir klar, dass Gott eine Lüge war. Hätte er existiert, wäre seine Wahl auf eine andere gefallen – nicht auf Amélie. Gott ist nur eine konspiratorische Illusion, ein Betrug, geschaffen, um schwachen Menschen Trost zu geben. Wir sind es, die Entscheidungen treffen, einige wenige von uns. Die Erkenntnis dessen war befreiend. Es gab mir einen Glauben – den Glauben an mich selbst. Später erfuhr ich, dass Amélie vergewaltigt worden war, genau wie Mutter. Das Ungeheuer, das dafür verantwortlich war, hatte sie zuvor misshandelt. Sie mit einer Eisenstange bis zur Unkenntlichkeit verprügelt. Die Polizei fasste ihn ein paar Tage später. Es war ein junger Mann, nur ein paar Jahre älter als wir. Ich blieb der Schule fern und verfolgte den Prozess von der Zuschauerbank aus. Am dritten Tag wurden Amélies Eltern gebeten, den Saal zu verlassen, woraufhin der Staatsanwalt Fotos von der Stelle zeigte, an der sie gefunden worden war. Aufnahmen dessen, was sie einst gewesen war. Nahaufnahmen. Bilder, die mich seitdem verfolgen. Das Urteil lautete auf fünfundzwanzig Jahre, aber das Schwein kam billig davon. Er hat sich im Gefängnis das Leben genommen. Hängte sich an abgerissenen Streifen seines Bettzeugs auf. Schade. Ich hatte schon angefangen, die Tage zu zählen, und freute mich darauf, ihn in Empfang zu nehmen, wenn er wieder herauskäme.

23

Amsterdam
September 2017

Bullshit.

Bert Meijer war dieses Wort schon seit dem Besuch in der Villa de Jong im Kopf herumgegangen. Der norwegische Eindringling fiel ihm bereits gehörig auf die Nerven. So wie Ceulemans hatte auch Meijer Bogart Bull gegoogelt. Was er gefunden hatte, war niederschmetternd. Große ausländische Zeitungen wie *Le Figaro* oder *The Times* feierten den Mann geradezu. Die britische Zeitung charakterisierte ihn als »The Norwegian Supercop« und betonte, dass Bull in Nordirland ein Attentat verhindert habe, bei dem Prinz William zu den möglichen Opfern gehört hatte. Und jetzt hatte Meijer diesen Superbullen an der Backe. Vorläufig waren es nur Kleinigkeiten. Die Vorhersage, dass weitere Morde geschehen würden. Dass er spielend leicht den Fisch als Tatwaffe definiert hatte, eine Vermutung, die der Pathologe später zu bestätigen wusste. Oder die Vernehmung von Eva de Witt, bei der sich die Dame so verhalten hatte, als ob Meijer gar nicht vorhanden wäre. Kleinigkeiten, die jedoch Menschen wie Ceulemans durchaus nicht entgingen. Ohnehin hatte er schon bemerkt, dass Bull und die Kollegin sich überaus gut zu verstehen schienen. Das Schlimmste war, dass er es fühlen konnte, wenn er ehrlich zu sich selbst war. Durch Bulls bloße Anwesenheit kam sich Meijer klein und winzig vor. Degradiert.

Gedanken, denen man nur nachgehen sollte, wenn man allein in seinem Wagen saß.

Er bog in die Bernard Zweerskade ein und warf einen Blick

auf die andere Seite des Kanals. Dort lag es. Das Haus, das ihm alle neideten. Als junger Mann war er mit drei Kumpeln auf Ferienreise nach Florida geflogen. Springbreak in Fort Lauderdale, Hochseefischen vor Key West, Disney World in Orlando ... viele starke Eindrücke, doch niemals würde er die Häuser vergessen, die an den Kanälen in Miami Beach lagen. Luxuriöse Villen, wo die Menschen nur wenige Meter vor der Haustür ihr Boot am Kai vertäuen konnten. Von diesem Tag an hatte er davon geträumt, so zu leben.

Was folgte, war pures Glück. Knapp ein Jahr nach der Rückkehr aus Florida lernte er Yasmine Goetz kennen. Sie war fünf Jahre älter als er, doch wenn man jung ist, spielt solch ein Altersunterschied kaum eine Rolle. Viel wichtiger war, dass sie so gebaut war, wie eine Frau nach seinem Geschmack gebaut sein sollte. Yasmine war in München geboren und aufgewachsen und hatte – auf dringendes Anraten des Vaters – einen Mastergrad in Pharmazie erworben. Kurz nach dem Examen an der Münchner Universität versetzte sie ihren Eltern einen gehörigen Schock, als sie verkündete, sich für die Aufnahme am Musikkonservatorium in Amsterdam beworben zu haben. Komposition und klassisches Klavier, nicht mehr und nicht weniger.

Noch im selben Herbst eroberte sie die Stadt. Und den groß gewachsenen, gutaussehenden Polizeibeamten Bert Meijer. Die Nächte verbrachten sie in Meijers Junggesellenbude am Waterlooplein, genauer gesagt in einem Doppelbett von IKEA, das sich als solider erwies, als der Ruf der Möbelkette es vermuten ließ. Yasmine hatte die Tendenz, während des Liebesspiels besonders laut zu sein, die Klagen der Nachbarn unterblieben jedoch, entweder weil Meijer Polizist war oder weil die Nachbarn zu diskret waren, um das Problem beim Namen zu nennen.

Zu Beginn war Yasmine eher zurückhaltend, was ihre deutsche Familie anging. Erst nach sechs Monaten wurde Meijer den Eltern vorgestellt, wobei er feststellte, dass seine neue Eroberung aus einer der wohlhabendsten Familien Deutschlands stammte.

Die Arzneimittelfirma Zilzer-Goetz verkörperte den Kern des Imperiums. Immobilien und Dividenden aus klugen finanziellen Investitionen kamen hinzu. Rudolf Goetz war tief enttäuscht von Yasmines beruflicher Neuorientierung, kam aber niemals auf die Idee, seiner Tochter den Rücken zuzukehren. Eher im Gegenteil. Als er sie zwei Jahre später durch die Kirche führte, wo Bert wartend am Altar stand, hatte er ein aufsehenerregend großzügiges Hochzeitsgeschenk in petto: eine luxuriöse Villa in der Herman Gorterstraat, direkt am schönen Zuider Amstelkanaal gelegen. Zwar war das Haus unter dem Namen Yasmine Goetz-Meijer im Grundbuch eingetragen, doch wundersamerweise war Berts Traum in Erfüllung gegangen.

* * *

Hoofdinspecteur Meijer gab einen sechsstelligen Code ein, öffnete die Haustür und deaktivierte die Alarmanlage mit weiteren vier Ziffern. Mundspray war heute überflüssig. Yasmine war mit zwei Freundinnen nach Bordeaux geflogen und wurde frühestens in fünf Tagen zurückerwartet.

Er hängte seine Jacke an die Garderobe, nahm ein Bier aus dem Kühlschrank und betrat das achtzig Quadratmeter große Wohnzimmer. Schräg vor der einen Wand stand Yasmines Steinway-Flügel, früher ein Instrument, heute nur noch ein schmückendes Möbelstück, auf dem sich Staub angesammelt hätte, wenn die Haushaltshilfe nicht gewesen wäre. Hinter den vier Meter hohen Fenstern lag der Garten, mit Anleger und einem dreißig Fuß langen Daycruiser amerikanischer

Bauart. Ein Anblick, bei dem Meijer normalerweise vor lauter Wohlbehagen geseufzt hätte. Aber dieser verfluchte norwegische Promi-Bulle nervte ihn.

Es war leider nicht zu leugnen, dass die letzten beiden bisher größten Fälle des Hoofdinspecteurs noch immer ungelöst waren. Der Überfall auf einen Geldtransport unten in Bullewijk, wo einer der Wachmänner tot auf dem Asphalt zurückgeblieben war. Und einige Monate später der Mord an einem 26-jährigen DJ, eine Tragödie, die vom gleichen Rampenlicht angestrahlt wurde, in dem sich der junge Mann befunden hatte – bevor ihn jemand erstach. Tatsache war auch, dass die Staatsanwältin sowie Meijers Vorgesetzter, Commissaris Langenberg, Meijers Herangehensweise in beiden Fällen kritisch hinterfragt hatten. Auch die Presse hatte nicht gezögert, den Leiter der beiden TGO-Gruppen, die sich mit der Aufklärung des DJ-Mordes beschäftigten, in schlechtem Licht erscheinen zu lassen.

Eine ergebnislose Jagd nach dem Irren, der seine Morde mit einer Unglückszahl unterschrieb, könnte sich nun sehr schnell ... Meijer suchte in seinem Kopf nach einem passenden Wort ... *karrieredämpfend* auswirken. Im besten Fall. Erst vor zwei Jahren war ein anderer TGO-Leiter an einen Schreibtisch bei der Ausländerpolizei versetzt worden. Der Ärmste mühte sich jetzt mit der Identifizierung und Registrierung von Flüchtlingen aus Afrika und dem Mittleren Osten ab.

Als nächster Punkt meldete sich Yasmines Vater in Meijers Gedanken. Zu Beginn hatte der inzwischen neunzigjährige Patriarch gewisse Verständnisschwierigkeiten mit der Gattenwahl seiner Tochter erkennen lassen, sich dann aber nach und nach mit dem Schicksal der Familie versöhnt. An Meijers fünfzigsten Geburtstag hatte der Alte zu allem Überfluss eine Rede gehalten, in der er großzügig zum Ausdruck brachte, »dass uns eine strahlende Karriere im Dienst des Gesetzes und der Gerechtigkeit hohen Respekt abverlangt«.

Eine strahlende Karriere …

Einiges sprach dafür, dass ähnlich lobende Worte des Schwiegervaters vermutlich ausblieben, falls Meijer in eine verstaubte Abteilung des DRR abkommandiert würde. Doch damit könnte er leben. Viel wichtiger war Yasmine. Ein zum *Sachbearbeiter* degradierter Bert Meijer würde kaum neuen Schwung in eine Ehe bringen können, bei der es im Gebälk schon ordentlich krachte. Ein weiterer ungelöster Fall würde ihn ein Stück näher an den sicheren Abgrund führen.

Und viel besser ausgehen würde es auch nicht, wenn der Fall gelöst wäre und dieser Bull am Ende die Lorbeeren dafür einheimsen könnte.

Und nun?, dachte er und kippte den letzten Schluck Bier aus der Dose in sich hinein. Welche Möglichkeiten hatte er, um ein solches Szenario zu verhindern? Er hatte bereits seinen Chef auf den Norweger angesprochen, doch Langenberg hatte sich taub gestellt.

Meijer zerdrückte die leere Bierdose. Und jetzt einen Gin Tonic. Zwar bestand immer das Risiko, dass er zu einem Einsatz gerufen wurde, aber als Hoofdinspecteur brauchte er sich keine Sorgen um eine Alkoholkontrolle zu machen.

* * *

»Haben Sie so etwas schon mal erlebt?«, fragte Rinske Ceulemans. Umgeben von mehr oder minder grotesken Aufnahmen aus dem Amsterdamse Bos und der Villa de Jong saßen sie im Besprechungsraum. Auf dem Tisch lag der niederschmetternde Bericht der Kriminaltechnik. Rein gar nichts von praktischem Wert war gefunden worden. Wo Linda Varhaug gelegen hatte, waren biologische Spuren entdeckt worden, die nicht vom Opfer stammten, doch andererseits konnten diese in einem öffentlichen Park von jedem x-Beliebigen stammen. Die von Haaren und anderen Funden stammenden Proben hatten beim Abgleich mit dem DNA-Register keine Treffer erzielt.

Bull blickte von dem Bericht auf und sah Ceulemans an.

»Dass jemand mit einem Fisch getötet wurde, oder was meinen Sie?«

Sie lächelte.

»Tja, ich dachte mehr allgemein. Wenn wir vom Offensichtlichen ausgehen, dass es sich nämlich um ein und denselben Täter handelt, dann wäre beim nächsten Mord so gut wie alles denkbar. Eine junge, mustergültige Frau aus Norwegen und ein halbkrimineller Bordellbesitzer aus den Niederlanden. Bolzenschusspistole und giftiger Fisch. Ich meine ... wo ist der gemeinsame Nenner? Ganz zu schweigen davon, was mit normalen Waffen wie Messern und Pistolen nicht stimmt.«

»Nein«, sagte Bull.

»Was nein?«

»So was habe ich noch nicht erlebt. Sollte ich raten, hat noch niemand so etwas zuvor erlebt.«

Was die Sache natürlich ungeheuer interessant macht, dachte er. Und vermutlich nur schwer zu lösen. Hätte es diese mysteriöse Signatur nicht gegeben, wären die Fälle zweifellos separat behandelt worden.

»Sieht so aus, als gäbe es zwei Möglichkeiten«, fuhr er fort.

»Und die wären?«

»Entweder hat die Dreizehn eine symbolische Bedeutung für den Täter, oder es ist ihm wichtig, dass wir die Morde – trotz der Ungleichheiten – im Zusammenhang betrachten. Im Hinblick auf eine eventuelle Symbolik sind Ihre Vermutungen genauso gut wie meine. Fall es sich um Möglichkeit Nummer zwei dreht, könnte es mit einer bewussten Manipulation Ihrer Behörde zu tun haben.«

Ceulemans hob ihre wohlgeformten Augenbrauen.

»Würde es Ihnen etwas ausmachen, sich etwas präziser auszudrücken, Bull?«

»Manipulation in dem Sinne, dass der Täter Sie verwirren will. Dass wir im Dunkeln tappen sollen. Es gibt Menschen, die alles, was irgendwie nach öffentlicher Autorität riecht, mit ihrem Hass verfolgen. Denken Sie bloß an die Fälle, bei denen Politiker getötet werden. In der Regel ist es die Partei oder deren Ideologie, denen der Täter Schaden zufügen will, und nicht das Opfer als Person.«

Ceulemans gab keine Antwort. Sie schien nachzudenken.

»Was ist eigentlich mit der Spraydose?«, fragte Bull. »Dem verwendeten Lacktyp?«

»Ganz gewöhnlicher Universallack«, seufzte sie. »Geht jeden Tag bei über zweitausend niederländischen Händlern über den Tisch.«

Es klopfte an der Tür. Der junge Beamte namens Ederveen kam herein.

»Tut mir leid, dass ich störe, aber Wilhelm möchte wissen, wann Herr Bull wieder in die Innenstadt möchte.«

»Sie wohnen doch im Dikker & Thijs, nicht?«, fragte Ceulemans an Bull gewandt.

Er nickte.

»Dann können Sie mit mir fahren. Ich wohne bloß ein paar hundert Meter von dort entfernt.«

24

Ceulemans' Auto war in etwa so breit wie lang, ein Fahrzeug von der Sorte, die man quer zur Fahrtrichtung am Straßenrand parken konnte.

»Ein absolutes Muss, wenn man im Zentrum der Stadt wohnt«, erklärte sie. »Parkplätze in Amsterdam sind seltener als Eskimos in Nairobi.«

Sie manövrierte das winzige Gefährt mit sicherer Hand durch den Verkehr und sprach dabei weiter über den Fall.

»Was ist denn mit dieser Eva de Witt?«, sagte sie. »Wenn ich mit einem wie Jan de Jong das Bett teilen müsste, könnte ich nicht ausschließen, dass die Mordlust in mir erwacht. De Witt hat sich doch im Haus aufgehalten, als der Mord passierte.«

»Natürlich ist das eine Möglichkeit, aber ich kann mir nur schwer vorstellen, dass eine Stripperin einen megateuren Fisch aus Asien importieren lässt, um es auf diese Weise zu tun. Und außerdem – wenn sie es getan hat, dann muss sie ja auch Linda Varhaug das Leben genommen haben.«

»Was meinen Sie damit?«

»Die Signatur ist der Presse bisher nicht bekannt gemacht worden«, sagte Bull und ließ seine Gesprächspartnerin die Schlussfolgerung selbst ziehen.

Ceulemans wirkte ob der nicht zu leugnenden Logik etwas geknickt.

»So ist es wohl, wenn man ohne Mittel dasteht«, seufzte sie. »Man sucht nach möglichen Tätern, wo immer sie zu finden sind.«

Sie näherten sich dem alten Teil von Amsterdam. Der dämmernde Himmel über den schiefen gezackten Hausdächern hätte von Turner gemalt sein können. Kumuluswolken in verschiedenen Nuancen und Formen, von goldenen, roten und ockerfarbenen Strahlen illuminiert. Wieso malte eigentlich sein Vater nicht solche Motive, dachte Bull. In Thomas' Atelier hingen derzeit große Leinwände, die vor Tragödien nur so strotzten und ungewohnt realistisch für Thomas' Stil waren. Eine davon zeigte eine Küstenlinie. Sonne und Meerblick, Seevögel vor blauem Himmel. Wirklich schön soweit, wenn nicht zahlreiche tote Menschen im Wasser getrieben hätten, viele davon Frauen und Kinder. Ein anderes Bild war eine Art Pastiche von Nick Úts ikonischer Fotografie aus Vietnam. In Thomas' Version ragte die Fifth Avenue in das Bild hinein. Brennende Gebäude auf beiden Seiten, der Himmel ein apokalyptisches Chaos aus Rauch und Feuer. Dem Betrachter kam eine Schar Kinder entgegengelaufen. Blutdurchtränkte und zerrissene Kleider, tränenfeuchte Gesichter, die von Angst und Panik zeugten.

Gibt's Leute, die so was kaufen und sich an die Wand hängen?, hatte Bogart gefragt.

Thomas hatte ihn angeblickt, einen tiefen Seufzer ausgestoßen und in einer merkwürdigen Mischung aus Mitleid und Resignation den Kopf geschüttelt.

Wenn ich Interesse daran hätte, meine Bilder an Herrn und Frau Feinfurz zu verkaufen, würde ich die Silvesterparty im Grand Hotel malen, hatte er erwidert.

»Hier ist eine Einbahnstraße«, riss Ceulemans Bull aus seinen Gedanken. »Wenn Sie nichts gegen einen kleinen Spaziergang einzuwenden haben, dann springen Sie hier am besten raus. Das Dikker liegt gleich an der nächsten Ecke.«

Bull wäre gern auch zehn Kilometer gelaufen, sowohl um seine Gedanken zu klären, als auch um diese Perle von Stadt zu genießen. Er verabschiedete sich von Ceulemans und lief ein paar Blocks weiter, bis er plötzlich Hunger verspürte. Wann hatte er zuletzt etwas gegessen? Frühstück mit dem Literaturprofessor. Laut Inspecteur Meijer verfügte das Dikker & Thijs über eine ausgezeichnete Küche. Vielleicht eine bessere Lösung, als sich irgendwo in einem zufällig ausgewählten Lokal niederzulassen.

Ein paar Meter neben dem Hoteleingang hatte sich ein Straßenmusiker niedergelassen. Wobei Musiker … nun ja. Eher ein ungelenker Penner mit Mundharmonika und einem handgefertigten Plakat:

I'm a bad harmonica-player,
but I'm also hungry!

Vermutlich hatte er Englisch gewählt, um die Touristen zu erweichen. In Amsterdam wimmelte es nur so von Besuchern aus dem Ausland, und die meisten Menschen wurden freigiebiger, wenn sie sich in der Fremde aufhielten. Was die Musik anbetraf, so hatte der Penner absolut recht, an dem Plakat hingegen war nichts auszusetzen. Bull fischte eine Zwei-Euro-Münze aus der Hosentasche und warf sie in den bereitstehenden Pappbecher. Der Mann verbeugte sich tief und fuhr mit einer Melodie fort, die mit viel Wohlwollen als *When The Saints Go Marching In* gedeutet werden konnte.

Bull marschierte ins Hotelfoyer, wo zwei Angestellte gerade dabei waren, eine Gruppe Chinesen auszuchecken. Er machte einen großen Bogen um China und war schon halbwegs auf der Treppe, als hinter ihm eine Stimme hörbar wurde:

»Excuse me?«

Bull drehte sich um. So, wie Kriminelle Polizisten wittern können, können Polizisten auch Journalisten riechen. Der Mann, der sich von einer Sitzgruppe an der Rezeption erhob und auf ihn zukam, machte Bull die Identifikation recht einfach. Er war groß, bebrillt und mit Notizblock und Schreiber bewaffnet. Um seinen Hals hing ein Presseausweis mit Foto.

»You are Mister Bull – the Norwegian Policeman?«

Mitunter reizte es Bull, solche Behauptungen rundweg abzustreiten, aber natürlich war so etwas nutzlos.

»Stimmt«, erwiderte er gemessen. »Was kann ich für Sie tun?«

»Mein Name ist Guy Martens. Ich bin freiberuflicher Journalist und Autor.«

Bull war dieser Berufskombination schon früher begegnet. In der Regel handelte es sich um Schriftsteller, deren Bücher sich so schlecht verkauften, dass sie nebenher noch andere Dinge schreiben mussten.

»Aha«, sagte er.

Bulls Unnahbarkeit schien Martens nicht sonderlich zu stören.

»Um gleich zur Sache zu kommen: Ich interessiere mich für den Mord an Jan de Jong und hatte auf eine kleine Unterhaltung mit Ihnen gehofft.«

»Da muss ich Sie wohl an Hoofdinspecteur Meijer beim DRR verweisen. Er leitet die Ermittlung.«

»Das ist mir bekannt, doch Meijer war nicht zu erreichen, und soweit ich weiß, sind Sie …«

»… nur ein Beobachter in diesem Fall«, unterbrach Bull den anderen. »Am besten Sie versuchen es morgen wieder bei Meijer. Schönen Abend noch.«

Bull drehte sich um und ging weiter. Martens' Stimme war dennoch unüberhörbar:

»Dieser Fisch macht den Fall de Jong ja wirklich völlig einzigartig.«

Bull blieb abrupt stehen. Warf einen Blick um sich und wandte sich dann an den Journalisten.

»Woher zum Teufel wissen Sie das?«, fragte er leise.

Martens kniff ein Auge zusammen, als ob ihm ein Staubkorn hineingeflogen wäre.

»Nun …«, sagte er. »Ich schnüffle überall herum, wo es eventuell etwas zu holen gibt. Eine kleine Unterhaltung mit Wim Beyen, als er das Büro im Kabelweg verlassen hat.«

Beyen. Ceulemans Fischexperte. Wenn Bull es recht bedachte, hatte niemand den Experten darum gebeten, der Schweigepflicht nachzukommen. Jetzt galt es, den Schaden zu begrenzen.

»Lassen Sie uns eine Vereinbarung treffen«, sagte er. »Ich sorge dafür, dass Sie zur Pressekonferenz eingeladen werden und Kopien der Presseverlautbarung erhalten. Sie wissen ja selbst, dass das für Freiberufler keine Selbstverständlichkeit ist. Im Gegenzug möchte ich, dass Sie vergessen – ich wiederhole: *vergessen* –, was Beyen Ihnen erzählt hat. Wie klingt das für Sie?«

Martens grinste schelmisch.

»Wie wär's mit einem neuen Termin bei Ihnen, in ein oder zwei Tagen?«, fragte er.

»Der würde allerdings kurz ausfallen. Sind wir uns einig, Martens?«

Der Journalist streckte die Hand aus. Der Händedruck war erstaunlich fest und trocken. Die Ecke einer Tätowierung ragte gerade noch sichtbar unter seiner Ärmelmanschette hervor.

»Wie lautet Ihre Mailadresse?«, fragte Bull.

Martens steckte die Hand in die Brusttasche und zog eine Visitenkarte heraus. Ganz unten standen eine Telefonnummer und eine Hotmail-Adresse. Mit einem kurzen »Bis dann« nahm Bull wieder Kurs auf die Treppe. Das Letzte, was er jetzt brauchte, war ein aufdringlicher Journalist. Wann sind bei Schriftstellern und Presseleuten überhaupt Tätowierungen in Mode gekommen?, fragte Bull sich. Aber warum auch nicht, wo selbst Regierungsvertreter und Royals sich mit Permanenttinte verzieren ließen. Sogar Christine hatte sich eine kleine diskrete Tätowierung am unteren Ende der Wirbelsäule anbringen lassen, nachdem ihre Eltern in Nordirland ermordet worden waren: **Wish you were here,** mit Engelsflügeln auf beiden Seiten.

Auf dem ersten Treppenabsatz nahm Bull sein Handy heraus. Er musste Ceulemans erreichen, damit sie Wim Beyen Einhalt gebieten konnte, bevor die ganze Stadt seine Fischgeschichte zu hören bekam.

25

Morgengrauen. Bull stand am Fenster und betrachtete den peitschenden Regen, der kleine Wasserläufe auf der Scheibe vor ihm bildete. Amsterdam war wunderschön, sogar bei schlechtem Wetter. Unten auf dem Gehsteig gingen Menschen mit aufgespannten Schirmen vorbei, die leicht gegen die Windrichtung gehalten wurden. Eine Radfahrerin trotzte dem Wetter und war nur in einen hellen Mantel gehüllt, der im Fahrtwind flatterte. Der Anblick löste etwas in Bulls Gedächtnis aus.

Seit einer Ewigkeit hatte er zum ersten Mal wieder geträumt: *Einsame Wanderung durch eine regenfeuchte und menschenleere Straße … Avenue wäre wohl die genauere Bezeichnung. Eine breite, schnurgerade und leere Avenue, die von hohen Gebäuden gesäumt wurde. Vor ihm in der Ferne tauchte etwas Weißes am Horizont auf. Mit wogenden organischen Bewegungen wuchs es immer weiter heran und nahm schließlich die Form einer Gruppe weiß gekleideter Gestalten an, die sich auf ihn zubewegten. Er blieb stehen und wartete. Sie kamen näher. Jetzt sah er, was sie waren. Engel. Ihre Flügel regten sich leicht wie Mantelschöße im Wind. Die seraphische Horde trennte sich in der Mitte und marschierte auf beiden Seiten an ihm vorbei. Es mussten Hunderte sein, aber niemand blickte ihn an. Sie konnten es nicht. Sie hatten keine Gesichter.*

Marschierende Engel? Das Einzige, was im Traum Sinn ergeben hatte, war das Regenwetter.

* * *

Als er zwanzig Minuten später in den Frühstücksraum kam, war es wie ein Spiegelbild des vorherigen Tages. Das gleiche Büfett, dieselbe Kellnerin und derselbe Literaturprofessor am selben Tisch. Wie schön, dass eine gewisse Stabilität im Dasein existierte.

»Einen schönen guten Morgen«, begrüßte ihn der Professor munter. Womöglich waren ihm die Wetterverhältnisse bis jetzt entgangen.

Bull grüßte zurück und nahm sich vom Müsli. Für einen Augenblick erwog er, sich einen Tisch in sicherem Abstand zu dem Amerikaner zu suchen, ließ es aber bleiben. Derselbe Tisch wie zuvor. Nicht zu dicht und nicht zu demonstrativ weit entfernt. Der Professor zögerte nur kurz, bevor er Bull ansprach: »Wie ist das eigentlich? Haben Sie zwischen den Arbeitseinsätzen auch mal Zeit, Tourist zu spielen?«

»Vorläufig erst einmal nicht. Ich habe mir schon überlegt, noch einen oder zwei Tage anzuhängen, wenn die Arbeit erledigt ist.«

Die nächste Frage des Professors war geradezu unvermeidlich.

»Darf ich fragen, was sie beruflich machen?«

»Ich bin Polizeibeamter.«

Er hatte diesen Ausdruck bewusst gewählt, auch wenn *Ermittler bei der Kriminalpolizei* präziser gewesen wäre. Sein Ausweichmanöver erwies sich als vergeblich. Der Professor runzelte die Stirn und warf einen Blick auf die Zeitung vor sich.

»Aha ... «, sagte er. »Dann irre ich wohl nicht, wenn ich annehme, dass Sie sich in Verbindung mit dem Mord an der norwegischen Studentin hier aufhalten?« Er warf abermals einen Blick auf die Zeitung. *»Linda Varhaug?«*

Bull bestätigte die Vermutung.

»Schreckliche Sache«, fuhr der Professor kopfschüttelnd fort.

»Sie hat Literatur studiert, genau wie meine Studenten daheim. Wer um Himmels willen bringt denn einfach so ein junges Mädchen um? Laut Zeitung deutet nichts darauf hin, dass es um Raubmord geht oder dass jemand … sich an dem armen Kind vergriffen hat.«

Ein kleines Fragezeichen hing am Ende des Satzes, doch Bull entschied sich, es zu ignorieren. Er nahm noch ein paar Löffel. Müsli mit Beeren war gar nicht so schlecht, wenn man sich erst mal daran gewöhnt hatte.

»Sie können sicher ein Geheimnis für sich behalten, wo Sie doch Polizist sind?«, fragte der Professor.

»Für gewöhnlich ja.«

»Auf dem Weg hier herunter zum Frühstücksraum habe ich zufällig das Gespräch von zwei Hotelangestellten mitangehört. Sieht so aus, als ob der Vater des ermordeten Mädchens heute Nachmittag im Hotel erwartet wird.«

Bull schluckte die Information hinunter. Sofern der arme Mann den DRR bei der Suche nach einem Zimmer um Hilfe gebeten hatte, war die Wahl des Hotels sicher kein Zufall. Womöglich Ceulemans. Meijer ließ sich zu solch niedrigen Arbeiten vermutlich gar nicht erst herab.

Sogar nach zwanzig Jahren als Ermittler fiel es Bull noch immer schwer, Angehörigen von Mordopfern zu begegnen. Vier lange dunkle Jahre hindurch hatte er diese Art Schmerz und Trauer am eigenen Leib erfahren. Dann hatte Christine Sand ein Licht in dieser Düsternis entzündet. Ganz plötzlich flackerte es in ihm auf: die Angst davor, sie verlieren zu können. Liebe hatte vielerlei Abstufungen. Wie stark würde Christines Liebe sein, wenn es darauf ankäme?

Er konnte nur das Beste hoffen. An ihm sollte es nicht liegen.

* * *

Als Bull eine Stunde später die TGO-Büroräume betrat, konnte er nicht umhin, einen Stimmungswechsel wahrzunehmen. Weniger lächelnde Gesichter. Leisere Stimmen. Eine Art nervöse Intensität bei allem, was die niederländischen Kollegen taten. Umfang und Ernst der Mordsache schienen der Abteilung einen deutlichen Stempel aufgedrückt zu haben.

Auch Ceulemans war etwas blasser um die Nase. Vielleicht hatte ja irgendein Wichtigtuer in den oberen Etagen der Behörde klar und deutlich zum Ausdruck gebracht, dass Fortschritte in den Ermittlungen erwartet würden.

»Er möchte gern mit Ihnen sprechen«, ließ Ceulemans Bull wissen und deutete mit dem Daumen auf das Büro des Inspecteurs.

Bull klopfte zweimal kurz an und öffnete die Glastür. Meijer saß am Schreibtisch und wirkte noch bedrückter als am Tag zuvor.

»Guten Morgen«, begrüßte Bull ihn.

»Scheiß auf den Morgen«, replizierte Meijer. »Sehen Sie sich das hier an.«

Er reichte Bull sein Handy. Eine SMS auf dem Display:

Please take good care of my fish. It's a rarity – unlike the bolt.

Bull las die Nachricht zweimal.

»Auch dieses Mal von einer unregistrierten SIM-Card?«

Meijer nickte nur knapp.

»Auch wenn man den Nutzer nicht identifizieren kann, lässt sich doch wohl der Standort des Handys orten?«

»Das haben wir natürlich versucht. Nicht das Geringste. Ich nehme an, er zerschneidet die SIM-Karte, unmittelbar nachdem er die Meldung abgeschickt hat. Gut möglich, dass er eine ganze Plastiktüte voller Karten mit sich herumschleppt.«

Bull sah die Nachricht zum dritten Mal an. Das verwendete Englisch wirkte solide, ohne dass das viel ausgesagt hätte. Die meisten Niederländer beherrschten die Sprache gut. Die Signatur fehlte. Der Textinhalt machte die Dreizehn überflüssig. *Er spielt mit uns,* dachte Bull. Was auf die eine oder die andere Möglichkeit hindeutete: Entweder war der Täter extrem selbstsicher und demonstrierte nur allzu gern, welch überlegener Spieler er war. Oder er war ein verrückter Kauz. Allerdings ein scharfsinniger und abgebrühter verrückter Kauz.

Meijer betrachtete das Geschehen auf seine Weise:

»Was für ein unverschämter Drecksack!«, fauchte er.

Gedankenverloren ließ Bull den Blick über das Tourneeplakat der Red Hot Chili Peppers an der Wand gleiten. Der Sänger der Gruppe, Anthony Kiedis, war mit nacktem, blutüberströmten Oberkörper abgebildet. Schweineblut, hoffentlich. Oder irgendein geschickter Trick seines Maskenbildners.

Bull konzentrierte sich wieder auf Meijer.

»Ist seit gestern Abend irgendwas Neues aufgetaucht – abgesehen von dieser SMS?«

Der Hoofdinspecteur seufzte. Ein trompetenartiger Laut kam über seine Lippen. Als ob ein Wal nach dem Tauchgang verbrauchte Luft ausblies.

»Nicht das Geringste«, sagte er zum zweiten Mal in zwei Minuten. »Der Alte auf dem Fahrrad hat sich immer noch nicht gemeldet. Sein Foto wurde heute in den Morgenzeitungen und im Frühstücksfernsehen veröffentlicht. Da werden wohl einige Hinweise eingehen, aber erfahrungsgemäß ist das meiste davon Müll. Wir haben nichts in der Hand. Bis jetzt konnte ich Langenberg und die Staatsanwältin noch in Schach halten. Selbst die haben begriffen, dass die Situation ziemlich ungewöhnlich ist – um nicht zu sagen einzigartig.«

Ein paar Sekunden lang herrschte Stille. Meijer schien sich wieder zu beruhigen und sah Bull an.

»Hören Sie – es tut mir leid, falls ich etwas mürrisch erscheine, aber diese verdammte Geschichte geht mir auf die Nerven. Kaffee, vielleicht?«

»Wäre nicht das Schlechteste.«

»Nehmen Sie Milch oder Zucker?«

»Ohne alles. Danke.«

Der Hoofdinspecteur entfernte sich. Bull überlegte, ob er jetzt losgegangen war, um seinen Butlerkollegen aufzuscheuchen, aber nach einer knappen Minute kam Meijer mit zwei Bechern Kaffee zurück.

Die Welt entwickelte sich weiter – trotz allem.

* * *

In einem sollte Meijer recht behalten: Im Laufe des Tages gingen viele Hinweise auf den Radfahrer ein, doch keiner davon brachte sie in irgendeiner Form weiter. Am frühen Nachmittag erhielt Bull eine SMS von Kripochefin Eva Heiberg. Frank Varhaug war in Amsterdam eingetroffen und wollte Bull gern treffen. Um fünf Uhr im Dikker & Thijs. *Wie geht es da unten?*, schloss sie. Es reizte ihn, *träge* zu antworten, aber dann besann er sich und schrieb in zwei Minuten einen kurzen Lagebericht. Fall sie Einzelheiten hören wollte, müsste sie ihn anrufen.

26

Nichts lässt einen Menschen schneller altern als tiefe Trauer. Linda Varhaugs Vater ähnelte einem erschöpften und lebensmüden Großvater. Klein, fahlgrau und in sich zusammengefallen. Das Licht, das einst vielleicht in seinen braunen Augen geleuchtet hatte, war jetzt erloschen.

Sie hatten sich einen Platz in einer ungestörten Ecke der Bar ausgesucht. Frank Varhaug trank Kaffee aus einer Tasse, die in seinen schmalen Händen zehn Kilo zu wiegen schien. Bull hatte ein Glas Cola bestellt, das noch unberührt vor ihm auf dem Tisch stand.

»Ich glaube, ich habe es immer noch nicht begriffen«, sagte Varhaug mit dünner Stimme. »Dass sie tot ist, meine ich.«

Nein, dachte Bull. So etwas braucht Zeit.

»Was ist mit Lindas Mutter? Sind Sie noch verheiratet?«

Varhaug setzte die Kaffeetasse ab, was ein leicht klirrendes Geräusch verursachte.

»Therese hat uns verlassen … oder ist ihrer Wege gezogen, als Linda vier war. Bei einem Seminar in London hatte sie einen Engländer kennengelernt. Nach Ende des Seminars kam sie ohne Gepäck nach Hause, packte einen Koffer und fuhr wieder weg. Seitdem hat es nur uns beide gegeben. Linda und mich.«

Gibt es wirklich Frauen, die so etwas tun?, dachte Bull. Doch, ja, natürlich gab es sie. Schließlich hörte man in unregelmäßigen Abständen ja auch von Männern, die alles hinter sich ließen, um »ein neues Leben zu beginnen«, wie sie es nannten.

»Bitte erzählen Sie mir von Linda – wenn Sie dazu in der Lage sind«, bat er.

Varhaug war in der Lage. Fast schien es, als ob die Aufforderung dem völlig zerschmetterten Mann einen Energiestoß versetzte. Die Geschichte stimmte mit dem wenigen überein, das Bull bereits wusste. Gut in der Schule. Klug, aber bescheiden. Tierlieb. Sportlich, ohne aktiv eine bestimmte Disziplin auszuüben. Eine junge Dame, deren Charakterzüge Frank Varhaug erlaubten, einen gewissen Stolz auf seine Rolle als alleinerziehender Vater zu empfinden. Ebenso sehr hatte er nun jedes Recht, seinen Verlust ganz offen zu betrauern.

Bull ging behutsam vor.

»Wie sieht es mit Liebesverhältnissen aus?«, fragte er. »Die meisten Neunzehnjährigen haben ja so das eine oder andere.«

Varhaug lächelte schwach, mehr in sich hinein als zu Bull gewandt, als ob die Frage Erinnerungen weckte, die ihm angenehm waren.

»Mir wurde nie jemand vorgestellt, allerdings würde es mich wundern, wenn es da nicht einen oder mehrere Verehrer gegeben hätte. Sie war ein ungewöhnlich hübsches Mädchen. Hatte mehr Ähnlichkeit mit ihrer Mutter als mit mir. Ich habe hier ein Foto, das nicht lange vor ihrem Aufbruch nach Amsterdam geschossen wurde.«

Varhaug zog seine Geldbörse hervor und reichte Bull eine Fotografie. Die Aufnahme war im Halbprofil gemacht worden. Ein Mädchen in norwegischer Tracht. Mit einem Ausdruck, der am ehesten als … abwartend? … beschrieben werden konnte, blickte sie links an dem Fotografen vorbei ins Leere. Wirkte sie nicht fast sogar ängstlich? Bull fiel plötzlich auf, dass das Bild eine erstaunlich große Ähnlichkeit mit der offiziellen Fotografie der siebzehnjährigen Birgitte Tengs aufwies, dem Opfer in einem der meistdiskutierten Kriminalfälle der norwegischen Rechtsgeschichte. Insbesondere der Blick der Mädchen ließ Bull die beiden Fotos so verwandt erscheinen. Was hatten Linda und Birgitte gesehen? Eine Vorausschau auf ihr Schicksal?

Dummes Zeug, Bogart.

In der Tat war das Mädchen hübsch. Bull sagte es, war aber

leicht besorgt, dass das Kompliment Frank Varhaug aus dem Gleichgewicht und zum Weinen bringen könnte. Aber das passierte nicht. Der kleine Mann nickte nur und steckte die Fotografie wieder ein. Bull nutze die kurze Unterbrechung, um einen Schluck von der Cola zu nehmen. Mit andächtiger Miene ging ein Kellner am Tisch vorbei, als sei ihm bewusst, welch traurige Umstände die beiden Männer an dem kleinen Tisch zusammengeführt hatte. Was nicht ganz ausgeschlossen war, dachte Bull. Immerhin hatte der Professor ja auch aufgeschnappt, dass der Vater des Mordopfers im Hotel wohnen würde.

Frank Varhaug räusperte sich hinter vorgehaltener Hand.

»Ich wurde von einer Rinske Ceulemans am Flughafen abgeholt«, setzte er an. »Wenn ich das richtig verstanden habe, gehört sie zu dem Team, das an dem Fall arbeitet?«

»Ganz richtig.« Bull ahnte schon, worauf Varhaug hinauswollte.

»Ich habe natürlich die Gelegenheit genutzt und mich nach dem Stand der Ermittlungen erkundigt. Sie wirkte eigentlich … was soll ich sagen … ganz optimistisch im Hinblick auf eine Aufklärung des Falls.«

Die unausgesprochene Frage blieb in der Luft hängen: *Können Sie das bestätigen?*

Selbstverständlich hatte Ceulemans versucht, diesen Eindruck zu hinterlassen, dachte Bull. Was hätte sie auch sonst antworten können? Dass sie kaum einen Schritt weitergekommen waren, seit seine ermordete Tochter im Park entdeckt worden war? Bull fasste einen Entschluss. Es war nicht sicher, weswegen, aber etwas an der Person Frank Varhaugs erforderte Aufrichtigkeit. Behutsam verklausuliert sagte er, wie sich die Sache verhielt: dass sie, obwohl die Ermittlung auf vollen Touren lief, vorläufig ohne heiße Spur dastanden, sowohl was das Motiv als auch was den Täter anbetraf.

Varhaug starrte ratlos in seine leere Kaffeetasse.

»So ist das also«, sagte er nur.

Bull fasste einen weiteren Entschluss, schickte aber voraus, dass Varhaug das, was er ihm nun sagen würde, für sich behalten müsse.

»Sie haben mein Wort darauf«, erklärte Varhaug.

Dann berichtete Bull, ohne den Namen des Opfers zu nennen oder auf Einzelheiten einzugehen, dass es einen weiteren Mordfall gegeben habe. Und dass alles auf denselben Täter hindeute, sich aber keine Verbindung zwischen den beiden Opfern oder der Art der Durchführung der Morde finden lasse.

»Darüber hinaus ist nicht ausgeschlossen, dass der Betreffende ein weiteres Mal zuschlägt«, sagte Bull. »Absurderweise würde uns ein neuer Mord sogar helfen können, den Schuldigen zu fassen.«

Varhaug wirkte etwas desorientiert.

»Wie meinen Sie das?«

»Weltweit ist es nur wenige Male vorgekommen, dass mehrere Morde, die von ein und demselben Täter begangen wurden, nicht aufgeklärt wurden. Das bekannteste Beispiel ist Jack the Ripper in London, aber das passierte hundert Jahre, bevor die Wissenschaft uns das Werkzeug der DNA-Analyse in die Hand gab. Früher oder später wird dem Täter ein Fehler unterlaufen, und dann haben wir ihn.«

»Sind Sie sicher, dass es ein Mann ist?«

»Sollte der Betreffende noch einmal morden, kann man erfahrungsgemäß davon ausgehen, ja.«

»Wollen wir lieber hoffen, dass es nicht noch einmal passiert«, sagte Varhaug leise. »Aufklärung oder nicht – ich bekomme Linda ja doch nicht zurück.«

Die ausgesprochene Wahrheit trieb ihm die Tränen in die Augen.

»Sind Sie schon bei ihr gewesen, nachdem Sie angekommen sind?«, fragte Bull.

»Noch nicht. Soweit ich weiß, ist eine solche … eine solche Gelegenheit für morgen anberaumt.«

»Wenn es Ihnen hilft, komme ich gern mit Ihnen.«

Varhaug blickte Bull an. Die Tränen in seinen Augen waren verschwunden. Zugunsten von etwas, das nur schwer zu benennen war. Eine Art Würde?«

»Ich weiß Ihr Angebot zu schätzen, aber es ist am besten, wenn ich allein gehe. Linda und ich. So wie es immer gewesen ist.«

* * *

Einige Minuten später trennten sie sich an der Hotelrezeption. Bull dachte, dass der gebrochene Frank Varhaug sein Schicksal mit außergewöhnlicher Fassung trug. Doch was nun? In das Büro am Kabelweg zurückzukehren kam ihm sinnlos vor. Die Uhr zeigte zehn nach sechs, und falls etwas Wichtiges auftauchen sollte, hatte Ceulemans versprochen, sich zu melden.

Ganz abgesehen davon war er nicht ganz in Form. Im Laufe des Gesprächs mit Varhaug hatte er begonnen, sich unwohl zu fühlen. Erschöpft und leicht schwindelig. Im schlimmsten Fall brütete er wohl eine Erkältung oder etwas Ähnliches aus. Allerdings käme eine Grippe jetzt ziemlich ungelegen. Vielleicht half ja etwas frische Luft, sofern Luft in einer Großstadt frisch sein konnte.

Draußen auf der Straße waren Asphalt und Kopfsteinpflaster nach dem Regen getrocknet. Bull ging an dem Penner mit der Mundharmonika vorbei, beschränkte sich dieses Mal jedoch auf ein freundliches Nicken. Eine nervenzerreißende und beinahe nicht wiedererkennbare Version von *New York, New York* war wohl kaum zwei weitere Euro wert. Auf einer nahe gelegenen Brücke überquerte er die Gracht und entdeckte eine italienische Trattoria an der nächsten Ecke. Pasta oder Pizza? Kopf oder Adler? Das Lokal war nur mäßig besucht, allerdings stand zu hoffen, dass dieser Umstand dem Zeitpunkt und nicht der Qualität des Essens geschuldet war. Ein übertrieben freundlicher Kellner führte ihn an einen Tisch und verneigte sich tief, als Bull eine Cola bestellte; eine Geste, die Bull zu der Frage veranlasste, was der Mann wohl getan hätte, wenn er eine Flasche guten Rotweins geordert hätte.

Bull entschied sich für Spaghetti Vongole. Viele Kohlenhydrate und auch etwas heftig für den Magen, aber da der Gesundheitsapostel Christine Sand seine Bestellung gerade nicht überwachte, konnte er der Versuchung nicht widerstehen. Vielleicht noch ein Tiramisu zum Dessert? Wenn man trockener Alkoholiker und Nichtraucher war und nur der Eintritt in die Pfingstbewegung zu einem Leben als Asket gefehlt hätte, durfte man sich eine kalorienreiche Abwechslung dann und wann durchaus gönnen. Sogar Christine kapitulierte zeitweilig, wenn Kuchen oder Dessert auf der Speisekarte standen.

Begleitet von einer weiteren Verbeugung und dem Wunsch nach gutem Appetit, brachte der Kellner die Spaghetti. Gerade als Bull die ersten langen Nudeln um die Gabel wickelte, hörte er Inspecteur Meijers Stimme direkt hinter sich:

Dieser norwegische Bulle, den alle so in den Himmel loben, hatte nicht gerade viel beizutragen. Genauer gesagt nicht das Geringste.

Vorsichtig legte Bull die Gabel aus der Hand und drehte sich um. Alle drei Tische hinter ihm waren leer. Der nächste Tisch, an dem jemand saß, stand etwa vier oder fünf Meter schräg links vor ihm. Zwei erwachsene Paare. Bert Meijer gehörte nicht dazu. Bull blieb ganz ruhig sitzen und spitzte die Ohren. Nichts. Er zweifelte nicht im Geringsten daran, dass er etwas gehört hatte, und zwar genauso deutlich, als hätte Meijer hinter ihm gestanden. Und dennoch – es war unmöglich. Konnte man sich solche Dinge einbilden? Er ließ das Essen stehen, spürte eine seltsame Benommenheit im Kopf und heftigen Pulsschlag an den Schläfen. Was zum Teufel passierte hier gerade? Hatte er etwa hohes Fieber bekommen? Gab es da nicht etwas, das man Fieberphantasien nannte?

Er winkte den Kellner heran und bat um die Rechnung. Der Mann starrte auf Bulls Teller.

»Something wrong with the food, Sir?«, fragte er in gebrochenem Englisch.

Bull entkräftete seine Befürchtungen. Murmelte, dass ihm plötzlich schlecht geworden sei und er gehen müsse. Der Kellner drückte sein Mitgefühl aus und verschwand hinter dem Tresen, um die Rechnung auszufertigen. Kurz danach trat Rechtsanwalt Fredrik Steffensen mit der Rechnung und einem Kartenterminal an den Tisch.

Bull glotzte ihn an.

»Was zum Teufel machen Sie denn hier, Fredrik?«

»Excuse me, Sir?«

Das gebrochene Englisch des Kellners. Bull schloss die Augen. Als er sie wieder öffnete, stand der Kellner mit dem Kartenterminal vor ihm. Bull fischte seine VISA-Karte aus der Innentasche seiner Jacke. Der Kellner gab den Betrag in die Maschine ein und stellte sie dann vor Bull auf den Tisch.

»PIN-Code, please.«

Bull hob die Hand, nur um festzustellen, dass er nicht die leiseste Ahnung hatte, wie die sechs Zahlen lauten konnten. Oder waren es vier?«

»Cash«, flüsterte er.

Der Kellner nahm einen 50-Euro-Schein entgegen.

»I'll get your change. Just a moment, Sir.«

Bull stand auf. Der Boden unter ihm schwankte leicht. Er stolperte aus dem Lokal auf die Straße hinaus. Auf dem Gehsteig hielt er inne und rang nach Atem. Wo war noch mal die

Brücke? Er ging in die Richtung, aus der er glaubte gekommen zu sein. Der Bürgersteig, auf dem er lief, bestand aus Wasser. Nein, es war Feuer. Schnee. Frühlingsbraunes Gras. Mit einem Mal war das Eis unter seinen Füßen so dünn, dass er keinen weiteren Schritt wagte. Er blieb stehen und lehnte sich an die Hauswand.

Jemand fasste ihn am Arm an.

»Hebt U hulp nodig?«

Bull drehte sich um. Ein uniformierter Polizist. Neben ihm stand noch einer. Oder sah er doppelt?

»Alles in Ordnung, Mijnheer?«

Vielleicht lag es an der Uniform, der in der vertrauten Ähnlichkeit wurzelnden Sicherheit, dass sein Kopf ein bisschen klarer wurde.

»Schon in Ordnung«, sagte Bull. »Nur ein kleiner Anfall. Ich bin Epileptiker.«

Manchmal war eine kleine Notlüge durchaus erlaubt.

»Verstehe«, sagte der Polizist. »Wohnen Sie in der Nähe?«

»Dikker & Thijs«, erwiderte Bull und zeigte in die Richtung.

Ein leichtes Lächeln umspielte den Mund des Polizisten.

»Das Dikker liegt in der anderen Richtung, Mijnheer. Aber es ist nicht weit. Gleich auf der anderen Seite der Gracht. Wir begleiten Sie.«

»Danke«, sagte Bull. »Aber das ist wirklich nicht nötig.«

»Genau solche Dinge definieren unsere Tätigkeit, Mijnheer«, erwiderte der Polizist freundlich. »Wir wollen uns ja nicht eines Dienstvergehens schuldig machen.«

Bull fügte sich. Die meisten Leute im Hotel hatten schon mitbekommen, dass er Polizeibeamter war. Insofern war es wohl kaum entwürdigend, in Gesellschaft zweier Kollegen gesehen zu werden.

Sie brachten ihn bis zur Eingangstür.

»Wohl begonnen ist halb gewonnen«, schrieb der römische Dichter Horaz. Vier sind noch übrig. An und für sich ist Amsterdam gar kein übler Ort für einen Abschluss. Die Stadt ist ungeheuer angenehm und freundlich, was sich im Übrigen auch über die Niederländer sagen lässt. Vielleicht sogar ein Ort, um sich zur Ruhe zu setzen, wenn in ein paar Tagen alles vorbei ist. Kulturell betrachtet ist Amsterdam eine Schatzkammer, und es gibt auch gastronomische Oasen, wenngleich nicht im selben Ausmaß wie in Paris. Über das Klima ließe sich natürlich streiten. Nach vielen Jahren in tropischen Gefilden bin ich in dieser Hinsicht etwas verwöhnt. Nun ja, die Entscheidung eilt nicht. Vielleicht den Winter in Kapstadt oder Bangkok verbringen und noch etwas darüber nachdenken. Vier sind also noch übrig. Und der letzte wird dieser norwegische Polizist sein. Zweifellos eine erregende Erfahrung, einem Menschen gegenüberzustehen, von dem man weiß, dass man sein Leben bald beenden wird. Ich verspüre eine fast kindliche Lust, ihm einen kleinen Hinweis zu geben, nur um zu sehen, wie er reagiert. Eigentlich wirkt er ganz in Ordnung. Vielleicht etwas zugeknöpft und grau, ausgesprochen gewöhnlich. Da ist sein Vater schon farbiger – in doppelter Hinsicht. Vor einigen Jahren besuchte ich in Kopenhagen eine Ausstellung von ihm und war ziemlich beeindruckt. In seinen besten Werken reicht die künstlerische Qualität an Größen wie Boccioni, Pollock oder de Kooning heran. Mich überkommt eine gewisse Wehmut bei dem Gedanken, solch eine Karriere zu beenden, aber leider kann ich nicht kleinlich Rücksicht nehmen, wenn ich erst einmal aktiv geworden bin. Der Maler wird der Vorletzte sein.

27

Paris
1976

Pause.

Wie üblich steht Philippe Mandaroux allein in einer Ecke des Schulhofs, wo er alles überblicken kann. Ein paar Meter entfernt hat sich eine Handvoll seiner Klassenkameraden zusammengefunden. Sie reden über Amélie. Drei der Mädchen haben am Tag zuvor ihr Grab besucht. Auf den Tag genau zwei Jahre nach ihrem Tod. Philippe lauscht, ohne zu ihnen hinüberzusehen. Eines der Mädchen sagt, Amélies herzförmiger Grabstein aus rosa Marmor sehe hübsch aus. Einer der Jungen, ein untersetzter Kerl mit schnurgeradem Seitenscheitel und einem flusigem Witz von einem Schnurrbart meint, dass herzförmiger Marmor dem feinen, zarten Püppchen bestimmt zugesagt hätte.

Eine Stunde nach Schulschluss wird der Junge in einer Seitenstraße der Rue de l'Abbé Grégoire bewusstlos aufgefunden. Sein Kiefer ist an zwei Stellen gebrochen, der Rest seines Gesichts ist übel zugerichtet, und das meiste seines jämmerlichen Barts ist verschwunden. Absurderweise ist es die fehlende Gesichtsbehaarung, die bei den in der Notaufnahme tätigen Medizinern die größte Neugier weckt. Nach Ansicht der Ärztin, die ihn behandelt, sieht es fast so aus, als wären die Haare gewaltsam und von Hand aus der flammend roten Oberlippe herausgerissen worden. Der Junge entkommt knapp einem bleibenden Schaden, behauptet aber gegenüber der Gendarmerie, sich an nichts erinnern zu können. Die Ermittlung wird nach kurzer Zeit eingestellt.

Am gleichen Nachmittag wird der sechzehnjährige Philippe Mandaroux am *Collège Paul Bert* zum besten Abgangsschüler des Jahres gekürt.

* * *

Er hat sein Revier nach und nach ausgeweitet. Die gemeinsamen Abende vor dem Fernseher werden immer seltener. Dasselbe gilt für seine Besuche in der Maskenbildnerei. Schon bald sehen sie sich nur noch zu den Mahlzeiten. Nach Hausaufgaben und Abendessen geht er in der Regel aus. Wenn Viktória ihn fragt, wohin er geht, antwortet er mit diesem einen Wort: raus.

In ihren Ohren klingt es wie *weg von hier.*

Wenn er zu Hause bleibt, verschanzt er sich in seinem Zimmer. Was er dort treibt, weiß sie nicht, doch sie vermutet, dass er eines der zahlreichen Bücher liest, die er auf verschiedenen Flohmärkten erstanden hat. Sie hat einen Blick in sein Regal geworfen und war ziemlich erstaunt: Dostojewski, Conrad, Poe, Rimbaud, Mann, Kafka ... überwiegend Autoren, die sie selbst nicht gelesen hat.

Die Belastung, die sie empfunden hatte, ist verschwunden. Doch jetzt hat sie Angst davor, Philippe zu verlieren. Die acht Jahre haben etwas mit ihr gemacht; eine Veränderung, die sich so langsam vollzog, dass sie sie kaum bemerkt hat. Philippe ist nicht länger das zweifelhafte Ergebnis einer übereilten Entscheidung. Er ist ihr Junge, ihr engster Vertrauter, ihr Ein und Alles, und jetzt treibt er von ihr weg. Die Verbindung löst sich, und in einem Augenblick glasklarer Erkenntnis begreift sie, dass sie es ist, die an seiner Hand über dem Abgrund hängt – nicht umgekehrt.

Verzweifelt sucht sie nach etwas, das den Sturz verhindern könnte.

Zwei Jahre zuvor hatte Philippe den Wunsch geäußert, einen Hund anzuschaffen. Begleitet von der plausiblen Erklärung, dass der Hausbesitzer die Haltung von Tieren verboten habe, musste sie Nein sagen. Jetzt hat sie sich überlegt umzuziehen, um den Wunsch des Jungen zu erfüllen, sieht aber schnell ein, dass sie es sich nicht leisten können. Sie hat einen alten Vertrag mit einer bezahlbaren Miete, eine entsprechende Wohnung woanders würde das Doppelte kosten.

Wie zum Ausgleich dafür schlägt sie eine Woche Ferien in Biarritz vor. Sonne, Meer, baskische Küche … und vielleicht lernt er ja sogar, auf den Wellen zu reiten? Jedenfalls haben sie solche Abenteurer im Fernsehen gesehen.

Er lehnt ab. Beinahe fleht sie ihn an, doch er besteht auf seiner Entscheidung. In Tränen aufgelöst fordert sie eine Erklärung für seinen Unwillen. Für die *zunehmende Isolation*, wie sie es nennt. Hat sie das verdient, nachdem sie Jahre ihres Lebens darauf verwendet hat, ihm ein sicheres Zuhause zu bieten?

Da sagt er es, ganz unbewegt, als ob er etwas feststellt, was sie beide gar nicht berührt:

»Wenn ich ein Pudel wäre, würdest du dasselbe tun. Du würdest mir ein Dach über dem Kopf, etwas zu essen und dann und wann eine Streicheleinheit zukommen lassen. Du würdest mich mit zur Arbeit nehmen und mich auf dem Sofa liegen lassen, während du Fernsehen guckst. Du würdest für regelmäßige Spaziergänge im Park sorgen und zweimal im Jahr für einen Besuch beim Friseur, damit ich auch gepflegt aussehe.«

Ein lautes Ringen um Luft, wie bei einem Taucher, der im letzten Moment die Oberfläche erreicht. Dann schlägt sie zu, verpasst ihm eine schallende Ohrfeige. Er lächelt. Dann dreht er sich um und geht in sein Zimmer. Zitternd vor Wut und Verzweiflung verharrt sie im Gang. Nach knapp zwei Minuten kommt er mit einer weißen Adidas-Sporttasche in der Hand zurück. Ohne sie eines Blickes zu würdigen, tritt er auf die Wohnungstür zu.

»Philippe …«, sagt sie mit heiserer Stimme. »Warte doch, mein Lieber. Wir können doch darüber reden? *Philippe … ??*«

Doch es ist Filip Laita, der die Tür öffnet und aus Viktórias Leben verschwindet.

* * *

Er geht in nördliche Richtung. Durchquert das Quartier Latin und läuft über die Pont du Carrousel, die zum anderen Flussufer führt. Bleibt mitten auf der Brücke stehen und betrachtet einen großen Vergnügungsdampfer, der die spiegelglatte Oberfläche der Seine durchpflügt. Warme Lichter in den Fenstern, Klaviermusik, Gelächter und fröhliche Stimmen. Er verspürt keine Sehnsucht nach Freude und Gesellschaft, mustert bloß die gackernde Horde, als das Fahrzeug unter ihm zwischen den Brückenpfeilern hindurchgleitet.

Kirchenglocken, deren Klänge sich vermischen, einige nah, andere fern. Elf oder zwölf, vermutet er. Zeit spielt keine Rolle. Es ist später Abend oder Nacht, und da er nicht weiß, wohin er gehen soll, folgt er dem Mond, der über den Hausdächern vor ihm schwebt. *La Lune.* Ein Licht, dem er sich verbunden fühlt, im Gegensatz zu dem der Sonne. Nacht ist besser als Tag, Dunkelheit besser als Licht.

Ohne sich dessen bewusst zu sein, kommt er zum südlichen Teil von Montmartre. Betritt eine ihm unbekannte Welt, die sogar um diese Zeit geschäftiger wirkt als die Champs-Élysées bei Tag.

Ein Dschungel aus blinkenden Neonlichtern, die Straßen voller Menschen und Autos in einem chaotischen Wirrwarr, das Geräusch surrender Stimmen, gellendes Lachen, scharfe

Schreie und eine Collage aus Gerüchen: Parfum, Kräuter, Schweiß, Tabak, gebratenes Essen und Auspuffgase.

Ein geschniegelter Jüngling klammert sich an einen Laternenmast und spuckt den abendlichen Übermut mit krampfartigen Zuckungen aus. An den Hauswänden und an jeder Straßenecke stehen Frauen aufgereiht, die meisten so spärlich bekleidet und so grell geschminkt, dass sogar Filip, der bisher nur in einsamer Stille hinter einer geschlossenen Tür onaniert hat, begreift, was sie anzubieten haben. Schilder und Leuchttafeln schreien ihm Wörter entgegen, die er zuvor nur einige Male in den Stativen der Zeitungsverkäufer hat aufblitzen sehen: *Sex, Orgie, Pussy, Live-Show, Erotik …*

Eine Hure in einem Hauseingang bietet sich ihm an. Eine von denen, die zu lange in der Manege gestanden haben und nun die Straßenbeleuchtung scheuen müssen. Er lächelt und schüttelt den Kopf. Ein Lächeln, das womöglich die Äußerung hervorruft, die ihm mit einem Mal laut hinterhergerufen wird:

Für hochnäsige Drecksbubis ist doch eigentlich schon Schlafenszeit!

Hätte die Hure ihn gekannt, würde sie sich ihre Bemühungen erspart haben. Aber niemand kennt ihn hier, und genau das gibt ihm das seltsame Gefühl von Zugehörigkeit, als er durch die Masse anonymer Gestalten schlendert. Er weiß, dass die Tante ihn als vermisst melden wird, dass sie versuchen wird, ihn aufzuspüren. In diesem Viertel kann er einfach verschwinden, vorausgesetzt, er macht die Nacht zum Tag.

Das ist seine Zeit.

* * *

Am Ende des Boulevard Clichy entdeckt er einen Friedhof. Tagsüber kommen kaum Leute hierher, also kein schlechter Ort für die erste Nacht. Ein paar hundert Meter weiter in den

Friedhof hinein, unter einer mächtigen Eiche, hat jemand ein Monument für einen obersten Richter aufstellen lassen, der 1958 seinen letzten Atemzug getan hat. Dort ist das Gras trocken, das Blattwerk wird ihn vor möglichem Regen schützen, und die Menschen um ihn herum sind tot. Filip Laita zieht eine Decke aus der Sporttasche und legt sich zu Füßen des Richters zur Ruhe.

28

Bei Tag schlief er im Hinterhof eines stillgelegten Industriegebäudes in Belleville. Sein Bett bestand aus einem aufgeplatzten Betonrohr, das gerade groß genug war, um sich hineinzuaalen und Schutz vor der Sonne zu finden. Nach vier Wochen auf der Flucht und einer aus Wasser und Baguette bestehenden Diät, war er mager wie ein Windhund. Sein Erspartes war so gut wie aufgebraucht. Seine Lage spitzte sich zu, doch nicht eine Sekunde erwog er, zu seiner Tante in die Rue du Texel zurückzukehren.

Er musste Geld herbeischaffen, am besten so viel, dass er sich ein kleines Zimmer in der Nähe des Place Pigalle mieten könnte, dem Herzstück des pulsierenden Hurenviertels. Vereinzelt gab es Jobs in den Bars und Restaurants, doch der Kampf um sie war wie eine Rauferei zwischen streunenden Hunden, bei der Alter und Erfahrung wichtiger waren als körperliche Stärke.

Eine Möglichkeit blieb immer. Vor einer guten Woche war er auf einer seiner ziellosen Wanderungen durch die Nacht an einem Bettler vorbeigekommen. Die zerzauste Gestalt hockte in Lotusstellung mit dem Rücken vor einem Hydranten, die leere linke Hand ausgestreckt zu einem dauerhaften Flehen um ein paar Münzen. Einer plötzlichen Eingebung folgend, ließ Filip zehn Centimes in die verdreckte Hand des armen Kerls fallen – und wurde mit dem Zeichen des Kreuzes belohnt.

Er hatte versucht sich vorzustellen, wie er selbst dort saß, mit geneigtem Kopf an eine staubige Hauswand gelehnt und auf ein paar Krümel von den Tischen der Wohlhabenden hoffend. Unmöglich. Lieber würde er sterben, als sich der Gnade anderer auszuliefern.

An diesem Freitagabend kommt er wieder an dem Hydranten vorbei. Der lumpige Kerl sitzt noch immer in Lotusstellung da, reglos wie ein abgemagerter Buddha. Filip macht einen großen Bogen um ihn und überquert die Straße ein Stück weiter entfernt. Eingeklemmt zwischen einem Pornokino und einem Massageschuppen liegt ein kleines Café, wo heiße Schokolade für zwanzig Centimes angeboten wird. Nötige Kalorien.

Mit dem Becher vor sich auf dem Tisch sitzt er da und betrachtet das vorbeifließende Leben. Noch ist es früh am Abend, aber einige der Straßenhuren haben ihre Läden schon geöffnet. Sein Blick fällt auf den Bettler. Eine ausgestreckte Hand, die nichts Großes erwartet. Die Passanten tun so, als sähen sie den Ärmsten gar nicht.

Ein Mann im Anzug nähert sich dem Hydranten. Elegant von Kopf bis Fuß, doch sein leicht unsicherer Gang verrät, dass er einen Teil der abendlichen Quote schon intus hat. Der Kerl hat die Hände tief in den Hosentaschen vergraben, eine dicke Zigarre ragt wie ein Bugspriet aus seinem Maul hervor. Plötzlich bleibt er neben dem Bettler stehen, beugt sich hinunter und betrachtet das lumpige Häuflein, als handele es sich um eine Installation in einem Museum.

Dann richtet er sich wieder auf, nimmt ein paar tiefe Züge von seiner Zigarre und schlägt die massige graue Asche über der geöffneten Hand des Bettlers ab. Filip starrt. Der Mann stopft sich die Zigarre wieder zwischen die Lippen und geht weiter.

Solche Augenblicke. Fünf Sekunden, welche die Richtung für das restliche Leben vorgeben. Fünf Sekunden, in denen die gegen eine Zigarre geklopfte Fingerspitze den sagenhaften Schmetterlingseffekt heraufbeschwört. Fünf Sekunden in einer französischen Hurengasse, die mehr als vierzig Jahre und über drei Kontinente verteilt Furcht, Schmerz und gewaltsamen Tod gebären sollen.

Filip erhebt sich vom Tisch und folgt dem Mann. Er achtet auf gebührenden Abstand, der Mann ist groß genug, um ihn im Menschengewühl leicht wiederzufinden. Die Dunkelheit nimmt zu, und Huren aus allen Ecken der Welt bombardieren den gut gekleideten Stutzer mit ihren Angeboten, ohne ihn einfangen zu können. Zickzack durch drei oder vier kleine Gassen. Trotz seines schwankenden Gangs weiß der Mann anscheinend, wohin er will. Er biegt in die Rue Rodier ein. Ohne einen Blick auf die fünf Meter große nackte Frau zu werfen, die das Schild am Eingang des Kinopalastes ziert, verschwindet er im Innern. Filip wechselt auf die andere Straßenseite. Studiert die Informationen, die ihm gelb auf schwarz von jenem Schild entgegenleuchten: *24 hs non-stop pornmovies! Adults only! XXX-rated action!* Alles auf Englisch, damit auch leichtsinnige Touristen die Möglichkeit haben sollen, den Köder zu schlucken. *Non-stop* lautet das Stichwort. Man kann kommen, wann man will, und wieder gehen, wenn man genug hat. Zum Glück liegt der anonyme Ausgang nur wenige Meter von dem marktschreierischen Eingang entfernt. Gerade tritt ein kleine Freundesgang aus dem sündigen Kinodunkel. Einer von ihnen streicht vielsagend über seinen Schritt und sagt etwas, das die anderen laut lachen lässt.

Filip blickt auf seine schlichte Armbanduhr, ein Geschenk der Tante zum zehnten Geburtstag. Bestimmt ist der Mann, den er verfolgt, da drinnen erst mal eine halbe Stunde beschäftigt – vielleicht auch länger. Filip lässt sich langsam den Boulevard hinuntertreiben, während er beide Straßenseiten im Auge behält. Nach zweihundert Metern findet er, was er sucht. Eine Wechselbude, die Touristen einen verführerisch niedrigen Kurs für Reiseschecks und ausländische Währungen garantiert. Filip kramt seine restlichen Münzen zusammen. Neun Francs und zwanzig Centimes.

Er tritt vor die Luke und bittet darum, das ganze Vermögen

in Fünf-Centimes-Münzen umgewechselt zu bekommen. Der legale Schwindler, ein fetter Kerl mit feuchter Stirn, grellem Hawaiihemd und goldenem Christuskreuz an einer Halskette mustert ihn.

»Was willst du mit dem Haufen, mein Junge?«

»Bloß ein bisschen pokern, Monsieur«, antwortet Filip. Er kennt das Viertel lange genug, um zu wissen, dass sich Höflichkeit auszahlt, sogar bei Schwindlern.

Der Mann zieht eine Schublade auf und inspiziert die in Pappe gewickelten Münzrollen, die sich darin befinden.

»Du kannst welche für acht Francs haben«, stellt er fest.

»Schön«, erwidert Filip lächelnd.

»Für deine neun zwanzig«, fügt der Mann hinzu, jetzt mit Fuchsblick in seinem aufgedunsenen Gesicht.

Der Junge verzieht keine Miene.

»In Ordnung. Alle sollen ja leben.«

Der Typ wirkt viel zu dumm, um die Doppelbedeutung der Antwort zu kapieren. Oder er schert sich nicht darum. Acht Münzrollen kommen auf den Tresen, während seine Wurstfinger nach Filips Einsatz greifen. Die Rollen verschwinden in den Hosentaschen des Jungen. Er spürt ihr beruhigend sicheres Gewicht in seinen Händen. Ein niedrigerer Gesamtwert, aber dafür mehr Gewicht. Abermals sieht er auf die Uhr. Erst vor zehn Minuten hat er dem Kino den Rücken zugekehrt.

Noch genügend Zeit für die letzten Vorbereitungen.

* * *

Der Park ist klein, etwa halb so groß wie ein Fußballplatz. Auf einer Bank sitzend, knotet er den linken Schuh auf und zieht die Socke aus. Ein durch den Park schweifender Blick, bevor er die Papprollen aufreißt und den Inhalt in den kleinen länglichen Stoffschlauch hineinfallen lässt. Dann knotet er ihn zu, etwa zwei Fingerbreit über dem darunterliegenden Fußteil. Hundertundsechzig kleine Metallteile. Er wiegt die Socke prüfend in der Hand. Ein gutes Kilo, in etwa. Ausreichend.

Zum Kino zurückgekehrt, wartet er über eine Stunde. Nach einer Weile fragt er sich, ob er die mit dem Kinobesuch verbundene Absicht des Zigarrenrauchers falsch gedeutet hat. Was, wenn der Mann der Inhaber des Unternehmens ist und nur mal kurz hineingeschaut hat, um den Tagesumsatz einzukassieren? Oder ein Kunde, der beim vorigen Besuch seinen Schirm vergessen hat? Inmitten dieser düsteren Phantasien taucht der Mann plötzlich auf. Breitbeinig auf dem Gehsteig verharrend, zündet er sich eine neue Zigarre an, bevor er in dieselbe Richtung zurückgeht, aus der er gekommen ist.

Die Etappe fällt nur kurz aus. Eine cremeweiße Fassade in der Rue de Navarin. Erdgeschoss plus vier Etagen, mit jeweils vier nebeneinanderliegenden Fenstern. Sechzehn identische Fenster, alle mit der gleichen Beleuchtung hinter roten Vorhängen. In neun der Fenster sieht man Silhouetten hinter den geschlossenen Vorhängen, Schatten, bei denen es sich zweifellos um nackte Frauenkörper handelt, Figuren, die sich langsam und verlockend bewegen. *Komm zu mir, komm zu mir.*

Abermals verschwindet der Zigarrenraucher durch eine Tür. Abermals hat der Verfolger keine andere Wahl, als zu warten.

Dieses Mal dauert es fast zwei Stunden. Mitternacht ist schon weit überschritten. Als der Mann schließlich wieder auf die Straße tritt, verrät seine Körpersprache, dass er mehr als genug von dem bekommen hat, was in den Fenstern ausgestellt wird. Er nimmt einen breiten Teil des Gehwegs ein, als er sich wieder in Bewegung setzt. Menschen, die ihm entgegenkommen, weichen aus oder wechseln die Straßenseite, als ob ein Mann im Anzug, der kaum noch auf den Beinen stehen kann, bedrohlicher sei als einer, der nüchtern ist. Niemand beachtet denjenigen, der ihm im Abstand von etwa zwanzig Metern folgt. Wie ein Komodowaran, der hinter einer verletzten Beute hertrottet und darauf wartet, dass ihre Kräfte irgendwann nachlassen.

Dann – endlich – lächelt das Schicksal dem Waran zu.

Vielleicht verspürt der Zigarrenraucher das Bedürfnis, dem Licht der kritischen Öffentlichkeit kurz zu entfliehen, vielleicht merkt er auch, dass der abendliche Mix aus verschiedenen Getränken kurz davor ist, wieder dort herauszukommen, wo er ihn hineingegossen hat. Jedenfalls verdrückt er sich in einen Winkel, eine dunkle Ecke, wo es nichts anderes gibt als eine Reihe schwarzer Mülltonnen aus Kunststoff. In der vermeintlich sicheren Dunkelheit bleibt er schwankend stehen und schüttelt leicht den Kopf, wie um den Alkohol im Blut zu verscheuchen. Den Alkohol, der ihn das Geräusch weicher Gummisohlen hinter sich nicht hören lässt. Ebenso wenig registriert er die provisorische Schleuder, die durch die Luft angesaust kommt und ihn am rechten Ohr mit ungeheurer Kraft trifft.

Kaum eine Minute später tritt Filip Laita aus dem dunklen Straßenwinkel. In seiner Tasche hat er fast tausend Francs in bar, einen fetten Goldring und eine Omega-Armbanduhr.

Auf dem Gewissen hat er seinen ersten Schädelbruch.

29

Amsterdam
September 2017

Es wurde eine Höllennacht.

Nach einer langen, abwechselnd heißen und kalten Dusche kroch er unter die Decke und wand sich in einem trägen Gedankenwirrwarr unruhig hin und her. *Was passierte hier gerade mit ihm?* Er hatte früher schon mal eine Grippe erlebt, sogar eine Lungenentzündung, ohne dabei andere als die üblichen Symptome zu erleiden. Lebensmittelvergiftung? Aber seit er in Amsterdam war, hatte er kaum mehr als Müsli im Hotel und ein paar Sandwiches in der Kantine des DRR gegessen.

Es musste eine Ursache für die kranken, verwirrten Sinneseindrücke geben. Langsam kroch in ihm der Gedanke hoch, dass er gerade womöglich irgendeine absonderliche Krankheit entwickelte. Narkolepsie vielleicht – oder, Gott bewahre … Schizophrenie.

Bogart Bull war Agnostiker und kein Mitglied der Kirche, doch manchmal passierte es, dass auch er das Bedürfnis hatte, höhere Mächte um Hilfe zu ersuchen. In solchen Fällen wandte er sich für gewöhnlich an seine verstorbene Großmutter Coleen, die nach dem Tod seiner Mutter über längere Zeit die Mutterrolle für ihn übernommen hatte. Auch jetzt versuchte er, das Bild von Großmutter Coleen heraufzubeschwören, doch dieses Mal trat eine andere Figur in den Vordergrund: der Ehrenmann und Großvater, Augustus »Gus« Mitchell. Bull konnte ihn gleichsam vor sich sehen – groß, sicher und solide wie eine irische Klippenformation.

Gus?

Plötzlich fiel es ihm ein. Vor vier Jahren war der Großvater mit der Diagnose Lewy-Körper-Demenz, einer seltenen Variante der Alzheimer-Krankheit, in einem Pflegeheim außerhalb von Belfast untergebracht worden.

Es konnte doch wohl ... man konnte doch zum Teufel noch mal mit fünfundvierzig nicht ... *dement* werden? Er nahm sein Handy. Google: »frühzeitige Demenz«. Als Erstes tauchte ein Artikel aus einem Wochenmagazin auf: ... *vereinzelt kann die Krankheit bereits bei Menschen ab dem 40. Lebensjahr auftreten ...*

Er konnte einfach nicht weiterlesen. Warf das Handy auf die Bettdecke und starrte an die Decke.

Reiß dich zusammen, Bogart!

Es konnte hundert andere Erklärungen für diesen Mist geben. Sehr wahrscheinlich würde es vorübergehen, wenn er sich bloß ein wenig Ruhe gönnte. In letzter Zeit war viel passiert, und die Tatsache, dass der Fall, in den er jetzt involviert war, sich nicht von der Stelle bewegte, erhöhte das Stressniveau umso mehr.

Ausruhen. Er streckte die Hand zum Lichtschalter aus und löschte alle Lampen im Zimmer. Schloss die Augen und versuchte, die Gedanken auf null zurückzustellen.

Nach einigen Minuten übermannte ihn der Schlaf und zog ihn in die Welt des Unterbewussten hinunter.

* * *

Er saß festgeklemmt in einer Metallkonstruktion. Um ihn herum lagen kleine und größere Überreste aus zerborstenem Glas. Sein erster Gedanke war, dass er sich in einem Autowrack befand, doch als er einen genaueren Blick auf das Armaturenbrett warf, begriff er, dass es sich um das Cockpit eines Flugzeugs handelte. Über ihm trieben dicke schwarze Rauch-

schwaden an einem rötlichen Himmel, der Geruch von Öl und Benzin war überwältigend. In der Ferne hörte er Schreie und lautes Stöhnen, ein kakophonischer Trauergesang, der aus allen Richtungen zu kommen schien. Und das Geräusch von Schüssen. Vereinzelte Schüsse, die im Abstand von einigen Sekunden abgegeben wurden. Das Geräusch schwoll an. Er streckte den Hals und konnte mit Mühe und Not über die Kante des Cockpits blicken. Eine weitläufige Ebene im Dämmerlicht, über die zerstörte Wracks weiterer Kleinflugzeuge verstreut lagen, soweit das Auge reichte. Eine Gestalt ging zwischen den Wracks umher. Blieb vor jedem einzelnen stehen, hob die Waffe und drückte ab. Mit jedem Knall erstarb eine Stimme in dem klagenden Chor. Die Gestalt kam näher, das Geräusch der Waffe war jetzt so scharf, dass ihn die Ohren schmerzten. Er versuchte sich aufzurichten, doch die Gurte des Sitzes, auf dem er angeschnallt saß, ließen keine Bewegung zu. Plötzlich knallte es direkt neben ihm, ohrenbetäubend laut. Die letzte Stimme erstarb. Im nächsten Augenblick stand sie vor ihm, gekleidet in ein engsitzendes schwarzes Kostüm. Christine Sand sah auf ihn herab, ihr Blick so ausdruckslos wie der eines Reptils. Dann hob sie die Waffe und legte ihm die Mündung an die Stirn.

* * *

Schreiend erwacht er. Setzt sich auf und ringt um Atem. Im Zimmer ist es so dunkel, dass er das Ende des Bettes kaum erkennen kann. Noch nie seit den ersten Wochen nach Fridas und Anines Tod hat er sich so einsam gefühlt.

Und ängstlich. Wieso Christine? Wieso nicht Richard Torp? Oder Meijer? Zwar fehlte es Träumen oft an Logik, aber *Christine*? Es muss sich um die latente Furcht handeln, sie zu verlieren. Dass sie ihn fallen lassen könnte. Er sitzt da und denkt über diese Interpretation nach, derweil sich sein Puls normalisiert.

Plötzlich hört er Stimmen, irgendwo im Dunkeln:

Liebst du sie, Bogart?

Es ist vier Jahre her, seit er diese Stimme gehört hat. Aber er würde sie auch nach fünfzig Jahren noch erkennen.

Frida.

Genauso sehr, wie du mich geliebt hast?

Sie hat es dir leichter gemacht, uns zu vergessen, stimmt's? Anine und mich.

Bogart Bull ist kein sentimentaler Mann, aber jetzt kommen ihm die Tränen.

Die Abstände zwischen den Besuchen am Grab sind auch größer geworden. Zu Beginn warst du fast jeden Tag bei uns. Vielleicht ist ja die einst so glühende Liebe verschwunden? Langsam zu Asche geworden. Eine blasse und kalte Erinnerung an das, was war. Ist das so, Bogart?

Asche ... er spürt, wie sich die Übelkeit in ihm ausbreitet, sich mit Scham und Verzweiflung vermischt. Ein bitterer Trank, zusammengeschüttelt von seinem hämmernden Herzen.

Wir sind deinetwegen gestorben, Bogart. So was ist schnell vergessen, jetzt, wo du dabei bist, ein neues Leben zu beginnen.

Er öffnet den Mund, um etwas zu sagen, bringt aber keinen Ton hervor. Es ist nicht sie, die da spricht. Ich bin es. Mein eigenes Gewissen.

Und was ist mit dem Ehering, den du weitergetragen hast, nachdem ich gestorben bin? Auch der ist weg, wie ich sehe. Liegt wohl in einer Schublade in deiner neuen Wohnung. Erinnerst du dich noch an die Gravierung? Für immer Dein – Frida.

Neue Wohnung und neue Freundin. Etwas zu jung, vielleicht? Zwei oder drei Jahre jünger, und sie hätte deine Tochter sein können. Ich hätte dir eigentlich etwas mehr Charakter zugetraut.

Du warst es, der weiterleben durfte, Bogart. Das verpflichtet.

Es wird still. Die Sekunden ticken dahin. Er weiß nicht, wie viele. Die Stimme ist verstummt. Er schaltet das Licht ein. Das fremde Zimmer ist nackt und eiskalt. Er hievt sich aus dem Bett und tappst ins Bad. Letztes Jahr nach der Bandscheibenoperation hat Dr. Jacobsen ihm einen Umschlag mit fünf Valium mitgegeben. Eine Sicherheitsmaßnahme, wie der Arzt sich ausdrückte. Der Umschlag liegt ungeöffnet in seiner Kulturtasche. Bull reißt ihn auf, fischt zwei Pillen heraus und schluckt sie mit etwas Wasser hinunter. Sein Gesicht im Spiegel, fast nicht wiederzuerkennen. Eingefallene Wangen und eine Haut, die im weißen Licht der Lampe fast durchsichtig wirkt. Er muss einen Arzt aufsuchen. Morgen früh.

Er schleicht zurück ins Bett und löscht das Licht. Lauscht in die Stille. Nichts, nur schwaches Rauschen von der Straße, als ein Auto vorbeifährt.

Dann wirken Dr. Jacobsens Beruhigungspillen und lassen ihn in Ohnmacht fallen.

* * *

In einem anderen Bett, nur wenige hundert Meter entfernt, lag Rinske Ceulemans und drehte sich schlaflos hin und her. Irgendwie hatte Meijer Wind davon bekommen, dass Wim Beyen mit der Presse über den Fisch gesprochen hatte. Aufgrund dessen war es zu einer lautstarken Zurechtweisung gekommen, zu allem Überfluss in Anwesenheit von Röhmer und Ederveen.

Was stimmt nicht mit dir?, hatte er gefaucht. *Wie um alles in der Welt konntest du vergessen, diesem Clown einen Maulkorb umzubinden? So was lernt man an der Polizeihochschule doch normalerweise im ersten Semester!*

In dem Versuch, sich zu verteidigen, hatte sie darauf hingewiesen, dass sich zum gegebenen Zeitpunkt auch Bull und Meijer selbst im Besprechungsraum befunden hätten.

Meijer:

Er war dein Mann, Ceulemans – *deine verdammte Verantwortung*.

Ceulemans ...

Sie wälzte sich im Bett und starrte an die Wand. Noch vor ein paar Jahren hatte es *Rinske* geheißen. Erinnerungen an eine Zeit, über die sie sich noch immer grämte. Nach drei Jahren bei der Schutzpolizei war sie zum TGO versetzt worden. Richtige Polizeiarbeit hatte dort auf sie gewartet. Und der attraktive Hoofdinspecteur Bert Meijer.

Im Nachhinein hörte es sich wie ein abgedroschenes Klischee aus einem miesen Frauenroman an. Junge Frau beginnt nach Trennung im Privatleben einen neuen Job. Der Chef ist ein charmanter und kerniger Alpharüde, der ihr mehr Aufmerksamkeit schenkt, als die Arbeitsbeziehung vorsieht. Er lobt sie für ihre Arbeit, etwas zu viel, doch ohne zu übertreiben. Er integriert sie in Arbeitsgruppen und schickt sie zu Terminen, oft auf Kosten von Mitarbeitern, die länger als sie dabei sind. Hält ihr stets einen Platz an seinem Tisch in der Kantine frei. In regelmäßigen Abständen wirft er ihr einen freundlichen – beinahe warmen – Blick zu, doch niemals fühlt sie sich beglotzt.

Meijer tat all diese Dinge so, dass sie sich gesehen und erwünscht fühlte. Seine Schäkerei jedoch war stets derart haarfein ausbalanciert, dass sie niemals Verdacht schöpfte. Nach zwei Monaten hatte sie es dann. Dieses Gefühl im Bauch, wenn er in der Nähe war. Der Wunsch danach, dass die Wochenenden schnell vergehen mochten. Mehr Zeit vor dem Spiegel als gewöhnlich, bevor sie zur Arbeit ging. Ohne dass es ihr bewusst war, sandte sie Signale an den Jäger aus.

Die Beute wurde in Groningen erlegt, bei einem Seminar

über »Führung unter taktischer Rekonstruktion«. Besten Dank. In ihren nicht zu unterdrückenden Gedanken hatte sie die unglückselige Geschichte viele Male rekonstruiert:

Nach Ende der Vorlesung am letzten Tag des Seminars lud Meijer die drei anderen TGO-Delegierten zum Abendessen in das angesagte Bistro 't Gerecht. Die Kriminalbeamten Röhmer und Sauerbreij zogen sich nach Dessert und Kaffee zurück (oder hatten sie einen Wink erhalten?). Sie selbst entschied sich, Ja zu sagen, als Meijer vorschlug, in einer benachbarten Bar einen Schlummertrunk zu nehmen.

Champagner. Viel zu viel Champagner.

Sie nahmen sein Zimmer. Ein hundertzehn Kilo schwerer und brünstiger Hoofdinspecteur, der sie mechanisch vögelte, kam nach drei Minuten, wälzte sich von ihr herunter und schlief wie ein Patient unter Narkose.

Am Tag danach wirkte er fern. Nicht unfreundlich, aber fern. Auf der Fahrt zurück nach Amsterdam klingelte sein Telefon. Frau Meijer. Ceulemans wusste zwar, dass sie existierte, hatte die beiden aber niemals miteinander telefonieren hören, geschweige denn die Dame getroffen. Belangloses Geplauder, ein kurzer Austausch über das bevorstehende Abendessen und Bussi-Bussi, bevor das Gespräch beendet wurde.

Nie zuvor hatte sie sich so winzig gefühlt, so überflüssig, so beschämt wie auf dem Rücksitz neben dem halb schlafenden Röhmer.

Es dauerte nur ein paar Tage, bis er sich wieder an sie ranmachte. Ein Drink nach der Arbeit vielleicht? Sie lehnte rundweg ab. Fügte hinzu, dass ein verheirateter Mann eher mit seiner Frau etwas trinken gehen sollte.

Seitdem herrschte Kälte zwischen ihnen, aber er war schlau genug, ihre Stellung in der Abteilung unangetastet zu lassen.

30

Paris 1976

Zwei Wochen und vier weitere Überfälle nachdem er über den zigarrenrauchenden Hurenbock hergefallen war, hatte Filip Laita genug eingenommen, um den Geldstrumpf durch eine effektivere Waffe zu ersetzen. Humaner war sie noch dazu, denn die auserwählten Opfer gaben ihre Wertsachen gern ohne Widerworte her, wenn ihnen ein Pistolenlauf vor die Nase gehalten wurde.

Der Tagesanbruch, ehe das erste Morgenlicht dämmerte, war die beste Jagdzeit. Weniger Menschen auf der Straße, und hohe Promille bei denen, die weiterhin ziellos durch die zweifelhafteren Stadtteile irrten. Die Parks waren das beste Jagdterrain. Einzelne Opfer waren leichtsinnig genug, sich im Schutz von Bäumen und Büschen von den nächtlichen Ausschweifungen auszuschlafen, ehe sie nach Hause gingen und sich Ehefrauen und Lebensgefährten gegenüber rechtfertigen mussten. Andere hielten die Parks für einen kürzeren – und vielleicht angenehmeren – Weg zu denselben Problemen. Angenehm wurde es nicht, aber die Leute kamen wenigstens mit dem Schrecken davon. Und ohne Bruch der Hirnschale.

Nach und nach hatte er seinen Aktionsradius erweitert. Auf diese Weise fügten sich seine Überfälle in eine Reihe von groben Bereicherungsverbrechen ein, die in jeder Nacht in irgendwelchen Stadtteilen geschahen. Der sechzehn Jahre alte Filip war nur einer der vielen Täter, wurde aber bald zu einem der gerissensten. Die endlosen Stunden in der Garderobe der Tante führten dazu, dass seine Opfer stark voneinander abweichende Beschreibungen des Diebes lieferten. Einige schilderten einen heruntergekommenen älteren Mann mit Vollbart. Andere schworen, der Betreffende sei Mitte zwanzig, vermutlich nordafrikanischer Herkunft, und habe eine hässliche Narbe auf der linken (oder vielleicht auf der rechten?) Seite seines glattrasierten Gesichts. Dass die meisten darin übereinstimmten, der Täter habe Französisch mit einem leichten Akzent gesprochen, war keine große Hilfe. Ein ansehnlicher Teil der kleinen und großen Gesetzesbrecher auf den Straßen der Stadt hatte Migrationshintergrund.

Das Geld hatte es Filip ermöglicht, sich eine Wohnung zuzulegen. Einen Unterschlupf, der aus einem Raum mit Küche bestand – aber auch mit etwas, das in dieser Kategorie eine Seltenheit war: ein Badezimmer. Und dort, vor dem Spiegel, unterzog sich Filip Laita seinen Häutungen.

Die Zukunft sah licht aus für den ehemaligen Straßenjungen.

Bis er dem Iren Patrick Sharkey über den Weg lief.

* * *

Obwohl er zwei Tage zuvor seine neunte Niederlage in zweiundzwanzig Profikämpfen verbuchen musste, war der irische Boxer Pat »The Shark« Sharkey in strahlender Laune. Er hatte das Match in Paris kurzfristig angenommen, weil sein Agent ein (für Sharkey) selten gutes Honorar hatte aushandeln können. Während der sechs Runden, ehe dem Gemetzel ein Ende gesetzt wurde, hatte der französische Meister im Weltergewicht ihn zwar gewaltig zusammengefaltet, aber ein Grund zum Feiern war es allemal. Wenn nicht wegen des Resultats, dann doch wegen der Lohntüte.

Und gefeiert hatten sie dann wirklich. Nach einem gewaltigen Festmahl und einer Marathon-Barrunde hatte der stark angetrunkene Agent das Handtuch werfen und ins Hotel zurückkehren müssen. Pat Sharkey dagegen fand, die Nacht müsse mit einer Frau gekrönt werden, was in dieser Stadt angeblich so leicht zu erlangen war wie eine Crêpe Suzette. Es war sicher das Einfachste, sich bei einem Taxifahrer zu erkundigen, überlegte er. Dann schlug man, falls das nächste akzeptable Bordell ein Stück weit entfernt war, gleich zwei Fliegen mit einer Klappe.

An einer Kreuzung von zwei Boulevards fand er ein freies Taxi und brachte sein Begehr vor.

»Auf der anderen Seite des Parks, dort liegt ein gutes«, konnte der Fahrer mitteilen. »In der Rue Morillo 8. Für zehn Francs kann ich Sie vor die Tür fahren.«

Sharkey überlegte. Geld hatte er genug, aber ein Spaziergang durch den Park wäre vermutlich eine gute Idee. Seine zerschlagene und benebelte Birne ein wenig klären, ehe er im Bett gefordert würde. Höflich wie die meisten Iren dankte er für die Auskunft, lehnte das Angebot aber ab.

Solche Augenblicke, in denen schnöde zehn Francs und ein Einfall alles verändern.

* * *

Mitten im Monceau-Park bereute er seine Entscheidung. Der Park schien die Größe des Sherwood Forest zu haben, und in welcher Himmelsrichtung lag eigentlich diese Rue Morillo? Einige hundert Meter vor sich ahnte er die Kuppel eines beleuchteten Gebäudes über den Baumwipfeln. Immerhin ein Hinweis auf Zivilisation. Er verließ den Gehweg und schlug sich in die Büsche. Sogar Pat Sharkey hatte mitbekommen, dass der kürzeste Weg zwischen zwei Punkten eine gerade Linie ist.

Unter den gewaltigen Baumkronen war es finster wie im Höllenkeller. Die Kuppel verschwand irgendwann zwischen den Bäumen, aber er konnte noch immer das Licht erahnen, das sie gegen den nachtschwarzen Himmel warf. Ein Puff hatte wohl kaum eine angestrahlte Kuppel, aber von dort würde er sich jedenfalls durchfragen können.

* * *

Er hatte die Beute entdeckt, als diese mit dem Taxifahrer sprach. Vieles hier stimmte. Sein Englisch ließ annehmen, dass es sich um einen Touristen handelte, er war gut angezogen, und seine Körpersprache sagte ziemlich deutlich, dass er betrunken war. Der Bursche sah zwar jung und durchtrainiert aus, aber die Beretta, die Filip unter seinem Hosenbund stecken hatte, schreckte gewöhnlich noch die härtesten Brocken ab. Außerdem sah das Gesicht des Engländers aus, als habe er bereits einmal Prügel kassiert, hoffentlich bei einer Schlägerei. Es bedeutete einen Strich durch die Rechnung, wenn er schon ausgeraubt worden wäre.

Im ersten Teil des Parks blieb er in sicherer Entfernung. Erst als die Beute den Gehweg verließ und sich in dichter bewachsenes Gelände begab, bewegte sich auch Filip seitwärts und änderte sein Tempo. Eine Minute später hatte er den Engländer um gute hundert Meter überholt. Ein Winkel von neunzig Grad auf den Kurs des anderen zu, dann stellte er sich hinter einen riesigen Ahornstamm. Er hörte die Stimme näher kommen. Der Bursche redete mit sich selbst, irgendetwas über … *fucking wilderness.* Ein rascher Blick am Baumstamm vorbei. Jetzt noch zehn Meter. Filip zählte bis fünf und trat hinaus.

Der Bursche blieb zwei oder drei Meter vor ihm stehen und musste einen Schritt zur Seite machen, um das Gleichgewicht nicht zu verlieren. Dann beugte er sich ein wenig vor und starrte Filip aus zusammengekniffenen Augen an.

»Is that a fuckin' *gun* you've got there, mate?«

Filips Englischkenntnisse waren minimal, aber das Notwendigste hatte er gebüffelt.

»Hand over your wallet, mister. And your watch, quick.«

Der andere schüttelte den Kopf und runzelte die Stirn, als ob er sich fragte, ob er richtig gehört habe. Dann machte er zwei unsichere Schritte nach vorn und hob die Hand. Filip blieb stehen. Seine erste Fehleinschätzung.

»Step aside, mate«, nuschelte der Engländer. »I'm on my way to the pussybar. No time to lose.«

Ein neuer kleiner Schritt vorwärts. Filip hob die Waffe. Sharkey erstarrte in der Bewegung.

»Your wallet and watch – *maintenant!*«

»Okay, okay ...«, hörte er nun. »You're the one with the gun.«

Sharkey schob die Hand in die Innentasche seines Jacketts, schwankte ein wenig, während er nach der Brieftasche suchte. Als er sie über den Rand der Tasche bugsiert hatte, »rutschte« sie ihm aus den Fingern. Instinktiv folgte Filips Blick dem schwarzen Leder bis nach unten ins Gras. Seine zweite Fehleinschätzung.

Die scharfe Rechte des »Shark« kam wie ein Schlangenbiss. Der Schlag traf Filip voll in die Visage und ließ ihn rückwärts ins Gras kippen. Wenn Sharkey nüchtern gewesen wäre, hätte er den Jungen bewusstlos schlagen können. Halb im Tran sah Filip den Engländer über sich aufragen, den Fuß zurückgezogen, um einen weiteren Volltreffer zu landen. Strafstoß in den Schritt aus einem Meter Entfernung.

Zwei Schüsse knallten. Pat Sharkey richtete sich auf und blieb für einen langen Augenblick mit offenem Mund stehen, dann sank er in sich zusammen. Zuerst auf die Knie.

Dort verharrte der Boxer für drei weitere Sekunden wie im Gebet, ehe er nach vorn kippte und zum letzten Mal zu Boden ging.

* * *

Er riss sich im Laufen die Perücke und die buschigen Augenbrauen ab. Wich Fußwegen und Spazierpfaden aus, versuchte, klar zu denken, aber sein Gehirn war von Schlag und Schock benebelt. Plötzlich ging ihm auf, dass er sein Tempo drosseln musste. Er musste schlendern. Niemand rannte mitten in der Nacht durch einen Park, es sei denn, er war vor irgendetwas auf der Flucht.

Sein Puls beruhigte sich, sein Kopf wurde klarer. Er musste sich der Beretta entledigen. Diese Erkenntnis tat weh. Die Waffe hatte auf dem Schwarzmarkt zweitausend Francs gekostet. Am Nordende des Parks gab es einen kleinen Teich. Dort musste er die Pistole wegwerfen.

Dann nach Hause in die Wohnung.

Nach Hause und nachdenken.

Ich habe einige Male mit Gleichgesinnten über dieses Thema diskutiert, und wir waren absolut einer Meinung: Den ersten Mord vergisst man nie. Ein Meilenstein, so gründlich ins Bewusstsein gerammt, dass er bis zum Ende des Lebens dort festsitzt. Wenn sich die Anzahl dann mehrt, tendieren die Trophäen dazu, ein wenig miteinander zu verschwimmen. War der Münzsammler in Bukarest zum Beispiel Deutscher oder Österreicher? Und wie hieß noch der russische Oppositionelle in Stockholm? Livanov? Loginov? So ähnlich jedenfalls. Aber den Iren Patrick Sharkey werde ich niemals vergessen. Der, den ich für einen Engländer gehalten hatte, bis ich seine Brieftasche öffnete. Die war überraschend reichhaltig. So viel Bargeld, dass ich meine Lage in aller Ruhe durchdenken konnte. Genug, um Paris und Frankreich für eine gewisse Zeit zu verlassen, was ich dann auch tat, aber auf etwas andere Weise, als ich es mir vorgestellt hatte. So ist das Leben eben. Du willst nach rechts, aber das Schicksal schickt dich nach links. Du willst Mathematik studieren, endest aber als Straßenräuber und Mörder. Alles in allem ist nur eines von überwältigender Bedeutung: dass man auf seinem Gebiet alles überragt.

31

Am nächsten Morgen stand nichts in den Zeitungen. Zum Ausgleich brachten sie einen Tag darauf dicke Schlagzeilen.

Irischer Boxprofi tot aufgefunden

Am Dienstagvormittag wurde der irische Boxer Patrick Sharkey im Parc Monceau im 8. Arrondissement erschossen aufgefunden. Nur drei Tage zuvor hatte Sharkey sich nach einem temporeichen und unterhaltsamen Kampf im Palais des Sports gegen unseren eigenen Charles Michelot geschlagen geben müssen. Nach polizeilicher Auskunft weist alles darauf hin, dass der irische Boxprofi einem Raubmord zum Opfer gefallen ist, und Sharkeys Agent und Trainer konnte mitteilen, dass …

* * *

Filip arbeitete sich durch den Rest der Reportage hindurch. Die enthielt alles von Auskünften über die Person (die jedoch namentlich nicht genannt wurde), die die Leiche entdeckt hatte, bis zu einem kurzen Durchgang von Patrick Sharkeys ereignisreichem Weg und seiner Karriere.

Eines schien festzustehen: Die Pariser Kriminalpolizei würde nichts unversucht lassen, um den Mord aufzuklären. Der Pressesprecher der Polizei teilte mit, eine bedeutende Summe sei für die Ermittlung bereitgestellt worden, vermutlich, weil sich Sharkey »als offizieller Vertreter des Sportverbandes einer anderen Nation im Lande aufgehalten« habe. Darüber kam Filip kurz ins Grübeln. War es schlimmer, wenn ein Boxprofi ermordet wurde, als wenn das irgendeinem friedlichen Touristen passierte?

Da die Polizei so energisch ins Horn stieß, blieb ihm nur eines: Er musste weg. Weg aus Paris, vielleicht aus dem Land. Jedenfalls so lange, bis sich die Lage beruhigt hatte.

Er legte die Zeitung weg und holte die Adidas-Tasche aus dem kleinen Kleiderschrank.

* * *

Der Zug war sicherer. An den Flughäfen wimmelte es nur so von Polizei, und man konnte nie wissen, was irgendwer in der Nacht zum Dienstag gesehen hatte. Außerdem war die Bahnfahrkarte billiger. Die Rolle aus Geldscheinen in seiner Hosentasche war zwar dick genug, aber es könnte lange dauern bis zum nächsten Nachschlag.

Der *Gare du Nord* war zwar nur zwei Kilometer von seiner Wohnung entfernt, dennoch entschied er sich für einen Umweg. Folgte einem der großen Boulevards, wo er in einem Meer aus anderen Fußgängern ertrank. Zweimal begegneten ihm Polizisten, die zu Fuß unterwegs waren, und er musste sich zusammenreißen, um nicht kehrtzumachen oder seinen Kurs zu ändern. *Geradeaus und hoch erhobenen Hauptes, Filip, wie ein normaler Student auf dem Weg zum Bahnhof, weil er seine Großeltern besuchen will.*

Der Platz vor dem riesigen Bahnhofsgebäude war ebenso dicht bevölkert. Filip bahnte sich einen Weg durch die Menge und betrat die weiträumige Bahnhofshalle. Erinnerte sich vage an sein Eintreffen hier acht Jahre zuvor, die fast religiöse Stimmung unter der himmelhohen Glasdecke. Wo waren die Fahrkartenschalter? Er schaute sich um, und dabei fiel sein Blick auf das Plakat:

Neue Richtung im Leben?
Schlagen Sie den Weg des Abenteuers ein!

Das Plakat zeigte einen kräftigen jungen Mann, der seinen Blick auf etwas richtete, das vielleicht der Himmel war. Auf dem Kopf trug er eine Uniformmütze mit hoher weißer Krone und schwarzem Kinnriemen. Darunter standen **LÉGION ÉTRANGÈRE** und eine Telefonnummer.

Die Fremdenlegion.

Ein Rekrutierungsplakat. Er hatte im Fernsehen genug Filme gesehen, um zu wissen, dass die Fremdenlegion eine militärische Einheit war, die aus Spezialtruppen bestand und die in den Schleier des Geheimen gehüllt war. Kaum jemand wusste, was sich hinter diesem Schleier abspielte.

Er brauchte zwanzig Sekunden, um seine Entscheidung zu treffen. Er prägte sich die Telefonnummer ein. Ein Stück weiter in der Bahnhofshalle fand er eine Reihe von Münzfernsprechern, jeder von ihnen unter einem Halbdach aus durchsichtigem Kunststoff. Filip warf fünfzig Centimes ein, holte tief Luft und wählte die Nummer. Er konnte kaum den Klingelton registrieren, da wurde am anderen Ende der Leitung auch schon abgenommen. Ein kurzes *oui?*, diskret, als ob er in einem Bordell oder bei einem zwielichtigen Pfandleiher angerufen hätte. Er bezog sich auf das Plakat, und ohne weitere Fragen wurde ihm eine Adresse am östlichen Stadtrand von Paris genannt. »Fort de Nogent«, fügte die Stimme hinzu, dann wurde aufgelegt.

So ist es mit Entscheidungsprozessen. Der erste Schritt ist der schwerste. Drei Minuten später saß er in einem Taxi. Er hätte die U-Bahn nehmen können, aber man darf sich doch etwas gönnen, um sich bedeckt zu halten.

* * *

Das Fort de Nogent sah genauso aus. Wie ein Fort. Ein massives Gebäude aus Stein, das so, wie es aussah, errichtet worden sein musste, ehe Napoleon zu seinem unseligen Feldzug nach Moskau aufgebrochen war. Über dem Eingang war der Name der Legion in Stein gehauen. Die beiden Halbtüren – jede an die fünf Meter hoch – waren aus solider Eiche. Neben der rechten Türhälfte war eine Klingel aus frisch poliertem Messing angebracht.

Filip drückte auf den Knopf. Nach wenigen Sekunden öffnete sich die Tür, und ein uniformierter Soldat mit dem hohen weißen *Képi* auf dem Kopf trat in die Öffnung. Filip konnte nicht einmal den Mund öffnen, ehe ihm auch schon sein erster Befehl erteilt wurde:

»Frag im Wartezimmer. Schräg gegenüber auf der anderen Seite des Hofes – die Tür, auf der E.V. steht.«

Im leeren Wartezimmer gab es niemanden, den er fragen konnte. Vier fensterlose Mauern, zwei Bänke aus unbehandeltem Holz und eine Tür zu einem Nachbarzimmer. Der Raum war kühl, fast kalt unter einer niedrigen Decke aus grobem Mauerwerk. Er setzte sich auf eine Bank. Nach einigen Minuten wurde ihm die Kühle unbehaglich. Nach einer Viertelstunde begriff er, warum der Raum »Wartezimmer« hieß. Nach einer halben Stunde ging die Tür zum Nachbarzimmer auf.

Der Offizier, der sie geöffnet hatte, war barhäuptig, seine Haare waren millimeterkurz, und sein vierschrötiges Gesicht hätte aus dem gleichen Stein gehauen sein können wie das Gebäude. Kein Wort, nur eine Kopfbewegung, die besagte, dass Filip eintreten sollte. Das Büro entsprach dem Warteraum. Karg und schlicht eingerichtet, anstelle der Bänke gab es einen ordentlichen Schreibtisch mit je einem Stuhl auf beiden Seiten. An der Wand hing der Zwilling des Plakats, das Filip im Bahnhof gesehen hatte. Der Offizier zeigte auf den Besucherstuhl, nahm auf seinem eigenen Platz und zog aus einer Schublade Stift und Papier. Dann öffnete das versteinerte Gesicht den Mund.

»Name?«

Filip hatte im Taxi einige einfache Entscheidungen treffen können.

»Filip Rezník, Monsieur.«

»Sergeant. Im Fort de Nogent gibt es keine Monsieurs. Nur Mannschaften und Offiziere.«

»Filip Rezník, Sergeant.«

»Geschrieben wie?«

Filip buchstabierte.

»Nationalität?«

»Tschechoslowake, Sergeant.«

Der Sergeant streckte eine Hand aus.

»Papiere.«

Filip war vorbereitet.

»Meine Eltern sind ums Leben gekommen, als die Russen 1968 in die Tschechoslowakei einmarschiert sind. Ich bin mit knapper Not entkommen. Habe mich zwei Tage im Westen von Prag im Wald versteckt und bin in der nächsten Nacht über die deutsche Grenze gegangen. Leider ohne Papiere, Sergeant.«

Glücklicherweise reichten die geographischen Kenntnisse des Sergeanten nicht aus, um die Zeitachse der Flucht einzuschätzen, doch von der Invasion hatte er gehört. Er blickte den angeblichen Flüchtling forschend an.

»Und dann?«, fragte er.

»Ich bin der Landstraße nach Westen und über die Grenze nach Frankreich gefolgt, Sergeant. Je weiter weg von der Tschechoslowakei, umso besser, dachte ich.«

»Warum hast du in Frankreich nicht um politisches Asyl ersucht?«

Die Frage kam überraschend, aber Filip hatte die Antwort rasch parat.

»Ich wollte das nicht riskieren, Sergeant. Es lag ein … toter russischer Soldat in der Wohnung meiner Eltern, als ich weggelaufen bin.«

Der Offizier kniff die Augen zusammen.

»Wie das?«

Filip senkte Blick und Stimme.

»Mir blieb nichts anderes übrig, Sergeant. Der Mistkerl war dabei, sich an meiner Mutter zu vergreifen. Sie war bereits tot, und ich …«

Er hielt inne. Zum ersten Mal ging ihm auf, wie leicht es ist zu lügen. So leicht, wie die Wahrheit zu sagen, nur spannender. Die Wirklichkeit zur Seite zu schieben und die Phantasie zu benutzen. *So muss es sein, wenn ein Film gemacht wird,* dachte er. *Oder ein Roman geschrieben.*

Der Sergeant ließ sich auf seinem Stuhl zurücksinken.

»Willst du mir erzählen, dass du diesen Soldaten getötet hast?«

Diesmal begnügte Filip sich mit einem schuldbewussten Nicken.

»Auf welche Weise?«

»Mit einem Arbeitsgerät meines Vaters. Er war Schlachter.«

Der Offizier schwieg einen Moment. Die Geschichte war harter Tobak, sogar in diesem Raum.

»Und wie alt warst du, als das passiert ist?«

»Zwölf, Sergeant.«

»Das heißt, dass du heute … wie alt bist?«

»Zwanzig, Sergeant.«

»Was hast du seither gemacht?«

»Mich rumgetrieben. Hier und da ein Job. Zwei Jahre war ich mit einer Zigeunergruppe zusammen, die ich am Stadtrand von Dijon kennengelernt hatte. Von solchen Fahrenden kann man viel lernen.«

»Zum Beispiel?«

»Überleben, Sergeant. Zigeuner müssen um ihr Leben kämpfen, gegen alles, von kalten Wintern bis zu fremdenfeindlicher Bevölkerung.«

Filip merkte, wie die Geschichte ganz von selbst wuchs. Irgendwo in ihm, als ob sie die ganze Zeit dort gewesen wäre und endlich freigelassen würde.

Sergeant-Chef Fabrice Savignac musterte den Rekruten, der da vor ihm saß. Der Junge war groß, um die eins achtzig, wie Savignac selbst. Gut gebaut, mit einem dunklen Schatten von Bartwuchs an den Wangen. Aber *zwanzig*?

Was den Ausschlag gab, waren die Augen des jungen Mannes. Darin sah Fabrice Savignac zwei Dinge, die die Legion nicht nur zu schätzen wusste, sondern die überhaupt eine Grundbedingung für die Aufnahme waren: Mut und Entschlossenheit.

»Du wirst jetzt zur ärztlichen Untersuchung geschickt«, erklärte er. »Wenn da alles in Ordnung ist, wirst du im System weitergereicht. Dann ist der nächste Stopp unser Trainingslager in Castelnaudary. Aber eines muss dir von Anfang an absolut klar sein, *Volontaire* Rezník: Neun von zehn scheiden unterwegs aus. Der Weg von hier bis zum weißen Képi ist weit. Weit – und verdammt hart.«

Wenn du wissen möchtest, wo sich das Tor zur Hölle befindet, dann ist die Antwort Castelnaudary. Der Ort liegt zwanzig Kilometer von Toulouse entfernt und beherbergt – neben dem Trainingslager der Fremdenlegion – eine Anzahl erstklassiger Weingüter. Nicht, dass wir davon etwas gehabt hätten. Innerhalb der sieben Meter hohen Mauern des Lagers gab es nur Blut, Schweiß und Tränen. Ich will dich nicht mit Einzelheiten langweilen, sondern nur mitteilen, dass diejenigen von uns, die es acht Monate in Castelnaudary aushielten, zu einem Material gehärtet wurden, wie es das wohl in kaum einer anderen Armee gibt. Nachdem ich einen Vertrag für fünf Jahre unterschrieben hatte, wurde ich nach Afrika in den Tschad geschickt. Diese Republik stand noch immer unter französischem Schutz, und der libysche General al-Gaddafi hatte ein Auge auf die reichen Uranvorkommen des Tschad geworfen. Der wahnsinnige Despot hätte sein Waffenarsenal gern um eine kleine Atombombe bereichert. Unsere Regierung und Präsident Giscard d'Estaing sahen das anders. Damit war der Krieg in Gang. Im Nachhinein wurde er als »sporadischer Konflikt« bezeichnet, natürlich von Leuten, die nie einen Fuß dorthin gesetzt hatten. Ich hatte das. Der Tschad lag jenseits der Hölle. Oder darunter, wenn du so willst. Ich habe fast drei Jahre in diesem Land verbracht und Dinge getan, vor denen selbst der Marquis de Sade in seinen Romanen zurückgeschreckt wäre. Und nach dem Tschad? Tja, wie Churchill sagte: »If you are going through hell, keep going.«

32

Amsterdam
September 2017

Die nächste SMS kam am Samstagvormittag.

Bert Meijer wollte gerade die Tür im TGO 5 öffnen, blieb aber jählings stehen, als es in seiner Tasche piepste. Er fischte das Samsung hervor und öffnete die Mitteilung.

Vier Textzeilen und einige Zahlen.

Considering himself as high,
watching the defenseless ones cry,
refusing to understand why,
this heartless person must die

1709 0100 13

Er blieb stehen und starrte die Mitteilung an. Die vier Zeilen schienen sich im Display zu winden, zu einem sinnlosen Wortbrei zu verschmelzen. Plötzlich fühlte er sich schwach und schläfrig wie unter Hypnose. Er verdrängte dieses Gefühl und lief weiter durch die Bürolandschaft. Ceulemans war bereits an ihrem Schreibtisch.

»Mein Büro«, zischte Meijer. »Jetzt!«

* * *

Ceulemans und Röhmer saßen auf den Stühlen vor dem Schreibtisch des Chefs. Meijer stand in seiner ganzen voluminösen Gestalt aufrecht da und richtete seinen anklagenden

Zeigefinger auf das Mobiltelefon, das vor ihm auf dem Tisch lag.

»Ein Scheiß *Gedicht!*«, fauchte er.

Ceulemans wagte sich vor:

»Das ist, wie Bull vorausgesagt hat – das hier ist noch vager.«

»Und wo steckt der Hellseher Bull?«

»In seinem Hotel«, sagte Ceulemans. »Er fühlte sich nicht ganz wohl.«

»Ach was«, pöbelte Meijer. »Na, dann müssen wir Gesunden uns eben ohne seine Teilnahme um die Sache kümmern. Diesmal neun Stunden. Neun Stunden, bis jemand sterben muss, und diesen *Jemand* müssen wir mithilfe dieses Drecks hier identifizieren. Habt ihr irgendeinen Vorschlag?«

Ceulemans musterte die Mitteilung, die Meijer an sie und Röhmer weitergeleitet hatte.

»Hält sich selbst für hoch – sieht zu, wie die Wehrlosen weinen – weigert sich zu verstehen, warum, diese herzlose Person muss sterben …«, übersetzte sie laut. »Nicht ganz einleuchtend, von wem hier die Rede sein kann, nein.«

»Röhmer?«, blaffte Meijer.

Der zurückhaltende Kriminalbeamte zuckte mit den schmalen Schultern, als ob er um Entschuldigung bitten wollte.

»Passe, Chef.«

Für einige Sekunden machte sich eine müde Stille breit.

»Hoch?«, fragte dann Meijer. »Wie in hochgewachsen? Oder eher hochmütig? Oder wie in high?«

»Oder vielleicht hochstehend«, meinte Ceulemans. »Reich, mächtig – oder beides.«

Röhmer räusperte sich:

»Wie viele reiche und mächtige Menschen gibt es hierzulande?«

»Ziemlich viele tausend«, sagte Meijer, der nun in seinem eigenen Schreibtischsessel Platz nahm. »Wir können nicht einmal sicher sein, dass es um einen Niederländer geht. Das erste Opfer war Norwegerin.«

»Und wer sind die *Wehrlosen?*«, fragte Ceulemans. »Kinder? Arme? Kranke? Alte?«

»Es kann sich ja auch um vierbeinige handeln«, sagte der Tierfreund Röhmer vorsichtig. »Ratten in einem Versuchslabor, Pelztiere im Käfig oder Rinder und Schweine auf dem Weg zum Schlachthof.«

Meijer sah ihn mit erhobenen Augenbrauen an und war kurz davor, seinen Untergebenen mit einer heftigen Bemerkung zu schlachten, überlegte sich die Sache aber anders.

»Ich muss Langenberg erreichen«, erklärte er. »Dieses verdammte Rätsel ist ein gutes Bild für das, womit wir es hier zu tun haben. Solange die Spurensicherung und die Technik uns keinen Scheiß liefern können, haben wir keine Chance. Das muss sogar Langenberg begreifen.«

»Soll ich Bull anrufen und ihn auf den neuesten Stand bringen?«, fragte Ceulemans.

Meijer überlegte kurz.

»Nein«, entschied er dann. »Es sei denn, du hältst ihn für viel gescheiter als uns. Halt Bull erst mal aus der Sache raus.«

Die beiden anderen erhoben sich zum Gehen.

»Und, Ceulemans?«, sagte Meijer noch.

Sie drehte sich um.

»Das Letzte eben ist als Befehl zu betrachten«, sagte er.

33

In dem großen Festsaal herrschte eine andächtige Stimmung, eine Atmosphäre, die von der Einrichtung unterstrichen wurde. Der Tisch, an dem die sechzig Gäste saßen, war mehr als zwanzig Meter lang und mit dickem Damast bedeckt. Die eine Längswand wurde von einem gigantischen Fresko geschmückt, eine offene Landschaft von Jacob van Ruisdael – einer der großen Namen des Goldenen Zeitalters. Unter dem Deckengewölbe hingen drei große Kronleuchter, die vor Prismen und Blattgold nur so funkelten.

Als sie zu Tisch gegangen waren, hatte jedes Gedeck ordentlich dagestanden, mit Kristall, Porzellan und Silber. Drei Stunden später hatten die livrierten Kellner abgeräumt, die weißen Tischdecken waren besudelt von Rotwein- und Soßenflecken, welche die Schuldigen so gut es ging mit Kaffeetassen und Cognacschwenkern zu verbergen versuchten.

An den Querenden des Tisches war jeweils Platz für drei Personen. Die anderen siebenundfünfzig Anwesenden richteten ihre Aufmerksamkeit jetzt dem Tischende zu, an dem die drei wichtigsten Gäste des Abends saßen. Rechts Geert Wilders, Gründer und Vorsitzender der *Partij voor de Vrijheid,* die sich am äußersten rechten Rand der niederländischen politischen Landschaft angesiedelt hatte. Links Wilders' Gattin Krisztina, eine rundliche Frau mit gepflegter Frisur und königsblauem Kleid.

Der Ehrengast des Abends jedoch war der Mann in der Mitte. Der vierundachtzig Jahre alte Joop Kamperdijk war von Anfang an Wilders' engster Berater und Vertrauter gewesen, ein Mann, dessen Fremdenhass so legendär war, dass der Begriff »ein Kamperdijker« oft für Leute benutzt wurde, die

Einwanderer und Farbige verachteten. Der Alte war ausgebildeter Jurist und hatte als Chefstratege fungiert, wenn der offenherzige Wilders mit dem Justizapparat darüber, was man in der Öffentlichkeit sagen und meinen durfte, aneinandergeraten war.

Das Festmahl dieses Abends sollte das Ende einer Ära markieren. Kamperdijks Alter und seine nachlassende Gesundheit hatten ihn dazu bewogen, seine offizielle Position in der Partei aufzugeben. Dass er und Wilders in eher privater Umgebung weiterhin die Köpfe zusammenstecken würden, bezweifelte niemand, weder im Saal noch überhaupt im Land.

Kamperdijk hatte sich soeben erhoben und an sein Glas geklopft. Es war jetzt Zeit für die Abschiedsrede, für letzte Ratschläge und Ermahnungen eines Nestors an die, die den Kampf weiterführen sollten. Es war eine flammende, pompöse und wohlformulierte Rede. Nach einer kurzen Einleitung verwandte er fünf Minuten darauf, seinen Protegé und Partner in der Zusammenarbeit, Geert Wilders, zu loben, der für immer als der Mann in Erinnerung bleiben würde, der »unser Vaterland vor kultureller und religiöser Verirrung gerettet und Identität und Stolz der Nation wiederhergestellt hat«.

Danach riss er – bildlich gesprochen – alle Moscheen im Land ein, jagte Einwanderer mit muslimischem Hintergrund aus dem Land, beleidigte den Propheten Mohammed und verbrannte den Koran zu Asche, und das alles in so gewählten Worten, dass die Versammlung unisono vor Wohlbehagen seufzte. Kamperdijk beendete seine Rede mit einer koketten Untertreibung seines eigenen Einsatzes, raffiniert genug, um das Gegenteil zu betonen.

Der Applaus war ohrenbetäubend. Neunundfünfzig Menschen sprangen auf und klatschten so heftig, dass die Kronleuchter klirrten. Wilders und Kamperdijk umarmten einander, als wären sie Vater und Sohn auf dem Sterbebett. Mehrere in der Runde zogen Taschentücher hervor und wischten sich wehmütig die Tränen von den glühenden Wangen.

Alle stimmten darin überein, dass Joop Kamperdijks Abschiedsrede auch dann noch in der Erinnerung leben würde, wenn die Niederlande gesäubert worden wären.

* * *

Die Spitzen der Freiheitspartei wussten, was sie draußen auf der Straße erwartete, als das Fest ein Ende nahm. Zahlreiche Polizisten hatten den ganzen Abend vor der Eingangstür Wache gehalten, und nun waren noch drei Einsatzwagen dazugeholt worden. An die hundert Demonstranten hatten sich eingefunden und skandierten:

EIN FASCHIST WENIGER! EIN FASCHIST WENIGER!
EIN FASCHIST WENIGER!
Abgelöst von:
WILDERS RAUS! WILDERS RAUS! WILDERS RAUS!

Das Ehepaar Wilders und Joop Kamperdijk wurden in eine dunkle Limousine mit getönten Fensterscheiben gelotst. Der Chauffeur wusste aus Erfahrung, dass er einige Nachtstunden brauchen würde, um die Tomatenreste von der Karosserie zu waschen, sobald er die Gäste abgeliefert hatte. Die übrigen Gäste nahmen Platz in zwei Bussen, und die Fahrzeuge setzten sich in Bewegung. Die Scheinwerfer der Einsatzfahrzeuge warfen einen Wirbel aus blauem Licht gegen die Hauswände, die Rufe der Demonstranten waren ein Strom aus Beschimpfungen, der langsam hinter den Davongefahrenen abebbte.

Für Geert Wilders und seine Mitverschworenen ein ganz normaler Abend in der Stadt.

Zwanzig Minuten später hielt ein Teil der Karossen vor Kamperdijks stattlicher Villa in Amsteldijk Noord. Zwei Polizisten begleiteten ihn durch das Gartentor bis zur Haustür, wo sie sich höflich (aber ziemlich knapp) verabschiedeten, wie Kamperdijk registrierte. Der frischgebackene Rentner fischte ein Schlüsselbund aus der Manteltasche. Obwohl er den Cognac zum Kaffee abgelehnt hatte, war ihm nach etlichen Gläsern unterschiedlicher Weinsorten schwindlig. Nach einigem Gefummel konnte er beide Schlösser öffnen und die Diele betreten. Er hob die kleine Plastikklappe der Alarmanlage hoch, blieb stehen und starrte das Display aus zusammengekniffenen Augen an.

Alarm ausgeschaltet.

Kamperdijk stutzte. Er hatte schon einmal vergessen, den Alarm einzuschalten, aber damals hatte er es brandeilig gehabt. Konnte er es vergessen haben, als er an dem Abend das Haus verlassen hatte? Er kam zu dem Schluss, dass das durchaus möglich war. Geert und Krisztina hatten draußen mit dem Auto auf ihn gewartet, und mit seinen vierundachtzig Jahren auf dem Buckel konnte er wohl zufrieden damit sein, dass er noch nicht vergaß, die Türen abzuschließen.

Er ging weiter in die Diele und machte über einen Hauptschalter im ganzen Erdgeschoss Licht. Jetzt war ein kleiner Schlummertrunk angesagt, ehe er schlafen ging. Eine halbe Stunde in Ruhe und Frieden, in der er den endlosen Strom des Abends von Danksagungen und guten Wünschen Revue passieren lassen konnte. Im Moment wärmten diese Worte, aber Kamperdijk war nüchtern und intelligent genug, um zu wissen, dass die Freude bald der Sehnsucht danach weichen würde, noch einmal ein zentraler und respektierter Teil der Bewegung zu sein. Er würde verschwinden, der Respekt, den er jeden Morgen, wenn er das Parteibüro betrat, in den Augen der Menschen dort lesen konnte. Das gute Gefühl, als geistiger Vater der Partei betrachtet zu werden, als der, der in Wirklichkeit den dreißig Jahre jüngeren Wilders mit der Kraft und den Gedanken versorgte, die dieser brauchte, um sein Ziel zu erreichen: Die Niederlande vollkommen von jeglichen islamischen Einflüssen zu befreien.

Alles hat seine Zeit – auch ich, philosophierte Kamperdijk. Dieser Abend gehörte ihm und würde im Wohnzimmer mit einem Glas guten Genevers und der Gesellschaft von guter Musik über die kabellose B&O-Anlage ausklingen, ein Geschenk der Partei zu seinem Achtzigsten. Am Barschrank füllte er ein rundliches Kristallglas drei Fingerbreit mit Zuidam Korenwijn, überlegte einen Moment, ob seine Finger mit den Jahren dünner geworden seien, und ging mit dem Glas zum CD-Regal. Wagner? Nein, dieser geniale Deutsche musste laut gehört werden, und jetzt war nicht der richtige Augenblick dafür. Lieber Brahms. *Ein deutsches Requiem,* eine Art zurückhaltender Widerhall des Chors, der ihm einen erinnerungsträchtigen Abend lang gehuldigt hatte.

Er machte es sich in seinem Lieblingssessel bequem, hob müde die Beine auf das Fußbänkchen, blieb sitzen und starrte in sein Rentnerdasein. Das Haus kam ihm mit jedem Monat größer und leerer vor. Sein altes Haus, das jetzt zu seinem neuen Käfig geworden war. Das Haus, in dem er und seine geliebte Gaby ein halbes Leben verbracht hatten, bis Gaby vor drei Jahren bei einem Bad im Gardasee von ihrem Herzen im Stich gelassen worden war. Der Gardasee war zu einem eiskalten Weckruf geworden. Bis zu diesem Moment hatte Kamperdijk kaum darüber nachgedacht, wie viel sie ihm bedeutete. Sie war immer da gewesen, ebenso selbstverständlich, wie es jeden Morgen hell und jeden Abend dunkel wurde. Er selbst hatte gearbeitet, in der Regel lange Tage. Gaby hatte sich um alles andere gekümmert. Und sie war wie ein Fels in der Brandung seiner politischen Aktivitäten gewesen – bei allem, von stigmatisierenden Presseartikeln bis zu Missfallensäußerungen auf offener Straße.

Seit dem Gardasee-Unglück kam es nur selten vor, dass Joop Kamperdijk zu tief ins Glas schaute. Er vermied das bewusst, denn bei solchen Gelegenheiten tauchte oft Gaby auf. Wenn nicht in physischer Gestalt, dann doch in seinen Gedanken. Oder, wenn er ganz ehrlich sein sollte: in seinem Schuldbewusstsein. Sie hatte für ihn gelebt. Er hatte für die Sache gelebt.

Er stellte das Glas auf den Beistelltisch und schloss die Augen. Aus den Lautsprechern ertönte: *Selig sind, die da Leid tragen, denn sie sollen getröstet werden …*

Leiden. Aber wo blieb der Trost? Er öffnete wieder die Augen und sah einen Schatten, der sich vor ihm an der Wand bewegte.

Gaby?

Dann wurde alles real. Eine Kralle im Nacken und etwas Feuchtes, das in sein Gesicht gedrückt wurde.

Brahms' Requiem verstummte.

* * *

Langsam kommt er zu sich. Benebelt, aber bewusst genug, um den Schmerz zu spüren. So heftige Kopfschmerzen, dass er schreien muss. Schreien will. Aber der Schrei wird nur zu einem langen unterdrückten Stöhnen irgendwo in seiner Brust. Sein Mund ist blockiert.

Er sieht nur undeutlich, als ob er eine zu starke Brille aufgesetzt hätte. Er blinzelt, um zu fokussieren. Das gelingt ihm nach einigen Sekunden, und langsam begreift er, wo er sich befindet. Im Keller seines Hauses, genauer gesagt, in der kleinen Sauna, die seit Gabys Tod nicht mehr benutzt worden ist. Wenn er das richtig beurteilen kann, sitzt er in einem der schweren handgezimmerten Sessel aus dem Esszimmer, mit an die Lehnen gefesselten Unterarmen und ohne eine Möglichkeit, die Füße zu bewegen.

Alles in allem ist Kamperdijk nur ein Mensch, und alle Menschen werden sich in einer solchen Situation zwei Fragen stellen: *Warum* und *Wer?* Er hat in seinem Leben viel erlebt, auch physische Angriffe von Antifaschisten, aber er begreift intuitiv, dass das hier etwas anderes ist. Das hier hat nichts mit seiner politischen Agenda zu tun. Weiter kann er nicht denken, denn nun wird die Tür geöffnet.

Ein Mann tritt in die Türöffnung. Für einen verwirrten Augenblick glaubt Kamperdijk, es sei Wilders. Die Gestalt ist groß, trägt einen mittelblauen Anzug und hat graublondes, nach hinten gekämmtes Haar. Aber die Augen gehören nicht Wilders. Sie sind eisblau, mit einem fast hypnotischen Glanz. Der Mund ist zu einem schwachen Lächeln verzogen, mit so schmalen Lippen, dass sie in dem mageren Gesicht aussehen wie eine frische Wunde.

»Guten Abend, Mijnheer.«

Ein Grunzen von Kamperdijk, mehr gestattet das Klebeband vor seinem Mund nicht.

»Ich habe es mir gegönnt, den ersten Satz von Brahms' Requiem zu Ende zu hören. Wie Ihnen sicher bekannt ist, erinnert das Requiem in angemessener Form an die Vergänglichkeit des Lebens. Daran, dass uns allen unsere Zeit zugeteilt worden ist.«

Die Angst hindert Kamperdijk nicht daran, sich zu erinnern, dass er früher an diesem Abend genau darüber nachgedacht hat. *Abend?* Wie lange war er wohl schon bewusstlos?

Das Englisch des Mannes ist tadellos:

»Brahms war gut, das auf jeden Fall, aber den beiden anderen Bs kann er nicht das Wasser reichen; Johann Sebastian und Ludwig. Ich habe zudem gesehen, dass Sie an der Wohnzimmerwand einige interessante Dinge haben. Ein graphisches Blatt mit der Signatur von Baselitz und eine Federzeichnung von Klimt, wenn ich mich nicht irre? Wir könnten sicher ein interessantes Gespräch führen, Sie und ich. Über Malerei, klassische Musik und Politik. Das würde jedoch erfordern, dass ich das Klebeband von Ihrem Mund entferne, nicht wahr? Was uns zu der grundlegenden Voraussetzung für alle große Kunst bringt: Perfektionismus. Eines kennzeichnet alle Großen, ob sie sich nun zu den Strömungen ihrer Gegenwart bekannt oder neue Wege gesucht haben. Sie haben niemals geschlampt. Sagen wir ganz hypothetisch, ich entferne das Klebeband. Nehmen wir weiter an, Sie hätten ihre Brille in dem Auto vergessen, das Sie hergebracht hat, und dass der pflichtbewusste Chauffeur sie hier abliefern wollte, ehe er Feierabend macht. Stellen wir uns ferner vor, dass er Ihre Schreie gehört hat, als er draußen vor der Tür stand. Sie verstehen, worauf ich hinauswill, Kamperdijk? Natürlich tun Sie das – Sie sind ein intelligenter Mensch, genau wie Martin Bormann einer war.«

Bei diesem Namen zuckt Kamperdijk abermals zusammen. Bormann war Hitlers persönlicher Berater und Parteisekretär der NSDAP gewesen. Er hat sich geirrt. Hier geht es doch um Politik. So weit gehen sie also, diese wirklichkeitsfernen linksradikalen Islamistenfreunde. Nicht ohne Grund steht Wilders rund um die Uhr unter Polizeischutz. Kamperdijk hatte das entschieden abgelehnt. Und für Reue ist es dann meistens zu spät.

»Ich gebe Ihnen einige Minuten, um über die Botschaft in Brahms' erstem Satz nachzudenken. Ich werde mir solange eine Zigarette und eine kleine Stärkung aus Ihrem reichhaltigen Barschrank gönnen. Nutzen Sie die Zeit gut, Kamperdijk.«

Der Mann tippt mit einem illustrierenden Zeigefinger auf

das Glas seiner Armbanduhr. Erst jetzt sieht Kamperdijk, dass er dünne Handschuhe trägt.

Der Fremde geht und zieht die Tür hinter sich zu. *Die Vergänglichkeit des Lebens? Nutzen Sie die Zeit gut?* Diese Worte zwingen Kamperdijk eine so düstere Ahnung auf, dass ihm schwindlig wird. Sein Selbsterhaltungstrieb schaltet sich ein. So wahnsinnig sind sie nicht. Bestimmt wollen sie ihm nur eine Höllenangst einjagen. Das hier ist eine Warnung der gemeinsten und infamsten Art. Der Mann war wahrscheinlich schon auf dem Weg aus dem Haus. Und dann würde er gefesselt hier sitzen, bis am Montag die Haushälterin kam. Über vierundzwanzig Stunden. Er hat irgendwo gelesen, dass ein Mensch ohne Wasser drei Tage überleben kann. Eine mentale Kraftprobe, aber die wird er bestehen. Er konzentriert sich darauf, tief durch die Nase zu atmen. Natürlich wird er diese Probe bestehen, verdammt. Die Minuten ticken dahin, er hat keine Ahnung, wie viele es sind. Der kleine Raum ist so still, dass er schwören könnte, seine eigenen Herzschläge zu hören.

Er zuckt zusammen, als die Tür wieder geöffnet wird. Die Stimme des Fremden ist klangvoll und fast freundlich:

»Na, Herr Parteisekretär, ich hoffe, die Kontemplation hat den einen oder anderen Funken von Selbsterkenntnis gebracht? Es wird Zeit, unsere kleine Begegnung abzurunden. Ein Gespräch hätte natürlich Früchte für uns beide tragen können, während ich aus meinem Monolog nur bedauerlich wenig lernen kann. Ich wünsche Ihnen noch einen warmen Abend. Sagen wir, dass hundert Grad so ungefähr passen könnten?«

Es dauert einige Sekunden, ehe der Inhalt des Gesagten Kamperdijk in all seinem Grauen aufgeht. Sein Herz gefriert zu Eis, und er spürt, wie der körperwarme Urin zwischen seinen Oberschenkeln hervorrieselt.

»Adieu, Herr Kamperdijk.«

Die Tür wird geschlossen. Joop Kamperdijk richtet blanke Augen auf das Thermometer an der Wand, und er – der seinen eigenen Gott verleugnet und den anderer verhöhnt hat – betet nun verzweifelt und lautlos, der Mann möge bluffen.

Die Nadel im Thermometer zuckt ein wenig.

Und dann steigt sie.

Im Grunde bin ich ein konservativer Mensch, aber ich bin auch ein Flüchtling. Ein Flüchtling ist per definitionem ein Mensch, der unfreiwillig seine Heimat verlassen muss, wie mir das als kleinem Jungen passierte. Und wozu sich hunderttausende Menschen während der letzten Jahre gezwungen gefühlt haben. Viele davon sind nach Europa gekommen. Einige Tausend hatten die Möglichkeit, in den sicheren, gastfreundlichen Niederlanden ein neues Leben zu beginnen. Aber es gibt immer Schlangen im Paradies, solche wie Geert Wilders und Joop Kamperdijk. Demagogen, die behaupten, alle Schafe in der Herde seien schwarz, und die diesen Standpunkt lauthals innerhalb des demokratischen Rahmens verfechten. Diese Menschen geben dem Hass Nahrung, der uns am Ende alle auslöschen wird. Du verstehst also – ich suche mir meine Opfer nach Möglichkeit mit einer gewissen Sorgfalt aus. Das kleine Gedicht, das ich diesem überdimensionalen Hoofdinspecteur geschickt habe, war vielleicht keine lyrische Perle, aber die Tatsache, dass ich meine Klassiker gelesen habe, macht mich nicht zwangsläufig zu einem großen Poeten.

34

Als Bull am Sonntagmorgen aufwachte, standen ihm die Szenen so klar und deutlich vor Augen, als ob er eben erst nach einem Film den Fernseher ausgeschaltet hätte.

Die Flugzeugwracks. Und eine schwarz gekleidete Christine mit einer Pistole. War das ein Traum gewesen? Oder hing es mit dem zusammen, was er nicht ganz begriff, das er gesehen und gehört hatte, das es nicht gab, das aber trotzdem vorhanden war? Er setzte sich mühsam auf und wurde sofort mit furchtbaren Kopfschmerzen bestraft. Vorsichtig ließ er sich wieder aufs Kissen sinken. Das half ein wenig. Welcher Tag war wohl? Sonntag. Und welche Zeit? Er konnte das Telefon von seinem Nachttisch zu sich ziehen. 07:23. Eine gute Stunde, bis Wilhelm ihn abholen sollte. Unter gar keinen Umständen. Nicht in dem Zustand, in dem er sich jetzt befand.

Er gab eine SMS an Ceulemans ein. Schrieb, er liege mit Fieber flach. Grippe oder eventuell Lebensmittelvergiftung. Die Antwort kam nach weniger als einer Minute:

Dann bleiben Sie mit gutem Gewissen im Bett, Bull. Es ist Sonntag. Wir arbeiten heute nur auf halber Flamme. Geben Sie Bescheid, wenn Sie etwas brauchen. Gute Besserung!

Auf dem Rückweg zum Nachttisch klingelte das Scheißteil los. Christines Name im Display. Für einen kurzen Moment spielte er mit dem Gedanken, den Anrufbeantworter laufen zu lassen, aber dann überlegte er sich die Sache anders. Es konnte wichtig sein. Morgens begnügte sie sich gewöhnlich mit Herzchen und SMS. Ihre Gespräche fanden nach Feierabend statt, wenn beide ihren Arbeitstag zu einem einigermaßen anständigen Zeitpunkt abgeschlossen hatten.

»Hallo, Liebste.« Seine Stimme klang, als ob er den Mund voll Watte hätte. Oder voll Sand.

»Guten Morgen, Liebling«, zwitscherte sie. Dann zögerte sie für einen Moment. »Ist alles in Ordnung bei dir?«

»Nicht ganz«, gab er zu. »Ich hab irgendeine Grippe erwischt. Es hat gestern Nachmittag angefangen. Ich habe heute Nacht nicht viel geschlafen.«

»Aber du Armer ... hast du Fieber?«

Er sagte, das glaube er nicht, wolle aber das Bett hüten, da Sonntag sei.

»Was für ein Pech. Schade, dass du nicht zu Hause bist, dann könnte ich dich ein bisschen verwöhnen. Trink ganz viel Wasser und versuch, etwas mit Vitamin C und Honig aufzutreiben.«

Bull murmelte, das sei sicher eine gute Idee.

»Ich kann dir etwas erzählen«, sagte sie. »Thomas hat mich gestern zum Mittagessen bei Bølgen & Moi eingeladen.«

Das klang plausibel. Thomas Bull hatte seine Begeisterung für die neue Eroberung seines Sohnes nicht versteckt. Bogart war allerdings nicht sicher, ob das menschlicher Qualität oder oberflächlichen Erwägungen geschuldet war. Zum Beispiel der Tatsache, dass Christine schön, intelligent und zudem eine Art Medienpromi war.

»Er kommt nach Amsterdam.«

Bull war überzeugt, sich verhört zu haben. Die Alternative wäre, dass sich ihr Sinn für Humor ein Virus eingefangen hatte.

»Sag das bitte noch mal!«

»Dein Vater kommt morgen nach Amsterdam. Er wurde schon vor einigen Monaten eingeladen, zusammen mit József Dusev-Janics auszustellen. Du kannst das alles auf seiner Website lesen, www.thomasbull.art.«

Er hatte nicht die geringste Ahnung, wer dieser Josef

Soundso sein mochte. Er hatte auch nicht gewusst, dass sein Vater eine Website hatte. Er gab beides zu.

»Dusev-Janics ist eigentlich Ungar, hat aber sein ganzes Erwachsenenleben in Frankreich zugebracht. Er ist ein ziemlich … exzentrischer Typ. Das wird auch die Ausstellung zeigen. Du kannst auf Thomas' Website mehr darüber lesen.«

Bull wusste nicht, was er sagen sollte. Er spürte, wie die Kopfschmerzen stark zunahmen.

»Aber das Schlimmste hast du noch nicht gehört«, sagte Christine geheimnisvoll.

Er machte sich bereit. Was könnte noch schlimmer sein?

»Er kommt im Rollstuhl«, sagte sie.

Zuerst war er still. Dann wiederholte er dieses Wort, ungläubig und mit Fragezeichen.

»Die Rolls-Royce-Ausgabe«, sagte sie nun. »Umweltfreundlich elektrisch. Aber keine Panik, Lieber – in einigen Wochen kann er wieder laufen. Er ist am Donnerstag im Astrup-Fearnley-Museum die Treppe runtergefallen und hat sich einen Rückenwirbel angeknackst. Der Arzt hat zwei Wochen vollständige Ruhe angeordnet. Worauf Thomas sich den Rollstuhl gemietet hat. Er hat mit Norwegian gesprochen, und die garantieren vollen VIP-Service im Flughafen und an Bord.«

»Aber, großer Gott … dann müsste er doch zu Hause bleiben«

»Das habe ich ihm gestern auch gesagt. Weißt du, was er geantwortet hat?«

»Ich könnte es erraten – wenn ich die Kraft hätte.«

»Er hat gesagt: *Man schickt seine Kinder nicht unbeaufsichtigt in den Kindergarten.*«

»Die Kinder?«

»Die Bilder, die nach Amsterdam sollen.«

Diese zweifelhafte Metapher veranlasste Bull zu einem nostalgischen Gedankensprung. Er wusste gar nicht mehr, wie viele Fußballspiele er absolviert hatte, ohne dass sein Vater zusammen mit den anderen Eltern am Spielfeldrand gestanden hatte. Oder Schulabschlussfeste, bei denen der introvertierte Maler mit Abwesenheit geglänzt hatte.

»Bist du noch da?«, fragte Christine.

Er grunzte als Lebenszeichen.

»Er hat mich gefragt, wo du wohnst …«, sagte sie ein wenig zaghaft.

»Erzähl mir nicht, dass …«

»Es ging doch nicht anders, Bogart.«

»Er wird hier wohnen? Im Dikker & Thijs?«

»Ich fürchte, ja.«

»Verdammt«, sagte er offen und ehrlich.

»Aber, aber, mein Junge.« Christine hatte wenig übrig für die Kraftausdrücke, die Bogart sich ein seltenes Mal in ihrer Anwesenheit gestattete.

»Auf der ganzen Welt gibt es nicht Vitamin C und Honig genug, um das auszugleichen«, seufzte er.

Sie beendeten das Gespräch. Sie sagte, sie liebe ihn, er quittierte mit derselben Beteuerung. Sie wusste, dass er die Wahrheit sagte. Er war sich umgekehrt *fast* sicher.

* * *

Einige Kilometer weiter standen Bert Meijer und Rinske Ceulemans in der Alarmzentrale des DRR im obersten Stock. An der langen Wand hingen viele Monitore, die Amsterdam und seine Umgebung rund um die Uhr überwachten. Mit einigen wenigen Tastenbewegungen konnten die Beobachter die Straße oder den öffentlichen Bereich ins Bild holen, die sie genauer untersuchen wollten.

Big Brothers Kamera sah alles.

Wegen des Sonntags war nur ein halbes Dutzend Beobachter im Dienst. Eine Polizistin, eine athletisch aussehende Frau in den Dreißigern, hatte das Headset mit Mikrofon und Kopfhörern abgenommen und konzentrierte sich auf ihre Gäste.

»Also kein Mordalarm während der letzten vierundzwanzig Stunden?«, fragte Meijer.

»Negativ«, teilte die Athletin mit einem Lächeln mit. »Oder wie wir im Zivilleben sagen würden: positiv.«

»Und sollte einer eintrudeln, würdest du Onkel Meijer doch sofort Bescheid sagen?«

»Innerhalb von zwanzig Sekunden, Chef.« Die Frau setzte das Headset wieder auf und nahm vor dem Kontrollpult Platz. Meijer und Ceulemans steuerten den Ausgang an. Beide hatten denselben einleuchtenden und düsteren Gedanken.

Dass niemand Alarm gegeben hatte, bedeutete nicht unbedingt, dass während der vergangenen Nacht kein Mord geschehen war.

* * *

Bull blieb im Bett, und im Laufe des Tages hoben sich seine Form und Stimmung. Thomas sollte machen, was er wollte, wie er es schon immer gemacht hatte. So, wie Bull ihn kannte, hatte sein Vater für die Logistik gesorgt, die ein Rollstuhl erforderte.

Kurz nach zwei Uhr nachmittags wagte er, aufzustehen und unter die Dusche zu gehen. Auch jetzt war sein Spiegelbild nicht gerade schmeichelhaft, aber die Kopfschmerzen waren verschwunden, und er sah oder hörte nichts, was es gar nicht gab. Sogar der Appetit war intakt, wie er jetzt merkte. Eine Fahrstuhlfahrt hinunter ins Restaurant des Hotels müsste im Rahmen seiner Fähigkeiten liegen.

Die Fahrstuhlfahrt ging gut, doch in der Rezeption wartete

der Mensch, den er im Moment am allerwenigsten treffen wollte, noch weniger als Thomas.

Der freie Journalist. Wie hieß der Kerl noch gleich? Die Visitenkarte, die er Bull gegeben hatte, lag unangerührt in dessen Jackentasche.

»Guten Nachmittag, Bull«, grüßte Guy Martens.

»Komisch, dass Sie das sagen«, erwiderte Bull. »Ich kann mich gar nicht erinnern, wann ich zuletzt einen schlechteren Nachmittag gehabt habe.«

Martens blinzelte unschlüssig.

»Es tut mir leid, das zu hören. Darf ich fragen, was der Grund ist?«

Bull dachte, dass Journalisten es sich meistens erlaubten, alle möglichen Fragen zu stellen. Das war sicher eine Grundbedingung ihrer Arbeit. Laut sagte er:

»Grippe. Eine besonders ansteckende Sorte, fürchte ich.«

Der Journalist wich nicht um Haaresbreite.

»Ich verfüge über eine hervorragende Immunabwehr«, sagte er. »Gibt es etwas Neues?«

»Haben Sie mit Meijer gesprochen?«

»Der ist einfach nicht zu erreichen. Ich habe seit gestern zehnmal seine Mobilnummer angerufen.«

»Vielleicht hat er sich den Sonntag freigenommen. Das kommt ja ab und zu vor, sogar bei der Polizei. Oder vielleicht hat er sein Telefon ausgeschaltet, um sich in Ruhe auf die nächste Pressekonferenz vorbereiten zu können.«

»Ich ahne eine gewisse Ironie, Bull. Hatten wir nicht eine Abmachung?«

»Die Abmachung war, dass ich Ihnen eine Einladung zu den Pressekonferenzen besorge. Und die finden nur selten sonntags statt.«

Martens verzog verärgert das Gesicht und wollte schon etwas sagen, als von der Straße her wütendes Sirenengeheul näher kam. Der Journalist drehte den Kopf ein wenig und lauschte abwartend. Der Kerl wittert wohl eine mögliche Schlagzeile, dachte Bull. Langsam verhallten die Sirenen.

»Wenn ich mich richtig erinnere, wollten wir auch mal miteinander reden«, sagte Martens.

»Hören Sie mal, äh …«

»Martens. Guy Martens.«

»Ich habe seit gestern mit Fieber im Bett gelegen, Martens. Ich weiß nicht mehr als bei unserer letzten Begegnung. Wenn ich mich nicht sehr irre, wird die Polizei morgen eine Pressekonferenz abhalten. Ich werde dafür sorgen, dass Sie rechtzeitig davon erfahren.«

Der Journalist nickte nachdenklich, als ob er den Wert dieses Angebotes abschätzte.

»Okay … aber morgen will ich etwas Handfestes, wenn nicht, ist der japanische Fisch das Einzige, was ich habe.«

Jetzt müsste ich ihm eine reinhauen, dachte Bull. Stattdessen machte er kehrt und steuerte das Restaurant an.

* * *

Nachdem er eine hervorragende Fischsuppe, ein halbes Knoblauchbrot und zwei Cola konsumiert hatte, zog er sich in sein Zimmer zurück. Schaltete den Laptop ein und suchte die Website seines Vaters.

Es war deutlich, dass Thomas Bull professionelle Hilfe in Anspruch genommen hatte, um sich im Cyberspace darzustellen. Die Seite war übersichtlich und visuell ansprechend, und die Gäste konnten zwischen Englisch und Norwegisch wählen. Angespornt durch eine Art genetisch bedingter Neugier arbeitete Bull sich gewissenhaft durch die Rubriken: *Biographie, bisherige Ausstellungen, FAQ, bedeutende (?) Werke und Neuigkeiten.*

Letzteres war im Moment das Interessanteste. Das Wichtigste in diesem Link war der Bericht über die Ausstellung in Amsterdam, samt einem Foto des Ungarn Dusev-Janics. Eine wilde eisengraue Mähne stand nach allen Seiten ab, er hatte fahle Haut, einen Fünftagebart und eine Designerbrille mit dickem schwarzen Gestell, die auf einer Adlernase ruhte. Bewusst ungepflegt, vermutete Bill. Die meisten Künstler wollten doch gewissen Erwartungen entsprechen.

Die Ausstellung hatte den Titel *Our Guilty Innocence,* und der Text dazu schilderte die Arbeiten als krasse Kommentare zu Gewalt und Unruhe, welche die Welt von heute prägen. Vielleicht nicht überwältigend originell, aber das Thema war jedenfalls zeitgemäß. Aus diesem Anlass hatte Dusev-Janics dem Text zufolge »sein technisches Repertoire« erweitert, was zu einem »überaus expliziten Ausdruck« geführt hatte. Was das konkret bedeutete, sollte bis auf Weiteres offenbar ein Geheimnis bleiben.

Weiter unten wurde Thomas Bulls Beitrag zum Projekt vorgestellt. Hier sah Bogart Gemälde, die er bereits kannte, darunter Kinder und Erwachsene, die leblos in etwas trieben, bei dem es sich zweifellos um das Mittelmeer handeln sollte.

Ein Farbfoto von Thomas hatte auch Platz gefunden, er war um einiges gepflegter als sein ungarischer Kollege. Unter der Überschrift *Brothers in Art* fand Bogart »Thomas Bull über József Dusev-Janics« und umgekehrt, zwei Künstler, die einander offenbar grenzenlos bewunderten – jedenfalls zu diesem Anlass.

Bull schaltete den Laptop aus. Die Uhr oben im Bildschirm zeigte 16:09. Er fühlte sich immer besser. Ein Spaziergang durch die Stadt und ein ruhiger Abend, danach würde er sich dem stellen können, was ihn am Montagmorgen erwartete.

Was immer das dann wäre.

35

Wenn er auf einen Montag mit Fortschritten in der Ermittlung gehofft hatte, wurde diese Hoffnung nachdrücklich zerschlagen, als er um halb neun am nächsten Morgen in Wilhelms Peugeot Platz nahm.

Im Wagen wartete Ceulemans.

»Wie ist die Form?«, fragte sie als Erstes.

»Wird im Rekordtempo besser. Das war zum Glück so schnell vorbei, wie es gekommen ist.«

»Das höre ich gern. Ich habe dagegen schlechte Nachrichten. Wir hatten vor einer Dreiviertelstunde einen Anruf. Eine Frau van der Linden, die sich kaum verständlich machen konnte. Sie macht den Haushalt für Joop Kamperdijk. Kamperdijk ist einer der bekanntesten Politiker hierzulande und ungeheuer unbeliebt, außer bei seinen Meinungsgenossen von ganz rechts. Jetzt ist er zudem ungeheuer tot, wenn wir Frau van der Linden glauben wollen. Meijer ist schon zu Kamperdijks Villa gefahren, wo der Mann aufgefunden worden ist. Er hat mir vor fünf Minuten eine SMS geschickt. Die kürzeste, die ich je von ihm bekommen habe.«

Sie zeigte ihm ihr Telefon. Im Display waren nur zwei Ziffern zu sehen:

13

Bull schluckte die Pille. Sie schmeckte bitter nach Hoffnungslosigkeit. Oder vielleicht nach Unzulänglichkeit. Er wollte es nur ungern zugeben – auch sich selbst gegenüber nicht –, aber zum ersten Mal in seiner polizeilichen Laufbahn hatte er ein Gefühl, das an Ohnmacht erinnerte. Der Täter hatte jetzt zum dritten Mal in acht Tagen gemordet, bisher ohne irgendetwas zu hinterlassen, das den Abstand zwischen ihm und der Polizei verkleinern könnte. Das Ganze hatte etwas erbarmungslos Methodisches. Und Unvorhersagbares. Eine Musterstudentin, ein halbkrimineller Pornokönig und jetzt also ein Politiker. Ein unbeliebter zwar, aber insgesamt schien nur wenig darauf hinzudeuten, dass Beruf, Geschlecht oder Alter der Opfer eine Rolle spielen könnten.

Bull konzentrierte sich auf Ceulemans.

»Diesmal keine SMS?«

Die Antwort kam nach fünf vielsagenden Sekunden.

»Wir hatten eine am Samstagnachmittag ... Meijer hatte eine.«

Weitere fünf Sekunden.

»Dann verzeihen Sie sicher, wenn ich frage, warum ich nicht informiert worden bin?«

»Meijers Entscheidung. Und es hätte kaum eine Rolle gespielt. Es war so, wie Sie vorausgesehen haben – diesmal war das Rätsel so dunkel, dass sich selbst ein Sherlock Holmes verirrt hätte.«

Sie öffnete die Mitteilung und reichte ihm ihr Telefon. Er las. Dreimal. Sie hatte recht.

»Selbst jetzt, nachdem wir das Opfer kennen, können wir ja nur raten, dass mit *the defenseless* Flüchtlinge gemeint sein müssen. Kamperdijk stand ja im Kampf gegen Einwanderung himmelhoch auf den Barrikaden«, sagte sie.

»Wissen wir etwas darüber, wie er getötet worden ist?«

»Nein. Ich habe versucht, Meijer anzurufen, aber der meldet sich nicht. Wilhelm fährt uns jetzt hin. Die Fahrt dauert nur zehn Minuten.«

* * *

Die Villa in Amsteldijk Noord war aus weiß verputztem Stein und hatte ansonsten Ähnlichkeit mit der von Jan de Jong bewohnten. Auf dem Hofplatz und vor dem Tor stand ein kleiner Fuhrpark, alles – vom Landrover der Schwergewichtsklasse bis zu Meijers weißem Spielzeug. Drei oder vier neugierige Nachbarn reckten beim Absperrband den Hals: POLITIE – NIET BETREDEN! Innerhalb der Absperrung herrschte die Art von organisiertem Chaos, wie es in den ersten Stunden nach einem Mordalarm jeden Tatort prägt.

Sie duckten sich unter dem Band durch und bahnten sich einen Weg zur Haustür, wobei Ceulemans mit ernster Miene nach beiden Seiten grüßte. In der Diele wartete Kollege Ederveen. Der Junge sah an diesem Tag zweifellos noch jämmerlicher aus.

»Ihr sollt in den Keller gehen«, sagte er zaghaft und zeigte auf eine offene Tür.

Das Erste, was ihnen auf der Treppe begegnete, war der Geruch nach Erbrochenem. Danach ein Mann in Zivil, der mit einer Kamera in der Hand die Treppe hochrannte, den Blick starr auf die Stufen und seine eigenen Füße gerichtet. Als sie sich dem Ende der Treppe näherten, wurde der Gestank so schrecklich, dass Ceulemans sich Nase und Mund zuhielt. Dann waren sie unten. Im Kellergang mussten es zwischen dreißig und vierzig Grad sein. Meijers Gestalt ragte einige Meter weiter aus dem Gewimmel auf. Sie drängten sich an zwei weiß gekleideten Spurensicherern zum Hoofdinspecteur durch. Auch Meijer war anscheinend nicht gerade in Hochform.

»Die Sauna da rechts«, sagte er. »Macht euch auf einiges gefasst, Leute.«

Die Tür zur Sauna stand sperrangelweit offen. Das Bild, das sich ihnen bot, war unwirklich. Mitten in der Kammer stand ein Lehnstuhl mit Armlehnen. Im Lehnstuhl saß ein Mensch –

oder etwas, das einmal ein Mensch gewesen war. Die Leiche trug einen dunklen Anzug, der jedoch mehrere Nummern zu groß für das aussah, was sich in dem Kleidungsstück befand. Was von der Haut des Gesichts und der Hände zu sehen war, war runzlig wie bei einer Mumie und hatte die Farbe von Pappmaché. Man musste mit Joop Kamperdijk eng befreundet oder verwandt sein, um das, was dort vor ihnen saß, überhaupt als ihn identifizieren zu können.

»*Großer Gott*«, flüsterte Ceulemans.

Bogart Bull schluckte schwer und trocken. Er hatte schon viel gesehen, aber so etwas nun doch nicht.

»Wir sind sicher, dass es dieser Politiker ist?«, fragte er an Meijer gewandt.

»Die Haushälterin arbeitet seit fünfundzwanzig Jahren für Kamperdijk. Sie war ganz sicher.«

»Das ist Kamperdijk«, bestätigte Ceulemans leise. »Ich habe ihn oft genug im Fernsehen und in den Zeitungen gesehen, um ihn zu erkennen, sogar in diesem Zustand.«

»Die Signatur?«, fragte Bull.

Meijer schob die Tür zur Sauna mit der Schuhspitze einen Meter weit auf sie zu. Der gleiche rote Lack, die Zahl mitten unter dem kleinen vertikalen Fenster im Türblatt.

»Zuerst Bolzenpistole. Dann hypergiftiger Fisch. Und jetzt hat der Arsch einen Politiker gekocht«, sagte Meijer.

»Ich brauche frische Luft«, murmelte Ceulemans.

»Auch gut, dann haben die Techniker Platz, um ihre Arbeit zu tun«, sagte Meijer und nickte.

Sie gingen hinauf ins Erdgeschoss. Betraten ein geräumiges Wohnzimmer, möbliert und dekoriert, wie man es in einer herrschaftlichen Villa wie dieser erwarten konnte. Ein Spurensicherer beugte sich über einen Couchtisch und war dabei, zwei Gläser und etwas, das Bull für eine Schnapsflasche hielt, in Beweisbeuteln unterzubringen.

»Die Gläser und der Genever standen auf dem Tisch, als wir gekommen sind«, kommentierte Meijer. »Es sieht so aus, als ob Mörder und Opfer sich vor der Folter im Keller ein Plauderstündchen gegönnt hätten.«

Bull sah die Beutel an, die gerade vorsichtig in einem gepolsterten Koffer untergebracht wurden. Wenn er raten sollte, würden die Techniker nur auf einem Glas Fingerabdrücke finden. Hatte Kamperdijk seinen Mörder gekannt? Es konnte so aussehen. Und das wäre dann ihre erste winzige Spur.

Ceulemans fasste diese schlichte Theorie in Worte.

»Nicht unmöglich«, sagte Meijer. »Wir reden heute noch mit Kamperdijks Parteigenossen und anderen Bekannten.«

Der Hoofdinspecteur streifte Plastikhandschuhe über und öffnete die Glastür auf der Rückseite des Hauses. Der Garten war groß und gepflegt. In der Ecke der mit Terracotta ausgelegten Terrasse war ein Whirlpool eingelassen. Eine graue Kunststoffplane bedeckte das sechseckige Becken.

»Was ist mit der Alarmanlage?«, fragte Bull. »Ich habe im Wohnzimmer zwei Sensoren gesehen.«

»Die war eingeschaltet, als Frau van der Linden – die Haushälterin – heute Morgen um halb acht gekommen ist«, sagte Meijer. »Interessante Überlegung, übrigens. Es muss doch bedeuten, dass der Mörder den Code gekannt hat.«

»Oder dass er die passende Technologie besitzt, um die Einrichtung aus- und einzuschalten«, bemerkte Bull. »Solche Applikationen sind doch auf dem grauen Mark zu haben.«

Der Hoofdinspecteur verzog einen Mundwinkel, ließ sich aber nicht zu einer Antwort herab. Stattdessen sagte er:

»Wie wäre es mit einem Kaffee, Leute? Unser häuslicher Kollege Ederveen hat Thermoskanne und Tassen mitgebracht.«

Ohne auf eine Antwort zu warten, verschwand Meijer. Ceulemans fischte eine ungeöffnete Zigarettenpackung aus der Tasche und puhlte die Zellophanfolie ab.

»Ich versuche aufzuhören«, sagte sie verlegen. »Aber nach dem Besuch in diesem Keller brauche ich eine. Oder vielleicht zwei.«

Bull lächelte höflich. Seine letzte Zigarette lag viele Jahre zurück, aber nachdem er den Korken in alles außer Cola-Flaschen gesteckt hatte, war ihm zeitweise der Gedanke gekommen, wieder anzufangen. Seit er Christine kannte, für die Nikotin auf einer Stufe mit Heroin stand, hatte er das Projekt bis auf Weiteres auf Eis gelegt.

Meijer kehrte mit drei Bechern mit der roten Aufschrift DRR zurück. Er reichte zwei an Bull und Ceulemans weiter und schlürfte dann an seinem eigenen.

»Wir haben um sechs Uhr heute Nachmittag eine Pressekonferenz«, sagte er. »Wir müssen heute Vormittag die Parteileitung und eventuelle Verwandte von Kamperdijk informieren. Der Alte war eine öffentliche Person, und die Gerüchte werden sich rasch verbreiten. Die Frage ist, ob wir versuchen sollen, diesen Mord von den beiden anderen zu trennen. Die Haushälterin hat die Dreizehn zwar gesehen, aber wir haben ihr einen Maulkorb verpasst. Außerdem wird sie bis auf Weiteres wegen des Schocks in SintLucas behandelt.«

»Dann muss aber – jedenfalls offiziell – ein anderer Ermittlungsleiter für diesen Mord eingesetzt werden«, sagte Bull.

»Natürlich.«

»Und um sechs Uhr heute Nachmittag müssen wir nach Gehör spielen«, fuhr Bull fort. »Man weiß nie, welche Fragen auftauchen können oder was die Medien bereits in Erfahrung gebracht haben – ob mit oder ohne Maulkorb.«

Auch diesmal ließ sich Meijer zu keiner Antwort herab.

36

Sie blieben in Kamperdijks Villa, bis der Pathologe seine Untersuchungen beendet hatte. Wie die meisten Rechtsmediziner wollte er nur ungern die Todesursache bestimmen, ehe er das Opfer seziert hatte. Aber er ließ das Offenkundige ziemlich deutlich durchscheinen: Bei extremer Überhitzung wird das Herz immer heftiger arbeiten, bis zu einem Punkt, an dem es einfach nicht mehr kann.

»Meijer hat eine Eilbesprechung mit Wilders und der übrigen Parteileitung angesetzt«, sagte Ceulemans, als sie wieder auf Wilhelms Rückbank saßen. »Sie und ich treffen uns mit Kamperdijks einziger Verwandten, einer zwei Jahre jüngeren Schwester, die am Nordende vom Sloterpark wohnt.«

Bull nickte zerstreut. *Jetzt war es wieder da.* Es kam klammheimlich, dieses fiebrige Gefühl, das er schon bei seinem Gespräch mit Frank Varhaug verspürt hatte. Was zum Teufel war das bloß? Ceulemans Antennen waren offenbar sehr sensibel.

»Stimmt was nicht?«, fragte sie. »Sie sehen nicht so gut aus.«

Für einen Moment fühlte Bull sich versucht, den Besuch in Kamperdijks Keller anzuführen, aber ein blödsinniger Anfall von männlichem Stolz brachte ihn davon ab.

»Ich weiß nicht«, sagte er wahrheitsgemäß. »Das ist dasselbe wie gestern … eine Art Grippegefühl.«

»Lassen Sie mich mal«, sagte Ceulemans und legte ihm den Handrücken an die eiskalte Stirn.

»Es wirkt eigentlich, als ob Sie das Gegenteil von Fieber haben, Bull. Sie sollten unbedingt einen Arzt aufsuchen. Meine Schwester ist …«

Sie wurde von dem wütenden Piepton von Bulls Telefon unterbrochen. Er sah auf dem Display nach:

Der gottbegnadete Adler ist gelandet. Wenn mein verlorener Sohn Zeit für einen Kaffee mit seinem gebrechlichen und an den Rollstuhl gefesselten Vater erübrigen kann, so befinde ich mich in der Turmsuite vom Dikker & Thijs.

Die SMS trug die Unterschrift *Sitting Bull.*

Was fehlt dem Mann denn bloß, fragte sich Bull. Gab es eine Diagnose, die alles umfasste, was dieser Irre ausstrahlte, von einem krankhaft aufgeblasenen Ego bis zu einem nahezu manipulativen Grad an Selbstmitleid?

Ceulemans Antennen fingen seine frische Frustration auf.

»Probleme?«, fragte sie.

Er fasste kurz für sie zusammen, dass und warum sein Vater nach Amsterdam gekommen war.

»Ist Thomas Bull etwa Ihr Vater?«, rief Ceulemans in einem Tonfall, als handele es sich um Lucian Freud oder Andy Warhol.

Bull bekannte sich zu der verwandtschaftlichen Beziehung.

»Aber der ist doch phantastisch!«, rief sie begeistert. »Ich habe einige seiner Bilder in einer skandinavischen Ausstellung in Berlin gesehen!«

Er schaute aus dem Seitenfenster. Wenn sie wüsste …

»Ich habe einen Vorschlag«, sagte Ceulemans. »Das Gespräch mit Kamperdijks Schwester ist reine Formsache. Wir fahren Sie zum Hotel, damit Sie sich ein bisschen ausruhen können. Wenn Sie sich nicht besser fühlen, wenn ich zurückkomme, ist ein Arzttermin angesagt. Ich kenne eine Abkürzung, die zu einer der besten Ärztinnen der Stadt führt.«

Bull dachte über diesen Vorschlag nach. Plötzlich ging ihm auf, dass die Kripochefin Eva Heiberg Wilhelms Platz hinter dem Lenkrad eingenommen hatte und dass sie ihn im Rückspiegel voller Strenge musterte. Er senkte den Blick.

»Wer fährt uns eigentlich?«, murmelte er.

»Was haben Sie gesagt?«

Er hob den Kopf. Wilhelm saß hinter dem Steuer, wie sich das gehörte.

»Nichts. Dann nehme ich Ihren Vorschlag an. Ein paar Stunden Schlaf kann ich brauchen.«

Oder vielleicht ein paar Jahre, dachte er.

* * *

Als er die Rezeption des Dikker & Thijs betrat, wurde er von der Frau, bei der er eingecheckt hatte, an den Tresen gewinkt.

»Ihr Vater sitzt in der Bar«, sagte sie lächelnd. »Er hat mich gebeten, ihm Bescheid zu sagen, wenn Sie hier auftauchen.«

Bull versuchte, das Lächeln zu erwidern.

»Könnten Sie mir einen Gefallen tun?«, fragte er leise.

»Natürlich.«

»Dann tun Sie so, als ob Sie mich nicht gesehen hätten.«

Die Rezeptionistin reagierte professionell. Ein diskretes Nicken, das war alles. Er lief zum Fahrstuhl, vermied sorgfältig, in den Spiegel zu blicken, den es aus irgendeinem Grund in den meisten Fahrstühlen gab. Unter der Jacke klebte ihm sein Hemd an der Haut. Als er den ersten Stock passierte, hörte er Fridas Stimme:

Ehrlich, Bogart – willst du dich an deinem eigenen Vater vorbeischleichen? Hast du vergessen, wer damals für dich da war, als du versucht hast, deine Sorgen in Wodka zu ertränken? Hast du vergessen, wer dich wieder auf die Beine gebracht hat? Gott weiß, wie dein Leben jetzt aussehen würde, wenn Thomas nicht gewesen wäre.

Der Fahrstuhl hielt im dritten Stock. Bull holte tief Luft und lauschte. Sie war verschwunden. Dann drückte er auf den grünen 0-Knopf.

* * *

Sein Vater saß in der Ecke der Bar, sicher untergebracht in seinem neuen Fahrzeug, mit einem tulpenförmigen Glas vor sich auf dem Tisch. Als er Bogart entdeckte, winkte er, die gleiche kokette Handbewegung, wie die Königsfamilie sie ausführt, wenn sie am Nationalfeiertag auf dem Schlossbalkon steht.

»Sieh mal an – Philip Marlowe höchstpersönlich!«, sagte Thomas als Erstes. »Schön, dich zu sehen, mein Junge.«

Sie schüttelten einander die Hände. Bogart versuchte sich zu erinnern, wann sie sich zuletzt umarmt hatten. Diese Episode war irgendwo in der Vergangenheit versunken.

»Fesche Karre«, sagte er.

Der Vater klopfte auf die mit Leder bezogene Armlehne des Rollstuhls.

»Ein so komfortabler Thron, dass ich mit dem Gedanken an einen neuen Hechtsprung bei Astrup & Fearnley spiele, wenn der Wirbel verheilt ist«, erklärte er. »Wenn ich seitlich vor der Leinwand parke, kann ich von da aus sogar arbeiten.«

Ein Kellner tauchte lautlos am Tisch auf. Bogart bestellte eine Cola, der Vater noch ein Glas Champagner.

Wer ist Nummer 13?, fragte Thomas.

Bogart starrte ihn an.

»Entschuldigung?«

»Wieso Entschuldigung?«

»Ich habe nicht gehört, was du gesagt hast.«

»Ich habe gesagt, dass es möglich ist zu arbeiten – zu malen–, wenn man in diesem Stuhl sitzt.«

»War das alles?«

»Alles?«

Bogart hob abwehrend die Hand.

»Vergiss es.«

Thomas beugte sich in seinem Rollstuhl ein wenig vor und musterte seinen Sohn.

»Ist alles in Ordnung mit dir, mein Junge?«

Cola und Champagner wurden gebracht. Eine willkommene Unterbrechung, aber Thomas Bull war keiner, der so leicht den Faden verlor.

»Ich habe gefragt, ob bei dir alles in Ordnung ist, mein Junge«, wiederholte er, als der Kellner verschwunden war.

»Geht so. Mein Fall hier tritt ein bisschen auf der Stelle, und ich habe Probleme mit einer Art Grippe.«

»Mit einer Art Grippe? Entweder hast du eine Grippe, oder du hast keine.«

Bogart zögerte. Aus irgendeinem Grund war es ihm immer schwergefallen, sich seinem Vater gegenüber zu verstellen. Das Gefühl, dass Thomas ihn glatt durchschaute, begleitete ihn schon seit seiner Kindheit.

»Ich weiß nicht so recht, was es ist«, sagte er. »Es kommt und geht.«

»Was kommt und geht?«

»Ich habe das Gefühl … ab und zu habe ich das Gefühl, Dinge zu hören und zu sehen – Dinge und Stimmen, die gar nicht da sind. Die unmöglich da sein können.«

»Was für Dinge?«

»Menschen … vor allem.«

»Wen zum Beispiel?«

Bogart seufzte. Er dachte, sein Vater hätte in einem Vernehmungsraum bei der Kripo sicher gute Arbeit geleistet.

»Zuletzt ist es auf der Fahrt hierher passiert. Für einen Moment habe ich mir eingebildet, dass Eva Heiberg hinter dem Lenkrad sitzt. Er heißt Wilhelm – der, der eigentlich fährt, meine ich.«

Thomas musterte ihn einige Sekunden lang wortlos. Mit gutem Willen konnte Bogart in den graugrünen Augen eine Spur von väterlicher Fürsorge erahnen.

»Wenn ich nicht so ungeheuer taktvoll wäre, würde ich dich

fragen, ob du den Wodka mit LSD vertauscht hast«, sagte Thomas.

Schluss mit der väterlichen Fürsorge. Bogart starrte demonstrativ in die Luft, hielt aber den Mund.

»Die letzte Bemerkung bitte streichen«, sagte Thomas. »Aber wenn ich dich richtig verstanden habe, erlebst du also eine Art von Halluzination? Oder wenn du so willst – Sinnestäuschung?«

»So ähnlich.«

»Und seit wann ist das schon so?«

»Seit zwei Tagen. Gestern und heute – vor allem gestern«, log Bogart.

»Na, wenn es weniger als eine Stunde her ist, dass die Kripochefin deine Privatchauffeuse war, dann gestatte ich mir, dir einen Arztbesuch ans Herz zu legen.«

»Ja, vielleicht.«

Der Vater beugte sich wieder vor. Alle Spuren von Scherz und Ironie waren verschwunden. Seine Stimme war die gleiche wie vier Jahre zuvor, damals, als er Bogart aus König Alkohols feuchtem Zugriff herausgeredet hatte. Leise, konzentriert und ehrlich:

»Hör auf mich, Bogart. Du bist ein guter Mann – ein guter Mensch. Besser als ich vielleicht, wenn du keinen Pinsel in der Hand hältst jedenfalls. Wenn es einen einzigen Kritikpunkt gibt, dann wohl den, dass du übertrieben stur und dickköpfig bist. Tu dir selbst und deinem alten Vater einen Gefallen. Geh zu einem Arzt und leg die Symptome auf den Tisch. Lass eine Blutprobe machen oder dir das Oberstübchen röntgen, oder was zum Teufel die machen, um solche Sachen zu untersuchen.«

Bogart versteckte seine Reaktion hinter seinem Cola-Glas. Selbst die Cola schmeckte jetzt anders. Wie kalter Hustensaft.

Warum musste er sich in größeren oder kleineren Krisen

befinden, damit sein eigentlicher Vater auftauchte, der Vater, den er sich immer gewünscht hatte? Der Vater, der Geborgenheit schenkte, der sich kümmerte. Vielleicht war das der wahre Thomas und tarnte sich im Alltag hinter affektiertem Auftreten und oberflächlichem Gerede.

Eine halbe Stunde in einer Arztpraxis. Was könnte das schon schaden? Er sah Thomas an.

»Okay«, sagte er.

37

Rinske Ceulemans' Abkürzung zu »einer der besten Ärztinnen der Stadt« führte in ein privates Ärztezentrum, wo ihre Zwillingsschwester (zweieiig, wie Ceulemans betonte) tätig war. Dr. Famke Verboom war eine eher konservativ aussehende Ausgabe ihrer Schwester, wirkte aber in ihrem professionellen Auftreten vertrauenerweckend.

»Dann erzählen Sie mal, was Ihnen zu schaffen macht«, sagte sie als Erstes.

Bull erzählte. Absolut alles. Die Angst, als komischer Vogel mit Zwangsvorstellungen dazustehen, verschwand vor Dr. Verbooms freundlichem und engagiertem Blick.

»Solche Sinneseindrücke können in vielen Varianten auftreten«, erklärte Verboom, als er ihr sein Herz ausgeschüttet hatte. »Die häufigsten sind die, die Ihnen passiert sind, also sicht- und gehörbedingte Halluzinationen. Das kann auch ganz gesunden Menschen passieren, und oft ist die Ursache etwas so Einfaches wie Schlafmangel. Wie stand es um Ihren Nachtschlaf, ehe das hier passiert ist?«

»Normal gut.«

»Schön. Dann wollen wir uns mal Ihren Blutdruck ansehen.«

Sie spannte ihm die Manschette um den Arm und pumpte sie auf.

»Ein bisschen hoch, aber alles andere als beunruhigend«, stellte Verboom fest. »Wir machen eine Blutprobe und schicken sie zur Analyse. Ich kenne die Leute im Labor und müsste das Ergebnis bis morgen Mittag haben. Bis dahin empfehle ich Ihnen so viel Ruhe wie möglich. Versuchen Sie, die Verbrechen so lange meiner Schwester zu überlassen.«

Er hätte dem Rat, sich auszuruhen, Folge leisten sollen. Stattdessen fuhr er mit Ceulemans zum Hauptquartier im Kabelweg, wo es im Konferenzsaal von Presseleuten, Videokameras, Mikrofonen und iPads bereits wimmelte. Er nahm Platz neben Meijer, der zur Feier des Tages Uniform trug. Auf der anderen Seite des Hoofdinspecteurs saß Rinske Ceulemans in Zivil.

Hinter dem Gewimmel aus Presseleuten konnte Bull Guy Martens erkennen. Trotz des Besuchs bei der Ärztin hatte er Ceulemans noch gebeten, dem freien Journalisten eine Mail mit einer schriftlichen Akkreditierung zu schicken. Um Punkt sechs hieß Meijer auf Englisch willkommen zur Pressekonferenz, präsentierte sich als Ermittlungsleiter für die Morde an Varhaug und de Jong und stellte Ceulemans und Bull vor. Danach bat er um Fragen. Die erste kam von einem erfahren aussehenden Mann von *NPO 1:*

»Sie sind sicher, dass es einen Zusammenhang zwischen dem Mord an der norwegischen Studentin und dem an Jan de Jong gibt?«

»Wir haben Spuren, die das nahelegen«, antwortete Meijer.

»Was für Spuren?«

»Dazu kann ich zum derzeitigen Stand der Ermittlungen nichts sagen.«

»Es sind Gerüchte über eine Zahl im Umlauf – dreizehn?«

Meijer bewahrte die Fassung, in seinem Pokergesicht war nicht ein einziges Zucken zu sehen.

»Ich kommentiere keine Gerüchte. Das schafft die Presse doch allein.«

Hier und da im Saal ein Grinsen. Ein bisschen Selbsterkenntnis ist nicht zu verachten, dachte Bull.

Eine junge, elegant angezogene Frau vom *Telegraaf:*

»Wissen Sie etwas darüber, ob die beiden Opfer miteinander bekannt waren?«

»Darauf haben wir keinerlei Hinweise.«

Die Elegante war noch nicht fertig:

»Dann muss es doch einen anderen Zusammenhang zwischen den Fällen geben. Was können Sie über die Mordmethode sagen – oder die Waffe?«

»Nichts, fürchte ich. Wir stehen mitten in einer komplizierten Ermittlung.«

Der Nächste, dem grünes Licht gegeben wurde, war ein Mann, den Bull kannte, der Kriminalreporter Hans Giertsen von der norwegischen Zeitung *VG*. Giertsen nannte seinen Namen, dann legte er los.

»Ich habe eine Frage an Herrn Bull, den norwegischen Ermittler in Ihrer Gruppe. Linda Varhaugs Vater zufolge ist es so gut wie unvorstellbar, dass sie in irgendeiner Verbindung zu Jan de Jong gestanden haben kann. Ist es möglich, dass sie zufällig zum Opfer wurde?«

Bull öffnete schon den Mund, aber Meijer kam ihm zuvor:

Es ist mir ein Rätsel, dass Bull überhaupt in diese Ermittlung einbezogen worden ist. Bisher hat er null und nix beigetragen und war eher ein Störelement als eine Verstärkung.

Drei Sekunden Stille. Dann sprang Bull auf und warf Meijer einen verächtlichen Blick zu.

»Und du könntest nicht einmal einen Scheiß Fahrraddiebstahl aufklären, und wenn der vor deiner Nase passierte«, sagte er und verließ den Saal.

Erst als er draußen stand, begriff er.

Aber da war es zu spät.

* * *

Eine Stunde später saßen Meijer und Ceulemans vor Commissaris Langenbergs blankpoliertem Schreibtisch. Außerdem anwesend war Irene Blankers, die Staatsanwältin, die offiziell die Ermittlungen leitete. Sie hatte eine neutrale Position am Ende von Langenbergs Schreibtisch eingenommen. Sie beobachtete, hatte bisher aber zu Meijer und Ceulemans nur »Hallo« gesagt. Eine Beisitzerin, die Inhalt und Qualität des Gesprächs bewerten soll, dachte Ceulemans.

Langenbergs geschlossener Mund und seine fülligen Wangen bewegten sich wiederkäuend, als ob er versuchte, den bitteren Geschmack von etwas, in das er gebissen hatte, zu identifizieren.

»Er stand also einfach auf, hat diese Beleidigung serviert und dann den Raum verlassen?«, fragte er, nachdem er Meijers mündlichen Bericht vernommen hatte.

»Richtig erkannt«, antwortete Meijer. »Eine komplett unbegreifliche – und nicht zuletzt peinliche – Reaktion auf eine ganz normale Frage des norwegischen Journalisten.«

Langenberg ließ seinen Blick zu Ceulemans weiterwandern.

»Laut Hoofdinspecteur Meijer hast du die meiste Zeit mit Bull verbracht«, sagte er. »Wie würdest du ihn einschätzen – ich spreche hier über seinen Einsatz und über Bull als Person.«

Ceulemans holte lautlos Luft, ehe sie antwortete:

»Sein fachlicher Einsatz ist schwer zu bewerten«, begann sie. »Wie ihr ja schon wisst, ist unser Fall reichlich außergewöhnlich. Wenn wir ehrlich sein sollen, haben wir so gut wie nichts, was uns einem Durchbruch näherbringen könnte. Bulls Vita macht ziemlich klar, dass der Mann ein tüchtiger Ermittler ist, aber im Moment tritt er auf der Stelle wie wir anderen auch.«

Sie spürte Meijers Seitenblick mehr, als dass sie ihn sah.

»Was sein allgemeines Erscheinungsbild angeht, da …«

Ceulemans zögerte, auf der Suche nach den richtigen Worten.

»Ja?«, fragte Langenberg auffordernd und drehte eines seiner Ohren eine Spur in ihre Richtung.

»Er scheint nicht ganz in Form zu sein«, sagte sie nun. »Am Sonntag musste er das Bett hüten, und auch heute fühlte er sich nicht so ganz wohl. Eine Grippe, das meint er. Er hat sich vorhin untersuchen lassen.«

»Und was hat er gesagt – der Arzt, meine ich?«

»Das war eine Ärztin, ob du's glaubst oder nicht. Meine Schwester übrigens. Ich bin mit ihm zu ihr gefahren, damit er nicht zu warten brauchte.«

»Und?«

»Ich war im Sprechzimmer nicht dabei.«

»Aber du kannst sie vielleicht fragen?«

»Ich kann sie fragen, aber die Tatsache, dass sie meine Zwillingsschwester ist, hebt die Schweigepflicht nicht auf.«

Auf diese musterhafte Erklärung folgten einige Minuten des Schweigens. Rinske Ceulemans dachte an Wilhelm. Er hatte im selben Auto gesessen und gehörte zu Meijers Vertrauten. Sie musste sich jetzt genau überlegen, was sie sagte.

»Auf der Rückfahrt von Kamperdijks Villa ist etwas Seltsames passiert«, sagte sie.

»Ach?«, fragt Langenberg.

»Unterwegs hat er – Bull, also – gefragt, wer denn fahre.«

»Wer das Auto fährt?«

»Ja.«

»Was war das denn für eine Frage?«, warf Meijer dazwischen. »Wilhelm fungiert doch schon seit drei Tagen als sein Chauffeur.«

»Genau«, sagte Ceulemans einfach.

Langenberg und die stumme Staatsanwältin wechselten einen Blick.

»Na gut«, erklärte dann Langenberg. »Ich werde einen oder zwei Anrufe tätigen.«

38

Er verbarrikadierte sich im Zimmer. Sicherheitsschloss an der Tür und das rote Plastikschild mit »Do not disturb«. Schloss die Vorhänge, legte sich aufs Bett und zog die Decke über sich wie einen schwachen Schutz.

Seine Selbstvorwürfe wogen eine Tonne. Er hätte damit rechnen müssen, dass so etwas passieren könnte. Er war ein heruntergekommener Polizist, der imaginäre Stimmen hörte. *Wie zum Teufel konnte er da dumm genug sein, an einer Pressekonferenz mit fünfzig nachrichtenhungrigen Presseleuten teilzunehmen?*

Was würde Meijer jetzt unternehmen? Hatte der Hoofdinspecteur eine Wahl? Der Patzer war sicher schon im niederländischen Fernsehen zu sehen, und am nächsten Tag warteten die Schlagzeilen in den Zeitungen. Ich muss mich krankschreiben lassen, dachte er. Aus der Ermittlung aussteigen, jedenfalls so lange, bis diese Anfälle aufgehört haben. Und ich muss mich bei Bert Meijer und der Leitung des DRR offiziell entschuldigen.

Aber was wollte er sagen? Ein Mann, der im Suff ins Fettnäpfchen tritt, hat immerhin eine Entschuldigung. Welche Erklärung könnte er vorbringen? Grippe? Unsinn. Normale Menschen werfen nicht mit Beleidigungen um sich, nur weil ihre Nase zu ist. Ein Augenblick plötzlicher geistiger Verwirrung? Geistig verwirrte Mordermittler standen hier sicher nicht höher im Kurs als in Norwegen.

Sein Telefon klingelte. Der Name von Kripochefin Heiberg leuchtete wie eine Warnlampe im Display auf. Er drückte den Anruf weg.

Nach zwanzig Sekunden tickerte die Mitteilung ein:

Langenberg vom DRR hat angerufen. Rufen Sie mich so schnell wie möglich zurück. EH

Bull starrte die Nachricht an, als ob er hoffte, sie sei ein neuer Sinnestrug, der verschwinden würde. Es führte kein Weg daran vorbei. Sich nicht zu melden würde alles nur noch schlimmer machen. Er nahm einen großen Schluck aus der Cola-Dose auf dem Nachttisch und gab die Nummer ein. Ein einzelnes Klingelsignal, dann war am anderen Ende ihre Stimme zu hören:

»Da sind Sie ja.«

»Ja …« Etwas Gescheiteres fiel ihm nicht ein.

»Wie ich geschrieben habe, hat Langenberg mich angerufen.«

»Das ist mir klar.«

»Was er auf dem Herzen hatte, war so aufsehenerregend, dass ich es kaum glauben konnte.«

»Es ist aber leider so.«

Ein Augenblick der Stille in der Leitung, dann sagte sie:

»Es ist also so, dass Sie – mitten in einer Pressekonferenz und ohne ersichtlichen Grund – den Ermittlungsleiter aufs Gröbste beleidigt und danach den Saal verlassen haben?«

»Das ist eine ziemlich präzise Beschreibung des Zwischenfalls.«

Er ließ ihr Zeit, diese Bestätigung zu verarbeiten.

»Dann verzeihen Sie sicher, wenn ich frage, warum«, sagte sie endlich.

»Ich … ich weiß es nicht.«

»Sie wissen es nicht?«

»Das ist schwer zu erklären. Ich hatte in den letzten Tagen einige Probleme.«

»Probleme? Ich frage das ja nur ungern, Bogart, aber mir bleibt nichts anderes übrig: Sie haben doch wohl nicht wieder mit dem Trinken angefangen?«

Die Frage lag auf der Hand, traf ihn aber wie eine schallende Ohrfeige. Ohne zu überlegen, beging er den zweitgrößten Patzer des Tages. Er brach das Gespräch ab. Erst nach einigen Sekunden begriff er, dass diese übereilte Reaktion einem Geständnis gleichkam. Fieberhaft gab er abermals ihre Nummer ein. Besetzt. Sie versuchte natürlich, zurückzurufen. Er sah in der Anrufliste nach. Nichts. Wen rief sie wohl an? Langenberg? Thomas, so wie damals, vor vier Jahren, als er wirklich getrunken hatte? Christine, der Heiberg zweimal begegnet war?

Er ließ sich auf das Kissen sinken. Versuchte es noch einmal mit ihrer Nummer. Noch immer besetzt. Dann schaltete er das Telefon auf lautlos und legte es neben die Cola-Dose auf den Nachttisch. Es gab jetzt nur eine vernünftige Lösung.

Aufzustehen und ins Badezimmer zu gehen.

* * *

Zwei neue Valium und eine bewusstlose Nacht. Als er endlich aus seinem Dämmerschlaf erwachte, war es schon nach neun. Eine SMS von Christine und vier entgangene Anrufe im Mobiltelefon. Zwei von Heiberg und zwei von Ceulemans. Es wirkte verlockend, letztere vorzuziehen. Er gab ihre Nummer ein.

»Guten Morgen«, sagte sie freundlich.

»Nicht so richtig«, sagte Bull.

Er glaubte, am anderen Ende ein leises Lachen zu hören.

»Wie groß ist der Schaden?«, fragte er.

»Was soll ich sagen? Die nationalen Medien haben die Sache groß aufgeblasen, aber weder Langenberg noch Meijer sind besonders beeindruckt. Sie sind bis auf Weiteres vom Fall abgezogen. Was ist denn eigentlich passiert, Bull?«

Er erzählte ihr ungefähr das Gleiche wie Thomas. Anders

als sein Vater fragte sie nicht, ob er sich auf einem selbstverschuldeten LSD-Trip befunden habe.

»Dann ist es wohl höchste Zeit, Sie zur Ärztin zu schaffen«, sagte sie. »Sie hat mich übrigens angerufen. Die Auswertung Ihrer Blutprobe liegt vor. Famke möchte Sie sobald wie möglich sehen. Sie ist nicht ins Detail gegangen, aber offenbar hat sie mehr gefunden als nur einen zu hohen Cholesterinspiegel.«

Für einen kurzen grauenhaften Augenblick sah Bull alles von Gehirnkrebs bis zu Gus' Demenz vor sich.

»Aber keine Panik«, sagte jetzt Ceulemans. »Famke hält Ihren Fall für nicht lebensgefährlich und absolut heilbar. Können Sie in einer halben Stunde bereit sein?«

Das glaubte er.

»Ich kann Sie um zehn vom Hotel abholen«, bot sie an. »Ich habe eine Lücke im Zeitplan für heute.«

Als sie aufgelegt hatten, öffnete er die SMS von Christine. Zwei Bilder und eine Mitteilung.

Sieh dir das an. Ruf an, wenn du reden möchtest. Liebe dich.

Das eine Bild war von VGs Vorderseite mit der Schlagzeile: **Wurde Linda Varhaug das Opfer eines Serienmörders?** samt Verweis auf Seite 7. Das andere Bild stammte von dort, und Christine hatte Teile des Textes mit rotem Kugelschreiber unterstrichen. Er holte das Bild im Display näher heran: *… nahm eine überraschende Wendung, als Bull dem Leiter der Ermittlungen, Hoofdinspecteur Bert Meijer, auf aufsehenerregende und unmissverständliche Weise sein Misstrauen aussprach …*

Ungeheuer rücksichtsvoll formuliert, dachte Bull düster. Er schuldete dem Journalisten Giertsen einen Gefallen.

* * *

Auch diesmal brauchte er nicht zu warten. Als Dr. Verboom die Tür öffnete, kam Bull eine Idee.

»Können Sie mit reinkommen?«, fragte er Ceulemans.

»Wenn Sie wollen – natürlich.«

Das wollte er. Wenn die Diagnose der Ärztin den gestrigen Arbeitsunfall erklären konnte, könnte es nichts schaden, eine neutrale Zeugin zu haben, die der Chefetage ohnehin Bericht erstattete.

Sie nahmen in den Sesseln vor dem Schreibtisch der Ärztin Platz.

»Ich habe gute und schlechte Nachrichten«, sagte Famke Verboom. »Ihre Blutprobe ist gestern Abend analysiert worden, und zu unserem Glück arbeitet im Labor auch ein Toxikologe. In Ihrem Blut wurde *Phencyclidin* gefunden. Das ist ein Gift, das Ähnlichkeit mit dem bekannteren *Atropa belladonna* hat, jedoch von schwächerer Wirkung ist und – unter anderem – zu Halluzinationen und imaginären Sinneseindrücken führt. Die gute Nachricht ist, dass das Gift von relativ kurzer Wirkungsdauer ist und den Organismus ohne Behandlung verlässt.«

Sie legte eine kurze Pause ein, während Bull und Ceulemans diese Information absorbierten.

»Die schlechte Nachricht ist, dass Sie diesen Stoff unmöglich durch normale Nahrungsaufnahme oder zugelassene Medikamente erhalten haben können«, fuhr sie dann fort. »Was zwangläufig bedeutet, dass irgendwer Sie bewusst vergiftet hat.«

Die Schlussfolgerung blieb zwischen ihnen in der Luft hängen wie ein überdimensionales Ausrufezeichen.

»Sie und Rinske haben größere Möglichkeiten, der Sache nachzugehen«, sagte Verboom. »Aber es ist natürlich wichtig – um nicht zu sagen, zwingend notwendig –, dass Sie in den nächsten Tagen sehr genau darauf achten, was Sie essen und trinken. Dieses Gift wird in der Leber abgebaut, Alkohol sollten Sie also meiden. Alles, was Sie ansonsten trinken, sollte aus Dosen oder Flaschen stammen, die von Ihnen selbst geöffnet werden – oder vor Ihren Augen.«

»Grundgütiger …«, murmelte Ceulemans.

Bull sagte nichts. Die Erleichterung darüber, dass ihm nichts Ernsthaftes fehlte, wurde überlagert von der Gewissheit, dass jemand das absichtlich getan hatte. Wer war dieser »jemand«? Wer konnte es sein? Ein Name drängte sich auf. Oder genauer gesagt, eine Zahl. War das möglich? War der Mörder so raffiniert oder überlegen, dass er die polizeiliche Ermittlung auf diese Weise sabotieren konnte? Die Theorie wirkte absurd, aber er hatte keine andere Erklärung. Und wenn man diesen Gedanken weiterverfolgte – wie?

Ein Bild tauchte auf: Eine Kaffeetasse, die vor ihn auf den Frühstückstisch gestellt wurde, eine Apple Watch mit schwarzem Riemen. Und das, was er vom Haarwuchs auf dem Arm des Professors registriert, worüber er aber nicht weiter nachgedacht hatte.

* * *

»Ich brauche noch etwas mehr Hilfe von Ihnen«, sagte er, als sie wieder in Ceulemans Mikroauto saßen.

»Das kann ich mir denken«, seufzte sie. »Wenn Famke nicht meine Schwester wäre, würde ich das ja wohl kaum glauben. Was machen wir jetzt?«

»Fahren Sie zum Dikker & Thijs.«

Sie stellte keine Fragen. Schaltete einfach, blinkte und fuhr los. Bull war während der zehn Minuten langen Fahrt tief in Gedanken versunken, und Ceulemans war klug genug, ihn in Ruhe zu lassen. Erst als sie vor dem Hotel hielten, öffnete er den Mund:

»Ich muss einen Hotelgast überprüfen. Und der Mensch an der Rezeption ist sicher kooperativer, wenn er einen polizeilichen Dienstausweis sieht.«

Der »Mensch« hinter dem Tresen war ein junger Mann, den Bull noch nicht gesehen hatte, und er sah so gutmütig und freundlich aus, dass die meisten Schwiegermütter die Wahl ihrer Tochter widerspruchslos akzeptiert hätten.

»Ich heiße Bogart Bull«, sagte Bull. »Ich wohne auf Zimmer 407 und bin ein Polizist aus Norwegen. Das hier ist meine Kollegin Rinske Ceulemans vom DRR.«

Ceulemans wies sich aus. Der Traumschwiegersohn sah plötzlich todernst aus, als ob er als Zeuge vor das Kriegsverbrechergericht in Den Haag geladen worden wäre.

»Wie kann ich Ihnen behilflich sein?«, fragte er eingeschüchtert.

»Es geht um einen Amerikaner, der einige Tage hier gewohnt hat. Einen Professor.«

Bull beschrieb den Mann. Der junge Mann nickte.

»Herr John Hoffman«, teilte er mit.

»Können Sie feststellen, ob er auf seinem Zimmer ist?«

Einige Male kurz beim Rechner auf die Tasten gedrückt.

»Wenn ich das hier richtig sehe, hat er heute nach dem Frühstück ausgecheckt«, sagte der Rezeptionist.

Verdammt – immer einen Schritt vor uns, dachte Bull.

»Er hat mit einer Kreditkarte bezahlt?«

Noch ein Blick auf den Bildschirm.

»Hat er.«

»Ich brauche einen Ausdruck mit den Kontoinformationen.«

Der Rezeptionist zögerte. Bei seiner Ausbildung vor sechs Monaten hatten solche Fragen keine Rolle gespielt.

»Moment bitte«, sagte er und verschwand im Büro hinter der Rezeption.

Nach einem langen Augenblick kehrte er mit einer Vorgesetzten zurück, einer Dame mittleren Alters, die es schaffte, ein freundliches Lächeln mit einem misstrauischen Blick zu kombinieren. Der Traumschwiegersohn hatte sie wohl schon vorgewarnt. Bull brachte sein Begehr ein weiteres Mal vor und bat außerdem, einen Blick in John Hoffmans Zimmer werfen zu dürfen. Beides wurde ohne weitere Diskussion bewilligt. Der Wunsch jedoch, Hoffmans Zimmer bis auf Weiteres abzuschließen und nicht zu benutzen, machte größere Schwierigkeiten, wurde dann aber ebenfalls akzeptiert.

Zimmer 302 war leer. Das Bett war gemacht, aber nicht gründlich genug, sodass das Zimmermädchen dem Raum einen weiteren Besuch schuldete. Sie untersuchten Schränke und Schubladen. Sechs Kleiderbügel und ein zusätzliches Kissen. Im Badezimmer stand ein Zahnbecher. Bull betrachtete ihn aus zusammengekniffenen Augen und stellte fest, dass der Boden feucht war.

»Haben Sie einen Schutzhandschuh?«, fragte er.

Anders als die meisten anderen Leute hatte Inspecteur Ceulemans einen in der Tasche. Bull zog den Bezug vom Extrakissen und ließ den Zahnbecher hineingleiten. Dann setzte er die Schuhspitze auf das Pedal des Papierkorbs. Er fand zwei Papierstücke, bei denen es sich um Feuchtservietten handeln konnte. Vorsichtig zog er sie heraus. Das Papier wies dunkle Flecken auf.

»Schminkservietten«, sagte Ceulemans.

Ein Literaturprofessor und Schminkservietten? Es war natürlich nicht unvorstellbar, dass Hoffman Damenbesuch empfangen hatte. In Amsterdams Rotlichtbezirk wimmelte es von Frauen, die sich eines Mannes in mittlerem Alter erbarmen würden – im Austausch gegen einige Euroscheine in der richtigen Farbe. Bull legte die Servietten ebenfalls in den Kissenbezug.

»Die Technik soll sich das mal ansehen«, sagte er. »Und die Kreditkarte. Ich habe zudem mit diesem Hoffman gesprochen und dabei erfahren, dass er an einer Universität in Kansas City Literatur unterrichtet. Sollten wir uns mal drum kümmern?«

»Natürlich. Karte und Universität übernehme ich.«

»Noch eines. Ich wäre Ihnen sehr verbunden, wenn Sie Langenberg und Meijer darüber informieren könnten, was der Besuch bei Ihrer Schwester erbracht hat. Eine Art Vorpostengefecht, ehe ich mich in der Höhle des Löwen zeige.«

Sie lächelte.

»Kein Problem. Sie bleiben erst mal im Hotel?«

»Ich muss einige Anrufe erledigen«, erwiderte er. »Unter anderem einen bei meiner Chefin in Oslo.«

* * *

Zwei Stunden später rief Ceulemans an.

»Keine Fingerabdrücke auf dem Zahnbecher«, berichtete sie. »Becher und Servietten sind zur DNA-Probe ins Labor geschickt worden. Was die Karte angeht, so handelt es sich um eine VISA-Karte, die von einer Bank in der angolanischen Hauptstadt Luanda ausgestellt worden ist. Ich hatte ein ziemlich interessantes – sprachlich gesehen – Gespräch mit einer Frau, die sich Vice Director dieser Bank nannte. Nach einigem Hin und Her konnte ich den Reden dieser Vizedirektorin entnehmen, dass sich alle Ausländer, die bei der Bank ein Konto eröffnen, mit ihrem Pass identifizieren müssen. Das galt auch für den Amerikaner John Hoffman.«

»Und die Universität?«, fragte Bull.

»Das Dessert habe ich natürlich bis zum Schluss aufbewahrt. Kansas City verfügt über etliche Institutionen, die sich mit mehr oder weniger Recht Universität nennen können, aber nur zwei davon bieten ein Literaturstudium an.«

»Und?«

»Keine davon hatte je von einem Professor Hoffman gehört.«

»Dann schlage ich vor, dass wir die Passagierlisten aller Fluggesellschaften überprüfen, die Schiphol ansteuern. Abreise heute.«

»Schon geschehen«, sagte Ceulemans. »Kein John Hoffman. Ihnen ist zudem nachdrücklich aufgetragen worden, sich bei mir zu melden, wenn ein Flug gebucht wird. Dasselbe wurde bei den Fährgesellschaften hinterlegt, und alle Fahrzeuge an den Grenzübergängen nach Deutschland und Belgien werden kontrolliert.«

Erfrischend, wenn Leute bei der Kriminalpolizei ihren Kopf nicht nur benutzen, um einen Hut daraufzusetzen, dachte Bull.

39

Gauteng-Provinz, Südafrika
1981

In Gauteng hatte es zuletzt vor siebzehn Jahren geschneit, aber an diesem Morgen rieselten dicke Flocken vom Himmel wie eine Invasion winziger Engel von droben.

Filip Rezník und David Mxenge standen nebeneinander auf dem Hofplatz und betrachteten das Phänomen.

»Wie schön«, flüsterte der kleine Afrikaner andächtig und lächelte.

Filip nickte. Er hatte keinen Schnee mehr gesehen, seit er Frankreich fünf Jahre zuvor verlassen hatte.

»Glaubst du, Gott will uns damit etwas sagen, *Sah?*«, fragte Mxenge.

»Das ganz bestimmt, David.«

Der Hausdiener blickte ihn fragend an.

»Erzähl mehr, *Sah.*«

»Ich glaube, es ist eine Strafe.«

Mxenges Augen wurden so groß wie Golfbälle.

»Strafe, *Sah?*«

Filip nickte ernst.

»Aber wofür denn?«

»Er ist wütend, weil du mir meinen Morgenkaffee nicht serviert hast.«

Drei Sekunden lang starrte der Afrikaner ihn mit offenem Mund an. Dann brach er in ein seltsames Lachen aus, eine Serie von nasalen Stößen, die Filip vor allem an die Paarungsgeräusche von Nashörnern erinnerten.

»Da bin ich dir einen Augenblick lang auf den Leim gegangen«, sagte Mxenge und grinste. »Kaffee in vierzig Sekunden, *Sah.*«

Er verschwand in Richtung E-Block, wo die Dienstboten wohnten. Filip ließ seinen Blick zum Haupthaus des *Boschendal Estate* wandern. Zweitausend Quadratmeter, verteilt auf drei Etagen. Blendend weiße Mauern, drei Meter hohe französische Fenster, Erker, Säulen, Ornamente, vergoldete Cherubim und weiß der Teufel, womit die Bude sonst noch dekoriert war. Für Filip sah das Gebäude aus wie eine missratene Hochzeitstorte. Reichtum hat eben oft einen schlechten Beigeschmack.

Und Robert Boschendal war reich wie ein Sultan. Der Mann mit der niederländischen Abstammung kontrollierte drei der einträglichsten Bergwerke von Witwatersrand, der Gebirgskette, wo die Goldvorkommen so groß waren, dass die Gegend der südafrikanischen Währung ihren Namen gegeben hatte. Zehn *Rand* entsprachen ungefähr einem britischen Pfund, und Filip konnte nur vermuten, wie viel sein Chef wert war.

Ihm selbst als Angehörigem von Boschendals privater Sicherheitstruppe wurden jeden Monat zehntausend Rand ausgezahlt. Gutes Geld in einem Land, wo Menschen wie David Mxenge sich mit einem Bruchteil dieser Summe begnügen mussten. Die Truppe bestand aus zweiunddreißig Mann, in vier Achtergruppen eingeteilt. Söldner mit unterschiedlichem Hintergrund, angeworben über ein Büro in Johannesburg. Nach seiner Entlassung aus der Fremdenlegion hatte Filip einige ereignislose Wochen in Nairobi verbracht. Während gleichgesinnte Glücksjäger in die Nachtklubs und Bordelle der Stadt einfielen, lag er in seinem Hotelzimmer und las isländische Sagas in französischer Übersetzung.

Schließlich gab ihm ein gestrandeter Deutscher, ein ehemaliger Offizier mit vielen Narben und hoher Grundpromille, den

Tipp mit Südafrika. Durch die Apartheid kochte es in vielen Landesteilen, und für kampferprobte Männer, die mit einer Waffe umgehen konnten, gab es Jobs in Hülle und Fülle. Für Robert Boschendal waren solche Männer eine Notwendigkeit. Kidnapping war eine konstante Bedrohung, und weder der Chef noch seine beiden Töchter bewegten sich ohne Leibwache auch nur einen Meter außerhalb der inneren Zone des Grundstücks. Dazu kamen die Bewachung der Bergwerke und Begleitschutz, wenn das Gold nach Johannesburg gebracht wurde.

Mxenge kam zurück. Zwei Becher Kaffee und ein Sandwich mit Corned Beef für *Sah.* Auf Filips Aufforderung hin tranken sie den ersten Kaffee des Tages immer zusammen, und dabei saßen sie auf der Treppe vor Block D. Am Horizont hielt die Sonne ihren Einzug, eine glühende Kristallkugel auf dem Weg zu einem Tag, den niemand kannte. Vor ihnen schmolzen die luftigen Schneeflocken, sowie sie den Boden erreichten. Filip blies auf seinen glühend heißen Kaffee und lugte zu Mxenge hinüber. Der Afrikaner war ungewöhnlich still. Sein unergründlicher Blick war auf den fünfzig Meter entfernten Waldrand gerichtet.

»Was ist heute los mit dir?«, fragte Filip. »Ist Gott noch immer schlechter Laune, oder bist du sauer auf ihn?«

»Ingwe …«, sagte Mxenge ängstlich.

Filip war lange genug in Afrika, um das Zulu-Wort für Leopard zu erkennen.

»Ein großes Männchen«, sagte nun der Diener. »Er schleicht hier seit Tagen herum.«

Es gab keinen Grund, an Mxenges Worten zu zweifeln. Die Eingeborenen konnten solche Dinge *riechen,* mit einem Sinn, der sich über Jahrtausende mit großen Raubtieren gleich vor der Hütte entwickelt hatte.

»Vielleicht hat Gott sich als Leopard verkleidet?«, scherzte Filip.

Mxenge sah ihn streng an.

»Gott ist in allen Dingen und Geschöpfen«, sagte er. »Sogar in dir, *Sah.*«

* * *

Mxenge begab sich an sein Tagewerk, und Filip blieb allein auf der Treppe sitzen. Er war für das kommende Wochenende zur Grubenwache eingeteilt und hatte deshalb einen freien Tag. Einer pro Woche war mehr als genug. Wenn man nicht trank oder die Huren unten im Dorf aufsuchte, gab es nicht viel zu tun. Er konnte lesen, aber so lange die Bibliothek des Chefs für ihn tabu war, war der Zugang zu neuem Lesestoff mager.

Der Gedanke an den Leoparden ließ ihm keine Ruhe. In seinem gepanzerten Waffenschrank stand eine nagelneue Semi-Auto von Remington. Dieses Gewehr war hervorragend für die Jagd geeignet, und tagsüber verzog sich das große Katzentier in der Regel zum Ausruhen in die Baumwipfel. *Sitting Duck,* diese Bezeichnung hatten die englischen Scharfschützen in der Legion benutzt, vor allem für feindliche Ziele in Uniform. Ziemlich einfach, wenn man Jagd auf ein Tier machte, das nur mit Zähnen und Krallen bewaffnet war. Es war, als trete man gegen einen einarmigen Boxer in den Ring.

Eine Bewegung drüben am Waldrand riss ihn aus seinen Gedanken. Er kniff im scharfen Sonnenlicht die Augen zusammen und schaute zu den Bäumen hinüber. Gleich darauf sah er ihn.

Einen Hund. Das gelbbraune Tier stand mit gerecktem Hals und gespitzten Ohren da. Nach einigen Sekunden kam es ins Gras hinausgetrottet. Blieb auf zwanzig Meter Entfernung stehen und musterte ihn, Kopf und Ohren jetzt gesenkt, wie um Unterwürfigkeit zu signalisieren. Oder vielleicht um seine Stimmung einzuschätzen.

Filip griff zu den Resten des Sandwichs, die neben ihm auf der Treppe lagen. Hielt dem Tier den Leckerbissen hin und lockte mit sanfter Stimme. Zögernd kam der Hund näher. Drei, vier Meter vor Filip blieb er abermals stehen. Hob den Kopf und witterte vorsichtig. Filip hatte wenig oder keine Erfahrung mit Hunden, aber er konnte sehen, dass dieser hier heruntergekommen war. Mager und mit räudigem Fell, das eine Ohr zeigte die Reste einer Wundkruste. Die Rasse war nicht zu bestimmen. Der Hund war mittelgroß, sein Kopf klobig und ziemlich kräftig, wie bei einem Labrador. Der Schwanz ragte in die Luft, zottig und leicht gekrümmt. Ein Streuner. Davon gab es in Gauteng mehr als genug.

Mit einer raschen Handbewegung warf Filip die Essensreste vor dem Tier auf den Boden. Der Hund machte zwei kurze Schritte nach vorn, senkte den Kopf und verschlang den Leckerbissen in zwei gierigen Happen. Ein Blick zu Filip, dann machte er kehrt und zog sich zwei Meter zurück. Dort rollte er sich auf dem Boden zusammen und starrte Filip weiterhin an, wie um zu fragen, wo denn das Hauptgericht bliebe.

Vielleicht hat er Durst, dachte Filip. Vorsichtig, um den Gast nicht zu erschrecken, erhob er sich und verschwand in dem kleinen Zimmer, das in Block D sein Reich war. Suchte ein wenig, fand eine leere Plastikdose, die Patronen enthalten hatte, und füllte sie am Waschbecken mit Wasser. Streng genommen kein Trinkwasser, aber das Tier war in dieser Hinsicht sicher nicht verwöhnt. Als er wieder nach draußen kam, lag der Hund noch immer an derselben Stelle. Filip stellte die Dose in das Grenzland zwischen ihnen und setzte sich auf die Treppe. Nach einigen Sekunden stand der Hund auf und trank. Leckte jeden Tropfen auf, dann legte er sich wieder hin.

Mxenge kam angeschlendert. Das Tier musterte ihn wachsam, blieb aber liegen.

»Du hast Gesellschaft bekommen, *Sah?*«

»Der Hund hatte Durst«, sagte Filip.

»Streuner kommen selten bis hierher. Die, die es bisher versucht haben, wurden weggejagt. Dieser hier hat wohl die Witterung von *Ingwe* aufgenommen.«

Filip sah ihn an.

»Du hast nicht zufällig irgendwelche Essensreste, David?«

»Das würde mich nicht überraschen, *Sah.* Ihr Weißen leert eure Teller doch nicht mit derselben Gründlichkeit wie wir.«

* * *

Am nächsten Morgen war der Köter wieder da. Filip servierte die Reste, die David ihm gebracht hatte, und das Tier fraß mit gierigem Appetit. Wenn Filip sitzen blieb, blieb der Hund liegen. Sowie der neue Wohltäter zur Arbeit oder aus einem anderen Grund weggehen musste, verschwand auch der Hund.

Nach einer Woche kam die Warnung von Mxenge. Diskret, aber deutlich.

»Pass ein bisschen auf deinen Freund Grabowski auf, *Sah.* Der ist offenbar nicht besonders begeistert von dem Hund.«

»Wie meinst du das?«

Mxenge senkte die Stimme noch weiter, während sie auf der Treppe saßen.

»Er hat behauptet, der habe auf die Treppe von Block A gepisst. Wenn das wieder passiert, dann will er ihm mit seinem Schlagstock das Rückgrat brechen.«

Filip holte Luft. Ein tiefer, lautloser Atemzug. Was immer Janusz Grabowski sein mochte, ein »Freund« war er nicht. Der kleine einäugige Pole war ein Veteran aus dem Bürgerkrieg in Mosambik und war einige Monate vor Filip in Boschendals Dienste getreten. Trotz seiner bescheidenen Größe und des fehlenden Auges – oder vielleicht gerade deshalb – stand er bei seinen Kollegen in hohem Ansehen. Einzelne hatten Grabowski die Machete schwingen sehen, das Dschungelmesser, das in Mosambik sein Kennzeichen gewesen war, und wussten, dass es sich bei den dunklen Flecken auf der einen halben Meter langen Klinge nicht um Rost handelte.

Filip hatte Grabowski vom ersten Augenblick an nicht leiden können. Jetzt, als er neben Mxenge auf der Treppe saß, während die Sonne hinter den Bergen von Witwatersrand sank, spürte er, dass diese Abneigung zu etwas mehr heranwuchs. Zu etwas Wärmerem, wie es an jenem Tag fünf Jahre zuvor in ihm erwacht war, als ein Mann im Anzug seine Zigarrenasche über der Hand eines zerlumpten Bettlers abgeschlagen hatte.

* * *

In dieser Nacht träumte er vom Tschad. Er flog, glitt auf ausgestreckten Armen durch die warme Luft, hoch über der Savanne. Einige Meter unter ihm flog eine Schar von großen brennenden Vögeln in Keilformation in dieselbe Richtung. Tief unten vom Boden her waren herzzerreißende Schreie zu hören, einige so hoch, dass sie von Kindern stammen mussten. Aber er sah keine Menschen. Nur die grün bewachsene Ebene und die flammenden Vögel.

* * *

Am nächsten Morgen wurde er vom Hämmern an seine Tür geweckt. Draußen auf der Treppe stand David Mxenge. Hinter dem Afrikaner wich die nächtliche Dunkelheit gerade erst einem neuen Tag, es war eine zauberische und feuchte Dämmerung, als befände sich die Welt unter Wasser.

Mxenge sah hilflos klein aus in seiner weißen Baumwolluniform.

»Was ist los, David?«

»Du musst kommen, *Sah.*«

»Kommen – wohin?«

Der Diener rieb die rosableichen Handflächen aneinander und schien mit den Tränen zu kämpfen.

»Komm einfach, *Sah.* Bitte.«

Mxenge führte ihn an der Reihe von flachen, würfelzuckerförmigen Gebäuden vorbei, in denen die Angestellten untergebracht waren. Die Gewissheit dessen, was ihn erwartete, wuchs in Filip. Er war gewarnt worden, und nun war es so weit.

Er lag im Gras vor Block B. Die Augen des Hundes waren halb geschlossen, leblos und trüb. Der magere Leib wirkte schlaff, als wären Rückgrat und Teile der Innereien entfernt worden. Das eine Ohr, das aus der Seitenlage des Tieres nach oben wies, war zu einem blutigen Krater zerschlagen worden, wo ein Gewimmel aus großen Wanderameisen ein Festmahl veranstaltete.

Im Alter von knapp zweiundzwanzig Jahren besaß Filip Rezník eine angeborene Eigenschaft, die nur den wenigsten Kriegern zuteilwird. Er konnte lodernden Hass zügeln, diesen impulsiven Drang zur augenblicklichen Handlung, der oft zu einer übereilten und tollkühnen Tat führt. Kopflose Rache konnte leicht den Kopf des Rächers kosten.

Wer klug war, wartete den richtigen Augenblick ab.

* * *

Fast drei Wochen vergingen, bis sich die Gelegenheit bot. Die ältere Boschendal-Tochter wollte bei Freunden in Pretoria übernachten, und auf der Liste von Wachtchef Kees van Riebeeck für den Begleitschutz standen folgende Namen: Janusz Grabowski und Filip Rezník.

Nachdem sie die Erbin bei einem herrschaftlichen Grundstück in Waterkloof abgeliefert hatten, machten sich die beiden Söldner auf den Rückweg nach Boschendal Estate. Grabowski war nicht von der redseligen Sorte und hatte außerdem alle Hände voll zu tun, um den Landrover auf dem dunklen und tückischen Dschungelweg zu halten. Die Stille war Filip nur recht. Er stellte sich schlafend, während er in Gedanken immer wieder die Einzelheiten seines rasch ersonnenen Plans durchging.

Sie erreichten Boschendal, folgten der Palmenallee in die innere Zone und hielten vor der Garagenanlage, die hinter den Angestelltenblocks gelegen war. Die Lage war ideal. Die Blocks hatten nur vorne Fenster, die Garagentüren wiesen nach Osten und auf den dichten Wald.

Nachdem er den Jeep im Rückwärtsgang an die richtige Stelle gebracht hatte, ging Grabowski vor Filip aus der Garage.

»Bis morgen dann«, brummte er, ohne sich umzusehen.

Er blieb stehen, als er das Geräusch eines Ladegriffs hörte. Drehte sich langsam um und blickte in die schwarze Mündung von Filips Pistole. Ein halb zweifelnder, halb höhnischer Ausdruck zeigte sich im unrasierten Gesicht des Polen.

»Was zum Teufel ist das denn?«, fragte er.

»Eine Neun-Millimeter-Browning mit Schalldämpfer«, antwortete Filip.

* * *

Dass Janusz Grabowski am nächsten Morgen nicht zum Frühstück erschien, fiel nicht weiter auf. Es war nicht unbekannt, dass der ehemalige Sergeant der *Resistência Nacional Moçambicana* bisweilen das Frühstück ausfallen ließ, um seinen Rausch auszuschlafen.

Erst als er nicht zur Schicht bei der Grubenwache der nächsten Nacht antrat, klopfte jemand an seine Tür. Das Zimmer war leer und das Bett gemacht, wie es die Hausmädchen jeden Tag erledigten. Nachdem van Riebeeck sich den Dienstplan des Vortags angesehen hatte, wandte er sich an Filip.

»Keine Ahnung, *Hoof.* Grabowski und ich haben uns vor der Garage getrennt.«

Niemand fand das merkwürdig, da Block A und Block D ein Stück voneinander entfernt lagen und unterschiedliche Zufahrten zur Garage benutzten.

»Dieser verdammte Suffkopp und Fotzenjäger«, fauchte van Riebeeck.

Innerhalb von zehn Sekunden hatte er einen Ersatz für Grabowski herbeikommandiert, dazu zwei, die gerade Freiwache hatten und die jetzt das nächstgelegene Dorf durchkämmen sollten.

»Fang bei den Nutten an – *stellt jedes Scheißkissen auf den Kopf!«*, brüllte er den beiden Soldaten hinterher, ehe sie verschwanden.

Eine gute Stunde später kam die Antwort. Weder Dirnen noch Schankwirte im Dorf hatten den Polen gesehen. *Zum Glück,* wie jemand von den Mutigsten hinzufügte. Inzwischen war festgestellt worden, dass auf dem Grundstück kein Auto fehlte, und van Riebeeck gab den Verdacht auf, dass Grabowski einfach blaumachte. Desertion war auch keine wahrscheinliche Erklärung. Schon in zwei Tagen würden die Lohntüten verteilt werden, und Grabowski war keiner, der einem ohnehin schon steinreichen Bergwerksbesitzer zehntausend Rand stiften würde.

»Wer keinen Dienst hat, kämmt das Gelände durch«, kommandierte van Riebeeck. »Fangt in der inneren Zone an und arbeitet euch nach draußen weiter.«

* * *

Erst als die Sonne im Zenit stand, wurde er von der Suchmannschaft gefunden. Oder jedenfalls fanden sie den ersten Hinweis auf Grabowskis mögliches Schicksal. Zweihundert Meter tiefer im Wald, auf einer kleinen von Drachenbäumen und üppigen Farnen umstandenen Lichtung, war die Blutspur unverkennbar. Vor allem auf dem Boden, aber an einigen Stellen hatte es bis ins unterste Blattwerk gespritzt. Deutliche Pfotenabdrücke in der blutbesudelten Erde zeichneten ein immer deutlicheres Bild dessen, was sich hier zugetragen hatte. Vier Zehen und ein Laufkissen, zu groß für eine Hyäne, zu klein für einen Löwen.

»Ingwe«, sagte einer der Männer leise.

Die gefürchtete Katze schleifte die Beute in der Regel ein Stück vom Überfallort weg, ehe sie sich darüber hermachte, und es war leicht, dieser Spur zu folgen. Was immer der Leopard hier gerissen hatte, es konnte nicht kleiner gewesen sein als der Mörder selbst. Die Schleifspur auf dem Boden war fast ein Pfad. Sechs Paar Hände entsicherten routiniert jeweils ihre AK-47, dann setzten sich die Männer in Bewegung und folgten der Spur ins Waldinnere.

Sie brauchten nicht lange zu suchen. Und sie mussten nicht groß darüber nachdenken, ob es sich bei der Beute um ein Wildschwein oder einen Polen gehandelt hatte.

Was Grabowskis Felduniform gewesen war, war jetzt ein Haufen von größeren und kleineren Fetzen. Es ließ sich unmöglich sagen, ob der Leopard den Leichnam einer Hyänenmeute hatte überlassen müssen oder ob diese eingetroffen waren, als die Raubatze ihren Hunger schon gestillt hatte. Das Resultat war jedenfalls dasselbe: Von Janusz Grabowski war außer Knochen nicht mehr viel übrig. Ein Fuß in einem Stiefel, ein paar Sehnenreste hier und da und – seltsamerweise – ein Auge in einem übel zugerichteten Schädel.

* * *

Am selben Abend hielten die Männer in Boschendals Privatkapelle eine Messe für ihren toten Kameraden ab. Nach Abschluss der Feierlichkeiten versammelten sie sich in der Kantine. Kees van Riebeeck hatte etliche Bierkästen aufgestellt, und Mxenge sorgte für brennende Stummelkerzen auf dem Tisch. Die Gespräche wurden leise geführt, die Spekulationen wucherten.

»Was hatte er denn um alles in der Welt um diese Zeit im Wald zu suchen?«, fragte ein breitschultriger Portugiese und sah seinen Sitznachbarn an.

»Gott weiß«, seufzte Filip Rezník.

Nachdem ich ihn bewusstlos geschlagen hatte, machte ich einige Schnitte in seine Hauptarterie. Wie der Hai kann ein erwachsener Leopard Blut über weite Entfernungen riechen. Ich darf annehmen, dass er bei Bewusstsein war, als das Raubtier kam.

40

Amsterdam
September 2017

Die Fußballkneipe Mokum war eine Kirche, und an diesem Abend wurde ein Hochamt abgehalten. Der Gott Ajax im Auswärtsspiel gegen den Erzrivalen Feyenoord Rotterdam. Wenn es im Raum einen Altar gab, dann den Großbildschirm, der ganz hinten im Lokal an der Wand hing.

Die Kneipe war brechend voll, und die meisten Gemeindemitglieder trugen ein oder mehrere Kleidungsstücke in den rot-weißen Vereinsfarben. Wer kein schäumendes Bierglas in der Hand hielt, war entweder krank oder mit dem Auto von weither gekommen. Dicht vor dem Eingang drängten sich diejenigen, die an heiß gerauchten Zigaretten saugten und Angst hatten, einen Höhepunkt drinnen auf dem Großbildschirm zu versäumen.

An einem der Tische vor dem Altar saß Eddy Francken, Vorsitzender des Ajax-Fanklubs. Eddy war groß und dünn wie ein Bandwurm und sah ungefähr ebenso gesund aus. Sein Teint wies darauf hin, dass er nur wenig Zeit im Freien verbrachte, wenn man von den Heimspielen in der Amsterdam-Arena absah. Das Weichei Eddy war vielleicht physisch nicht geeignet für die Schlägereien, die bisweilen nach Spielende vor dem Stadion ausbrachen, aber niemand liebte Ajax mehr als er. Und wenn Ajax Gott war, dann war Eddy der Papst. An diesem Tag – wie immer bei einem Spiel – trug er seine heilige Mozzetta: Johan Neeskens' oranges Nationalspielertrikot vom WM-Finale 1974 gegen die BRD.

Eddy war ein waschechtes Fußballkind. Sein Vater Willy

hatte zwölf Spielzeiten für den RCH Heemstede im Mittelfeld gespielt, drei davon zusammen mit der Fußballlegende Johan Neeskens. 1970 hatte Rinus Michels Neeskens zu Ajax geholt, aber die Freundschaft zwischen Willy und Johan hatte den Wechsel überlebt. Sie war so stark, dass Neeskens nach dem Schlusspfiff im Münchner Olympiastadion auf den Trikottausch verzichtete. Das hatte er seinem Kumpel Willy Francken versprochen. Als Eddy achtzehn Jahre später konfirmiert wurde, wechselte das Trikot abermals den Besitzer. Der Junge weinte vor Freude, als er das Geschenk seines Vaters auspackte.

Dem Kleidungsstück waren seine dreiundvierzig Jahre nicht anzusehen. Eddy trug darunter immer ein T-Shirt und hängte das Heiligtum nach der Benutzung zum Lüften auf. Wenn das Trikot ein seltenes Mal gewaschen werden musste, übertrug er diese Aufgabe seiner Mutter, die den Wollwaschgang und ein Spezialwaschmittel verwendete. Vor neun Jahren hatte Eddy aufgehört, an Spieltagen zu rauchen, aus Angst, dass ein Funke auf den orangen Stoff fallen könnte.

Kein einziges Mal während des Spiels wandte Eddy den Blick vom Bildschirm ab. Bier Nummer zwei und drei wurden auf seinen Tisch gestellt, von Leuten, die von einem Platz im Vorstand des Fanclubs träumten. Unten in Rotterdam ging alles seinen geregelten Gang. Nach einer verhältnismäßig ausgewogenen ersten Halbzeit ließ der Feind nach. Es hagelte Tore, und als der Däne Dolberg weniger als eine Minute vor Spielende das 4:1 ins Netz setzte, begnügte sich Eddy damit, die Arme zu heben.

* * *

Natürlich musste der Triumph gefeiert werden. Begeisterte Fans schlugen Eddy auf die mit Neeskens' Trikot bedeckten

Schultern, und die Zapfhähne im Mokum liefen heiß. Der Fanklubvorsitzende lieferte kenntnisreiche Kommentare zum Spiel und fragte sich, ob das viele Schulterklopfen zum Verschleiß des Trikotstoffes beitragen könnte. Nachdem er auf die Uhr geschaut hatte, erinnerte er sich daran, dass er im Postamt, wo er mit einem Job sein Geld verdiente, *kein* Vorsitzender war. Zeit, den Abend zu beenden.

Draußen auf dem Leidseplein nieselte es, aber aus Rücksicht auf sein Trikot hatte Eddy einen riesigen Regenschirm mitgenommen. Für einen Moment spielte er mit dem Gedanken, die Straßenbahn zu nehmen. Die beiden letzten Biere hatten seine Fußarbeit beeinflusst. Andererseits: Obwohl er jetzt über vierzig war, wohnte er noch immer in seinem Kinderzimmer in der Steenstraat, und seine Mutter kannte kein Erbarmen, wenn er an einem Werktag zur Tür hereingetorkelt kam.

Also lieber wackelig auf den Beinen und frische Luft genießen. Bei der Weteringlaan überquerte er die Gracht und erreichte die Gegend, die seine Mutter als »stille Zone« bezeichnete. Das waren Straßen für Leute, die es vorzogen, den Lärm der Stadt aufzusuchen, wenn sie dazu Lust hatten – statt auf Touristen zu treten, sobald sie sich aus der Haustür wagten. Eddy war nur einige hundert Meter vom Ziel entfernt, als vor ihm ein Auto am Bordstein bremste. Die Tür ging auf, und ein Mann stieg mit etwas in den Händen aus, das aussah wie ein auseinandergefalteter Stadtplan. Ein Tourist, der sich verfahren hatte.

»Excuse me?«, sagte er.

Ein wenig widerwillig blieb Eddy stehen. In Amsterdam gab es Leute, die besser Englisch sprachen als er, vor allem nach sechs, sieben Bier.

»I'm looking for this street«, sagte der Fremde.

Eddy starrte den Stadtplan aus zusammengekniffenen Augen an. Die farbigen Felder schienen auf dem Papier herumzurutschen.

»Just a second – I have a flashlight«, sagte der Mann und schob die Hand unter den Mantel.

Ein Sparrow-Schalldämpfer reduziert den Knall einer .22-Kaliber-Pistole zu einer Art metallischem Klicken, ähnlich dem, was man hört, wenn man das Magazin einlegt. Wenn die Pistole dann abgefeuert wird, während die Mündung gegen das Herz des Opfers gepresst wird, ist es fast unwichtig, um welche Munition es sich handelt.

Immerhin blieb es Eddy Francken erspart, mitansehen zu müssen, wie zwei Wochen später in der Qualifikationsrunde Schweden Luxemburg mit den nötigen 8:0 schlug und damit den utopischen Traum der fußballverrückten Niederländer auf ein neues WM-Finale zerstörte.

Ich weiß nicht, was in mich gefahren war. Seit über vierzig Jahren lebe ich nun nach der Maxime, dass gründliche Planung das Alpha und Omega für ein gutes Ergebnis ist. Wenn man aus einem Impuls heraus handelt, wächst die Gefahr eines dramatischen Scheiterns, und in meiner Branche kann ein einziger Fehlgriff das Ende der Karriere bedeuten. Diesmal ließ ich mich von Zufällen mitreißen. Ich hatte mir eine Karte für die »Medea« des Euripides in der Stadsschouwburg bestellt und war auf dem Weg zum Eingang, als mein Blick auf diese Gestalt fiel. Schon an sich eine merkwürdige Erscheinung, aber was den Ausschlag gab, war ihre Kleidung. Ich konnte mich einfach nicht zusammenreißen. Zuerst folgte ich dem Mann zu einer einen Steinwurf vom Theater entfernt liegenden Kneipe. Ich begriff bald, dass es sich um einen Treffpunkt für Leute handelt, die sich für Fußball interessieren. Ich operiere seit dreißig Jahren allein, was vielleicht mein fehlendes Verständnis für Mannschaftssport erklären kann. Nicht zuletzt für Fußball, wo zweiundzwanzig überbezahlte Männer hinter einem Ball herwetzen. Nein, da ziehe ich doch Sportarten vor, bei denen ein Duell Mann gegen Mann stattfindet. Tennis und Kampfsport sind zwei unterschiedliche Beispiele. Ich muss zugeben, dass ich eine Schwäche für dieses neue Phänomen Mixed Martial Arts habe. Zwei Gegner in einem achteckigen Käfig, in dem fast alles erlaubt ist. MMA hat etwas faszinierend Erbarmungsloses, es ist eine Art Gladiatorenkampf von heute. Aber Fußball, also wirklich. Wenn sich ein Fußballidiot erst vor dem Bildschirm niederlässt, dann weiß man, wo man ihn hundertfünf Minuten lang vorfinden wird. Mehr als genug Zeit, um in mein Hotelzimmer zurückzugehen und gewisse Vorbereitungen zu treffen. Die Wahl der Waffe ergab sich von selbst. Dann zum Parkhaus am Heinekenplein, wo die Wagen stehen. Einer ist ein Kastenwagen, eine Garderobe auf vier Rädern. Am Leidseplein musste ich dann noch zwei Stunden ausharren, bis der Fußballidiot endlich die Kneipe verließ. Der Rest war ein Spiel. Ein gefährliches Spiel für uns beide, aber es ging gut. Das war das erste und letzte Mal, dass ich improvisiert habe. Wie Benjamin Franklin sagte: By failing to prepare, you are preparing to fail. Der morgige Tag dagegen ist gut geplant. Und abermals kommt mir die Macht der Gewohnheit zu Hilfe. Die Kleine im Park ging jeden Samstagmorgen dorthin, zur selben Bank, ungefähr zur selben Zeit. Der Schleimaal Jan de Jong begann den Tag immer mit einem kurzen Bad in seinem Pool. Morgen wird ein weiteres Gewohnheitstier ins Gras beißen müssen. Das letzte, ehe wir uns an den Endspurt machen.

41

Herrin und Hund waren beide weiß gekleidet. Sie in knielangem Regenmantel mit Kapuze, die Hündin in langhaarigem Fell. Das ärgste Schweinewetter war vorüber, aber noch immer rieselte es aus den Dachrinnen auf den nassen Bürgersteig. Eine Stunde Abendrunde, ehe sie schlafen gingen, war für die beiden eine feste Routine. Frische Luft sorgte für besseren Nachtschlaf.

Sie sah ihn, als sie um die Ecke bog. Er lag zusammengekrümmt vor der Mauer, und ihr erster Impuls war, schnell vorbeizugehen. Da sie am nächsten Morgen Frühdienst hatte und es schon auf Mitternacht zuging, hatte sie anderes zu tun, als einen Betrunkenen ins Leben zu rütteln.

Sie ging vorbei, ohne ihn anzusehen. Blieb stehen, als sie merkte, dass die Flexileine ausgefahren war. Sie drehte sich um. Die Hündin war neben dem Betrunkenen stehen geblieben, hatte den Kopf gesenkt und leckte Wasser vom Asphalt auf. Sie versuchte, das Tier zu locken, doch es reagierte nicht. Verärgert zog sie an der Leine und schleppte das widerwillige Tier hinter sich her.

Erst als sie es vor sich hatte, sah sie die Flecken um die weiße Hundeschnauze.

* * *

Diesmal waren Ceulemans und Bull schon vor Ort, als Meijer hinter dem Rettungswagen hielt. Der *Hoofdinspecteur* sah müde aus und gab sich alle Mühe, Bull nicht anzublicken, als er sich einen Weg zu den beiden bahnte.

»Was wissen wir?«, fragte Meijer an Ceulemans gerichtet.

»Ein älterer Mann, der hier im Haus wohnt, sagt, es handele sich um einen gewissen Eddy Francken. Der wohnt einige Straßen weiter, zusammen mit seiner Mutter. Röhmer und Jongsma sind schon unterwegs, um ihr die traurige Mitteilung zu überbringen.«

Meijer schaute die Mauer an, vor der Eddy Francken lag. Ein Fotograf war damit beschäftigt, den makabren Fund zu verewigen, ehe die Leiche fortgeschafft werden konnte.

»Die Signatur?«, fragte der Hoofdinspecteur.

»Eine kleine Veränderung diesmal. Schau dir mal den Rücken des Opfers an.«

Meijer folgte der Aufforderung. Die Zahl Dreizehn war mit Schwarz auf den orangen Trikotstoff gedruckt. Um die Zahl war ein roter Kreis gesprayt.

»Die Nummer von Neeskens«, murmelte der Fotograf, ein Mann in Meijers Alter.

Der Hoofdinspecteur starrte ihn an.

»Wie bitte?«

»Das Fußballtrikot«, sagte der Fotograf. »Nicht viele wollen mit dieser Zahl auf dem Rücken spielen. Unglück, nicht wahr? Johan Neeskens war einer der wenigen, der einzige von unseren Jungs, soviel ich weiß. Es gehörte viel dazu, Neeskens Angst zu machen, auf dem Spielfeld und auch draußen. Heutzutage haben sie ja den Namen auf dem Trikot. In den alten Tagen hatten sie nur die Nummer.«

»Und wo kriegt man so ein Teil?«

Der Fotograf zuckte mit den Schultern.

»Weiß der Teufel. Vielleicht werden Kopien dieser Trikots der alten Helden hergestellt – Cruyff, Neeskens, van Basten und andere.«

Hinter sich hörte Meijer eine schrille Frauenstimme irgendetwas plappern. Dann spürte er eine Hand auf seiner Schulter. Es war die von Ceulemans.

»Sie ist hier«, sagte sie leise. »Die Mutter.«

»Wessen Mutter?«

»Die von Eddy Francken. Dem Opfer.«

»Aber verdammt, die kann doch nicht ...«, begann Meijer.

»Das weiß ich. Ich habe versucht, mit ihr zur reden, aber sie wirkt ein bisschen ... hysterisch. Sie will ihn unbedingt sehen.«

»Zum Teufel!«, flüsterte Meijer.

Er schaute sich um. Winkte einen der Tatorttechniker zu sich.

»Deckt ihn zu«, befahl er. »Alles, bis auf die Visage.«

Eine Decke wurde über die Leiche gezogen, bis zum Kinn. Dann wurde die kleine Frau herbeigeführt. Als sie sah, wer dort lag, fuhr sie zurück. Zuerst kam das Zittern, dann ein dünner, herzzerreißender Schrei, der in der Luft hängen blieb wie von einer Stimmgabel erzeugte Schwingungen.

Rinske Ceulemans konnte sie gerade noch auffangen, als die dünnen alten Beine von Eddy Franckens Mutter nachgaben.

* * *

Sie saßen in einem Besprechungszimmer bei TGO im Kabelweg. Weiße Wände, ein langer Konferenztisch, schwarze Stühle und sechs ernste Gesichter. Meijer, Bull, Ceulemans und Röhmer, Commissaris Langenberg und ein Neuankömmling, der als Harry Danckerts vorgestellt worden war. Er war Profiler und von der *Landelijk Eenheid* ausgeliehen.

Auf Langenbergs Aufforderung hin hatte Ceulemans zuerst die Funde zusammengefasst, die Dr. Verboom und das Labor gemacht hatten. Die Reaktionen in der Runde bestätigten, was Bull schon wusste: Langenberg und Meijer waren bereits vorher informiert worden.

»Ich kann das verdammt noch mal kaum glauben«, sagte

Meijer. »Halluzinogenes Gift? Was zum Teufel geht denn hier vor sich?«

Bull fragte sich, wie Eva Heiberg reagieren würde, wenn er bei einer Besprechung in ihrer Anwesenheit einen solchen Ausdruck verwendete. Langenberg aber schien dieser Sprachgebrauch nicht zu stören. Niederländer waren in formalen Zusammenhängen vielleicht lässiger als Norweger.

»Dr. Verboom zufolge lässt die Blutprobe keine Zweifel offen«, sagte Bull. »Das ändert natürlich nichts daran, dass ich den Zwischenfall bedaure.«

Langenberg hob eine Hand.

»Nichts zu bedauern«, erklärte er. »Neben Ceulemans' Bericht haben wir auch noch eine E-Mail ihrer Schwester, die die Sauerei bestätigt, und wir werden natürlich alles tun, was in unserer Macht steht, um die Quelle dieser Sabotage zu finden. Haben Sie selbst eine Theorie?«

»Wenn wir davon ausgehen, dass es einen Zusammenhang mit der laufenden Ermittlung gibt, dann gibt es wohl nur eine Möglichkeit, die logisch ist.«

»Der Täter«, Langenberg nickte. »Auf diesen Gedanken sind wir auch schon gekommen. Die Frage bleibt: Wie – und wozu sollte das gut sein?«

Bull brauchte zwei Minuten, um über »Professor John Hoffman« und die Durchsuchung von Zimmer 302 zu berichten.

»Die Funde wurden zur Analyse geschickt«, fügte Ceulemans hinzu. »Wir suchen jetzt in Interpols Datenbanken nach diesem John Hoffman. Der Name ist allem Anschein nach falsch, aber er kann ihn ja in früheren Zusammenhängen bereits benutzt haben.«

»Was die Absicht angeht, können wir nur raten«, sagte nun Bull. »Vielleicht möchte er seine ... Überlegenheit demonstrieren. Der Typ mordet ja schneller, als wir unsere Berichte schreiben können.«

Langenberg schluckte diesen Vergleich ohne Widerspruch. Alle im Raum hatten dasselbe Gefühl der Ohnmacht. Serienmörder waren selten. Und dieses Exemplar wirkte einzigartig.

»Was uns zum nächsten Punkt bringt«, sagte Langenberg und richtete seine Aufmerksamkeit auf Meijer. »Der Mord an diesem Eddy Francken.«

»Kein Lichtblick von der Technik oder der Medizin«, sagte der Commissaris. »Kaliber .22 aus nächster Nähe – Schluss, aus. Wir haben mit den Anwohnern gesprochen. Niemand hat etwas gehört oder gesehen. Francken wurde zuletzt gesichtet, als er gegen dreiundzwanzig Uhr gestern Abend das Mokum verlassen hat – eine Fußballkneipe am Leidseplein. Allem Anschein nach befand er sich auf dem Heimweg, nachdem Ajax feucht gefeiert worden war. Unser Mann hat ihm an der Fundstelle aufgelauert und *bang* – ein fußballverrückter Postangestellter schließt sich einer Reihe an, die bereits aus einer fleißigen Studentin, einem dubiosen Sexmogul und einem rechtsextremen Politiker besteht.«

»Eins unterscheidet diesen letzten Mord von den drei anderen«, sagte Bull.

Meijer schnaubte hemmungslos und ließ sich demonstrativ auf seinem Stuhl zurücksinken.

»So wie ich das sehe, ist das Problem, dass sich alle vier Morde voneinander unterscheiden«, sagte er.

Langenberg schaltete sich ein.

»Woran denken Sie hier, Bull?«

»Den Tatort. Linda Varhaug wurde in einem abgelegenen Bereich eines großen Parks getötet. De Jong in einem privaten, abgeschirmten Garten. Kamperdijk in seinem eigenen Keller. In Franckens Fall fand der Mord auf offener Straße und vor Mitternacht statt, außerhalb des Stadtkerns zwar, aber mit allen Möglichkeiten, beobachtet zu werden.«

»Und das sagt uns?«

»Dass der Mord offenbar nicht geplant war, jedenfalls nicht so gut wie die drei ersten. Und wenn das stimmt, dann ist das hier die erste Schwäche, die wir bei dem Mörder beobachten können. Das lässt hoffen.«

»Worauf?«, brummte Meijer.

»Dass er weitere Fehler begeht.«

Weitere … die Bedeutung dieses Wortes war für alle einleuchtend und ließ die Versammelten einige Sekunden schweigen.

Langenberg: »Sie glauben nicht, dass er fertig ist?«

»Man kann nie wissen, aber ich würde nicht viel darauf setzen.«

»Warum nicht?«

Langenberg wusste wirklich, wie man sich kurzfasst.

»Wie Meijer gesagt hat. Die Morde unterscheiden sich in jeglicher Hinsicht voneinander, nicht zuletzt, was die Opfer betrifft. Das deutet darauf hin, dass er keine bestimmte Agenda verfolgt. Er hat keine Idealbeute wie die meisten Serienmörder. Er tötet anscheinend aufs Geratewohl, aber dennoch führt er seine Morde auf eine Weise aus, die uns bisher im Dunkeln tappen lässt.«

»Was meinst du, Danckert?«, wollte Langenberg wissen.

Der Profiler hatte die Morgenstunden damit verbracht, sich in den Fall einzulesen. Jetzt rieb er sich mit den drei mittleren Fingern über die Schläfen, wie um sich in Erinnerung zu rufen, was er meinte.

»Ich bin weitgehend mit Bull einer Meinung, was bedeutet, dass ich mich hier ziemlich überflüssig fühle. Normalerweise würde ich einige qualifizierte Vermutungen über den Betreffenden vortragen können. Geschlecht, ungefähres Alter, sozialer Hintergrund, psychosoziale Gegebenheiten – alles, worüber der Modus Operandi des Täters Hinweise geben kann. In diesem Fall ist es leider nicht so. Es gibt nur zwei Dinge, über die ich mir einigermaßen sicher bin. Wir haben es mit einem Mann zu tun, und er hat vermutlich schon früher gemordet, wahrscheinlich sogar mehrmals.«

»Woraus schließt du das?«

»Vor allem aus der Wahl der Tatwaffe im Fall Jan de Jong. Dann, zu einem gewissen Grad, die fast subtile Brutalität im Fall Kamperdijk. Hinzuzufügen ist, dass der Täter vermutlich über große Mittel verfügt. Der Fisch, der bei de Jong eingesetzt wurde, ist nicht gerade Dutzendware, wenn ich das richtig verstanden habe.«

»Irgendeine Vorstellung vom Motiv? Was treibt den Mann an?«

Danckerts nahm die Brille auf und sah plötzlich aus wie ein tiefernster Geistlicher, der dabei ist, den Angehörigen die Todesnachricht zu überbringen.

»Eigentlich nicht, aber wenn du versprichst, das nicht ins Protokoll aufzunehmen, dann kann ich eine Vermutung wagen.«

»Selbstverständlich.«

»Lust«, sagte Danckerts.

42

Wenn er ein seltenes Mal in sich ging, musste sich Hoofdinspecteur Bert Meijer drei Schwächen eingestehen: den Drachen, die Zigaretten und die Mutter.

Yasmine, weil ihr das Haus gehörte, in dem er wohnte, das Auto, das er fuhr, und das Boot, das am Steg lag. Die Zigaretten, weil auch sie eine gewisse Macht über ihn hatten. Und die Mutter, weil sie der einzige Mensch war, den Meijer jemals aufrichtig geliebt hatte. Der Vater war ein arbeitsscheuer Säufer gewesen – mit dem Verhalten, welches das Sozialamt als *mangelnde Zornbeherrschung* bezeichnet hatte. Einfacher gesagt, bedeutete das, dass er Frau und Sohn in regelmäßigen Abständen ins Gesicht schlug, das jedoch immer mit flacher Hand. Die flache Hand hinterließ keine blauen Flecken und keine Schwellungen. Es tat nur weh, nicht zuletzt in einer empfindsamen Knabenseele. Als der letzte von vielen resignierten Arbeitgebern Kees Meijer 1978 vor die Tür setzte, eskalierten die Probleme. Die Flaschen mehrten sich, und die Hand wurde zur Faust.

Bert war damals dreizehn. In den beiden folgenden Jahren war es rund um die Uhr finster. Aus unerfindlichen Gründen richtete sich die Aggression des Vaters in der Regel gegen ihn, die Mutter trat jedoch immer dazwischen. Folglich bekam sie die ersten Schläge ab, was Bert Zeit gab, sich in seinem Zimmer einzuschließen, wie die Mutter es ihm eingeschärft hatte. *Dann hört er auf,* wie sie immer sagte.

Damals phantasierte Bert oft darüber, den Vater umzubringen. Zu anderen Gelegenheiten flehte er Gott an, das zu übernehmen. An einem Oktobermorgen des Jahres 1980 lag Kees Meijer tot im Bett. Der herbeigerufene Arzt fragte Cornelia

Meijer, ob sie eine Obduktion ihres Gatten wünsche, was sie entschieden ablehnte. So entschieden, dass Dr. Huisman ein wenig stutzte, aber er verfolgte die Sache nicht weiter. Er war seit fast zwanzig Jahren Cornelias Hausarzt und kannte die Verhältnisse.

* * *

Meijer manövrierte sein Auto durch das Tor des privaten Pflegeheims auf der Westseite des Beatrixparks. Es war seit vier Jahren das Zuhause der Mutter, nachdem ein langjähriger Diabetes in eine kräftige Gehirnblutung kulminiert war. Seither hielt sie sich in ihrer eigenen Welt auf, einer Welt, die Meijer dreimal pro Woche aufsuchte.

Er hielt auf dem mit Kies bestreuten Platz und gab sich große Mühe, den großen Buchen auszuweichen. Vogelkacke auf dem weißen Lack war wie Spucke auf dem Kirchboden. Dann öffnete er die Papiertüte auf dem Beifahrersitz, nahm einen roten Apfel heraus und steckte die Frucht in eine Jackentasche. In der anderen lag das Zigarettenpäckchen. Er begann und beendete seine Besuche immer mit einer Zigarette an der frischen Luft. Der Thermostat im Zimmer seiner Mutter war auf fünfundzwanzig Grad eingestellt, und sie weigerte sich zu lüften. Die Besuche stimmten ihn immer traurig, aber er dachte nie daran, sie zu beenden. Es waren drei Lichtblicke der Mutter in einer ansonsten ereignislosen Woche, einem Dasein bloßer Existenz, in einem Sessel in ihrem Zimmer oder seltener im Aufenthaltsraum.

Meijer saugte das letzte Nikotin aus der Kippe, trat sie sorgfältig in den Kies und schob mit der Schuhspitze ein paar kleine Steine auf die Überreste.

* * *

Sie sitzt neben dem Radio. Immer neben dem Radio – und immer in demselben blauen Kleid mit einer grauen Strickjacke darüber. Er hat ihr andere Kleider gekauft, aber die hängen im Schrank. Stets läuft das Radio. Ein Nachrichtensender ohne Werbung. Er bezweifelt, dass sie versteht, was dort gesagt wird. Vielleicht sind die Stimmen nur Gesellschaft in der Stille, in der sie gefangen ist. Wenn sie ihn erblickt, lächelt sie, während sie sich wie ein kleines Kind hin und her wiegt.

Er bückt sich und küsst sie auf die Wange, ehe er sich an die andere Seite des Beistelltisches setzt. Er fragt, wie es ihr geht, und wieder lächelt sie. Er hält es jedenfalls für ein Lächeln, diese angestrengte Bewegung im runzligen Gesicht, in dem die Muskeln die Mundwinkel nicht nach oben ziehen können. Aber die Augen lächeln, ein Licht, das dem Personal zufolge auch dann aufleuchtet, wenn sein Name genannt wird.

Jetzt folgen diese Augen seiner Hand, die in der Tasche verschwindet. Ein roter Apfel und ein Taschenmesser. Einmal hatte er einen grünen Apfel mitgebracht. Da brach sie in Tränen aus.

Mit geübten Bewegungen teilt er die Frucht in sechs Stücke, entfernt das Kerngehäuse und schält eines der Stücke. Beugt sich vor und hält es ihr vor den Mund. Sie nimmt es entgegen, andächtig, als handele es sich um eine Hostie. Kaut mühsam. Dann noch ein Stück. Cornelia Meijer braucht eine gute halbe Stunde, um einen Apfel zu verzehren. Während sie isst, redet ihr Sohn. Er erzählt, dass Yasmine in Frankreich ist. Dass es kühler geworden ist. Dass sie bei der Arbeit viel zu tun haben. Cornelia kaut mit geschlossenen Augen, öffnet sie nur nach jedem Schlucken, um sich davon zu überzeugen, dass es noch ein Stück Apfel gibt.

Als diese einfache Mahlzeit vorüber ist, sitzt er noch eine Weile da und hält ihre Hand. Fragt sich, was er an dem Tag empfinden wird, an dem der rote Apfel überflüssig ist. Stellt sich den Augenblick vor, wenn er zum letzten Mal von dem Parkplatz fährt, und schämt sich über die Erleichterung, mit der diese Vorstellung ihn erfüllt. Es gibt so viel, was er nicht weiß. Möchte sie lieber eingeäschert werden? Möchte sie neben dem Vater zur letzten Ruhe gebettet werden? Weißer oder schwarzer Sarg? Er hat es niemals über sich gebracht, nach diesen Dingen zu fragen. Jetzt ist es zu spät, wie für so vieles andere.

Er würde so gern auf die Uhr schauen, aber wie immer lässt sie ihn keine Sekunde aus den Augen. Mutterliebe in der letzten Phase. Die Minuten vergehen. Ihre Hand fühlt sich in dem aufgeheizten Zimmer kalt an. Am Ende steht er auf. Hilft ihr vom Sessel auf den Rollator. Mit dem kann sie sich immer noch einige Meter bewegen, solange sie dem Teppich ausweicht, der den Parkettboden ziert.

Sie bringt ihn zur Tür. Oder er bringt sie. Neue Küsse auf die Wange und die Versicherung, dass sie sich in zwei Tagen wiedersehen werden. Er vermutet, dass zwei Tage für sie eine Ewigkeit sind.

* * *

Cornelia bugsiert den Rollator zum Fenster. Dort unten steht sein Auto, das ohne Farbe. Das alte hat ihr besser gefallen. Das war größer. Und dunkelgrün. Ein Mann in einem Overall und mit einer Schirmmütze auf dem Kopf geht gerade vom Auto weg auf den Rasen. In der Hand hält er etwas, das aussieht wie ein Staubsauger. Sie schaut dem Mann hinterher, als er sich über den graugrünen Rasen bewegt und bei dem großen Fliederbusch durch das Tor verschwindet.

Sie bleibt stehen und wartet, wie sie das immer tut. Und wie immer taucht er am Ende auf. Ihr Junge, in seinem eleganten hellbraunen Mantel, der ihm so gut steht. Ihr starker Junge, der sich als Mann erwiesen und sie beide viele Jahre zuvor von dem Bösen befreit hat. Er bleibt hinter dem Auto stehen, hebt eine Hand ans Gesicht und bläst Frostrauch in die Luft. Kalt, denkt sie. Er sollte sich ins Auto setzen, damit er sich nicht erkältet. Nun nimmt er endlich Vernunft an. Sie sieht die roten Hecklichter aufleuchten, dann zwei weiße, ehe er durchs Tor fährt. Sie sieht noch, wie das Auto nach links abbiegt. Und sie sieht, dass er in der Margrietstraat sein Tempo steigert.

* * *

Als Bert Meijer durch das Tor fährt, piept sein Telefon. Es ist in einem Halter am Armaturenbrett befestigt. Er liest:

Porsche 991 5 ... 4 ... 3 ... 2 ... 1... peng!

* * *

Das Nächste, was Cornelia an ihrem Platz am Fenster hört und sieht, ergibt keinen Sinn. Ein gewaltiger Knall, dann ist das Auto verschwunden. Das Glas vor ihr ist plötzlich von Rissen überzogen wie das Eis auf der Gracht, als sie ein junges Mädchen war. Erst nach einigen Sekunden, als sie Flammen und Rauch dessen sieht, was einmal ein Auto ohne Farbe war, schwant Cornelia Meijer Übles.

43

Das Pendel der Wanduhr schlug fünf dünne Schläge. Zeit für die erste Stärkung am Nachmittag. József Dusev-Janics maß vier Zentiliter Absinth für sein Glas ab, goss drei Teile Wasser auf den Schnaps und rührte mit einem langen Silberlöffel um. Seine neueste Exfrau hatte ihm vieles vorgeworfen, unter anderem, dass er Absinth nur trinke, um den Künstlermythos zu bedienen.

Unsinn, wie so vieles andere, was die alte Kuh abgesondert hatte, ehe er sie losgeworden war. Sie – und außerdem eine halbe Million Euro. Sie hatte einen berüchtigten Scheidungsanwalt engagiert, doch selbst dieser Blutsauger hatte sich dem notariell beglaubigten Ehevertrag beugen müssen. Eine halbe Million für zwei Jahre voller Gezeter und mediterraner Hysterie waren mehr als genug.

Dusev-Janics gehörte einer seltenen Minderheit an: den wohlhabenden Künstlern. Eine zweistellige Anzahl seiner Werke war von Museen wie der Tate, dem Guggenheim und dem Hamburger Bahnhof eingekauft worden, zahlreiche andere befanden sich bei Sammlern in Privatbesitz. Jetzt stand er vor dem großen Durchbruch. Die bevorstehende Ausstellung enthielt eine bahnbrechende Einzelarbeit, die seinen Namen ein für alle Mal in die Annalen der Kunstgeschichte einmeißeln würde.

Die Technik an sich war nicht neu. Formaldehyd, verdünnt in einem großen Behälter voll Wasser, eine Mischung, die im Grunde Formalin ergab. Der aufgeblasene Engländer Damien Hirst war mit auf diese Weise präparierten und ausgestellten Tieren weltberühmt (und viel reicher als Dusev-Janics) geworden. Aber wozu war das gut gewesen? Ein vier

Meter langer Tigerhai mit weit offenem Schlund ließ die Zuschauer nur lustvoll erschauern und eventuell wasserscheu werden. Gute Kunst sollte die Beobachter aber über den Augenblick hinaus berühren, ihnen die Augen öffnen und sie die wichtigen Facetten des Lebens in neuem und klarerem Licht sehen lassen. Liebe, Angst, Trauer, Sehnsucht, Tod, Glück, Einsamkeit …

Und die sinnlose Gewalt.

Krieg, ethnische Säuberung, Terrorattentate, Religionskonflikte, Kriminalität oder einfach die Taten von Wahnsinnigen. Tausende von unschuldigen Menschen fielen jeden Tag der Gewalt zum Opfer, ein Grauen, über das wir in der Zeitung lesen, das wir aber nicht in uns aufnehmen können. Es ist zu fern, zu unwirklich. Phantasie und Einfühlungsvermögen der Menschen reichen nicht aus, solange die Tragödien in die wohlgemeinte Zensur der Medien gehüllt werden. Wir sollen vor der grausamen Wahrheit verschont werden, vor der Bestialität, die uns nicht selbst trifft.

In Dusev-Janics' Kopf war die Kunst verpflichtet, diesen Firnis zu durchlöchern. Das war das Ziel, die eigentliche Intention der Ausstellung *Our Guilty Innocence*.

Er hatte unterschiedliche Techniken benutzt. Skulptur, Öl auf Leinwand, dreidimensionale Installationen, Video – und also eine Formalinlösung. Nach wochenlanger ergebnisloser Suche hatte er eine Familie einige Dutzend Kilometer nördlich von Lubny gefunden, einer Stadt mitten in der Ukraine. Der einzige Sohn der Witwe Krawtschuk, ein Neunzehnjähriger namens Vitaly, war im Kampf gegen die prorussischen Truppen gefallen, und der tote Soldat war zum Haus seiner Mutter gebracht worden. Am Morgen nach der traditionellen Totenwache hatten Dusev-Janics und ein Dolmetscher an die Tür geklopft.

Obwohl er viel Zeit für die genau durchdachte Einleitung

reservierte, erhielt er die Reaktion, mit der er hatte rechnen können. Frau Krawtschuk wurde zuerst so bleich wie der Sohn, der dort auf dem Totenbett lag. Danach bedachte sie ihn mit Beschimpfungen, die der Dolmetscher nicht übersetzen wollte und auch nicht musste. Dusev-Janics sah sich in der ärmlichen Stube um und fasste einen Entschluss.

Fünfzigtausend US-Dollar im Tausch gegen Vitalys Leichnam.

Diese Zahl brachte Frau Krawtschuk zum Verstummen. Fünfzigtausend Dollar waren in der Ukraine eine astronomische Summe. Dusev-Janics nutzte die Stille, um sie daran zu erinnern, dass das Opfer der Familie dazu beitragen würde, der Welt die Augen für die Verbrechen zu öffnen, die Präsident Putin und sein Heer gegen das Brudervolk begingen. Auf diese Weise wäre Vitaly nicht umsonst gestorben, anders als so viele vor ihm.

Frau Krawtschuk bat um Bedenkzeit, um sich mit Vitalys älterer Schwester zu beraten, die in einem Wirtshaus im Dorf in der Küche aushalf. Am Nachmittag desselben Tages wurde der bizarre Handel besiegelt.

Vitaly wurde mit einem mit dem Logo von CNN getarnten Hubschrauber außer Landes gebracht. Am Flughafen von Budapest – der Heimatstadt des Künstlers – stand eine Cessna Mustang mit Jet-Motor bereit. Weitere zweitausend Dollar für den zuständigen Zollinspektor sorgten dafür, dass keine Fragen gestellt wurden. Zwei Stunden darauf landeten sie auf niederländischem Boden.

Jetzt lag Vitaly Krawtschuk in einem gläsernen Würfel, der viertausend Liter Formalin enthielt. Vitaly trug seine blutdurchtränkte Uniform und nahm eine gekrümmte Haltung ein, die den im Kampf gefallenen Soldaten kennzeichnete. Dusev-Janics hatte Frau Krawtschuk rücksichtsvoll nicht darauf aufmerksam gemacht, dass dem Leichnam große Mengen

Formalin injiziert werden mussten, um die Verwesung von innen her zu verhindern. Die Kalaschnikow, die neben dem Jungen auf dem feinkörnigen Sand lag, hatte zwar nicht ihm gehört, aber ein kleines Requisit wird ja wohl noch gestattet sein.

* * *

Das makabre Kunstwerk erhielt einen Titel, der um einiges einfacher war als die Herstellung: *The Soldier.*

Der »Soldat« war das Juwel in der Krone, die nun auf Dusev-Janics' Haupt gesetzt werden sollte, und er hatte viel Zeit damit verbracht, einen Plan für die Lancierung auszuhecken. Das Werk sollte auf dem Markt wie eine Bombe einschlagen. Kein Marketing, keine Interviews vor Eröffnung der Ausstellung. Nicht einmal der Norweger Thomas Bull sollte wissen, was sich im hintersten Raum befand.

Die Räumlichkeiten, die er aus diesem Anlass gemietet hatte, gehörten zu einer stillgelegten Werft am Kai von Amsterdam Noord 1. Von innen war das Gebäude saniert und wie eine kleine Messehalle eingerichtet worden. Ungefähr zehn Meter hohe Wände und ein blank polierter Betonboden. Die Wände waren eierschalenweiß gestrichen, und die Stahltüren, welche die vier kleineren Räume von dem großen Saal trennten, waren feuerwehrrot lackiert. Von außen wirkte das Gebäude heruntergekommen und verlassen, und Graffiti bedeckten die eine Längswand vollständig.

Besonders wichtig bei Noord 1 war, dass sich die Gegend in einer Phase des Umbruchs befand. Bootsbauer, Segelmacher und Schiffsausstatter hatten ihren Hut genommen, und Immobilienunternehmen planten nun, aus Noord 1 einen hippen Stadtteil mit Luxuswohnungen, Restaurants, Galerien, Bars, zwei Kinos, einem Kulturhaus und allem anderen zu machen, was dazugehörte. Bisher befand sich die Gegend in einem jungfräulichen Stadium, einer Art lebendigem und avantgardistischem Vorspiel zu dem, was kommen würde, und das war Dusev-Janics nur recht.

Stille – vor seinem eigenen Sturm.

In zwei Wochen würden sich die Türen zur Vernissage öffnen. Hundertfünfzig handverlesene Gäste, dazu einige auserwählte Kulturjournalisten. Zwei uniformierte Sicherheitswachen sollten dafür sorgen, dass niemand den hintersten Raum betrat, ohne zuerst Mobiltelefone, Kameras und andere elektronische Ausrüstungsgegenstände abgeliefert zu haben. Für den Rest würden Gerüchteküche und Presse sorgen. An den folgenden Tagen würden die Massen zur Ausstellung pilgern. Es war sogar möglich, dass die Ausstellung vorübergehend geschlossen werden müsste. Das wäre nicht unbedingt ein Nachteil. Je mehr Lärm und Schreiberei, desto eher würden die Kuratoren der großen europäischen Museen aufwachen. Sein bisher lukrativster Verkauf war eine Skulptur aus Aluminium und gefärbtem Glas gewesen, die zwei Millionen Euro eingebracht hatte und jetzt im Guggenheim stand. *The Soldier* könnte das Dreifache erwirtschaften. Vielleicht mehr, wenn alles so ging, wie er hoffte.

* * *

Das dritte Glas Absinth.

Vor den großen Fenstern war der Abendhimmel selbst bereits ein Kunstwerk. Eine Armada aus anthrazitgrauen Wolken vor dem letzten Licht einer sinkenden Sonne, die den Himmel in Feuerrot, Rosa und kühlem Blau färbte.

So hat die Welt immer schon ausgesehen, dachte Dusev-Janics. Dann, nach vier, fünf Jahrmilliarden entstanden wir Menschen, und jetzt sind wir dabei, alles zu zerstören. Man konnte nur hoffen, dass der Erdball an dem Tag, an dem alles verödet war, Bestand haben würde. Gewaltige Meeres- und Landgebiete für einen Neustart der Evolution. Sonne, Luft und Wasser, die in einem ewigen Kreislauf neue Organismen und neues Leben hervorbringen würden.

Die Natur ist die einzig wahre Gottheit der Welt, philosophierte er angetrunken. *Ein Prosit der Natur, József!*

Als er gerade das Glas hob, klopfte es an der Tür. Für einen Moment fragte er sich, ob er sich verhört hatte. Die Räumlichkeiten lagen im Halbdunkel, die Fenster saßen hoch oben in den Wänden, und die Fassade war nicht gekennzeichnet. Es gab nicht einmal eine Hausnummer. Wieder wurde geklopft, fester diesmal. Er blieb mucksmäuschenstill sitzen. Dann hörte er, wie die Tür geöffnet wurde. In der Eile hatte er vergessen abzuschließen. *Verdammt.*

Er stellte das Glas auf den Campingtisch und erhob sich. Ging hinaus in den großen Saal. Der ungebetene Gast stand in der Türöffnung. Ein hochgewachsener Mann, elegant gekleidet in Anzug, hellen Mantel und mit einer Aktentasche in der Hand.

»Guten Abend, Herr Dusev-Janics. Ich störe hoffentlich nicht?« Die Stimme war tief und klangvoll.

»Die Hoffnung trügt. Ich habe zu tun. Was wollen Sie?«

Der Fremde machte zwei Schritte in den Raum und zog die Tür hinter sich zu.

»Ich heiße Richard Foster. Ich bin Anwalt und vertrete einen der reichsten Männer Asiens. Ich bin in seinem Auftrag hier.«

Foster reichte ihm zwei Visitenkarten. Die größere war aus Büttenpapier und hatte einen Goldrand. Dusev-Janics betrachtete das edle Pappstück aus zusammengekniffenen Augen.

Koo Chen-Yang
President and CEO
MOVIDA Group/Koo Corporation Ltd.

Die Adresse gehörte zu einem Stadtteil von Shanghai, Chinas Finanzzentrum.

»Sie haben meine Frage noch nicht beantwortet«, kläffte er. »Worum geht es?«

Der Anwalt lächelte freundlich, anscheinend unbeeindruckt von Dusev-Janics' ungastlichem Tonfall.

»Herr Chen-Yang ist ein leidenschaftlicher Kunstsammler und hat große Mittel in seine Sammlung investiert. Heute besitzt er vermutlich Chinas interessanteste und wertvollste Kollektion moderner Kunst. Eine Sammlung, mit der es nicht einmal das Shanghai Museum of Contemporary Art aufnehmen kann. Er ist nun über achtzig und möchte seine vollständige Sammlung einem neuen Museum anvertrauen, das seinen Namen tragen soll. Unter uns gesagt, Herr Dusev-Janics, ein Projekt, das wohl als Wunsch meines Auftraggebers nach ... wie sollen wir es nennen? ... *ewigem Leben* betrachtet werden muss.«

Dusev-Janics war dieser Gedanke nicht ganz fremd. Da er kinderlos war, gab es nur eines, was ihm noch mehr zu schaffen machte als die Todesangst. Die Angst, vergessen zu werden. Im Regal unter Leuten wie Koons, Hockney, Rauschenberg und Hirst zu verstauben.

»Und was hat das mit mir zu tun?«, fragte er.

»Herr Chen-Yang besitzt bereits eine Ihrer Arbeiten. Eine Skulptur mit dem Titel *Furious Yolanda.* Sie wurde 2006 bei Christie's ersteigert.«

Dusev-Janics konnte sich an dieses Werk besser erinnern als an die meisten anderen. Yolanda war seine erste Frau gewesen, eine mindestens ebenso temperamentvolle Dame wie die dritte und letzte, die allerletzte, wie er sich geschworen hatte.

»Nun hat mein Klient Gerüchte über ein neues Werk aus Ihrer Hand gehört«, sagte nun Anwalt Foster. »Fragen Sie mich nicht, woher er das weiß, aber sein Netzwerk aus Agenten und Einkäufern hat spitze Ohren. Den Gerüchten zufolge handelt es sich um ein wegweisendes Werk, eines, das die Kunstwelt in ihren Grundfesten erschüttern wird. In dieser Aktentasche habe ich hunderttausend Dollar in bar. Mein Auftraggeber macht folgendes Angebot: Der Betrag ist als Vorschuss zu betrachten, ein Vorschuss, den Sie später in ein Geschenk umwandeln können. Alles, worum Herr Cheng im Gegenzug bittet, ist eine Möglichkeit, exklusiv mit Ihnen zu verhandeln, wenn das Werk enthüllt worden ist. Wenn die Summe, die er zu bezahlen bereit ist, Sie nicht zufriedenstellt, gehört der Vorschuss trotzdem Ihnen. Das steht selbstverständlich in einem zum Depositum gehörigen Dokument.«

Dusev-Janics musste sich dringend setzen. Die Gewissheit, dass etwas durchgesickert war, war schlimm genug. Natürlich gab es einige wenige Menschen, die von dem »Soldaten« wussten, aber alle waren großzügig dafür honoriert worden, dass sie sich vertraglich zum Schweigen verpflichtet hatten. Das Angebot des Anwalts minderte die Schwindelgefühle nicht. Hunderttausend Dollar waren mehr, als das Projekt ihn bisher gekostet hatte, und Gott mochte wissen, was dieser verrückte Chinese noch hinblättern würde, um den Handel zu besiegeln.

»Darf ich Ihnen etwas zu trinken anbieten?«, fragte er. »Kaffee oder ein Glas Wein?«

»Ein Glas Wasser wäre hervorragend«, sagte Foster lächelnd. »Kaffee bringt leider oft meinen Nachtschlaf durcheinander.«

Dusev-Janics ging zum Schalter bei der Tür und machte im

Saal Licht. Die zwölf flachen Armaturen mit den LED-Leuchten ließen den Saal taghell werden. Foster stellte die Aktentasche auf den Boden und streifte den Mantel ab.

»Darf ich Ihnen den abnehmen«, bot Dusev-Janics an.

Der andere reichte ihm das Kleidungsstück, und erst jetzt fiel dem Ungarn der Blick des Anwalts auf.

Seine Augen.

Magisch rätselhaft in ihrem kalten Blau, ähnlich den Eisbergen, die Dusev-Janics in seiner Jugend bei einer Studienreise auf dieser Insel Island gesehen hatte.

Ich habe den legendären Schwergewichtsmeister Rocky Marciano erwähnt, der in neunundvierzig Kämpfen unbesiegt blieb. Wenn der Gegner ihm ein seltenes Mal standhalten konnte, griff Marciano immer zur selben Technik: Er ermüdete ihn in den ersten fünf, sechs Runden. Danach steigerte er sein Tempo. Hier in Amsterdam habe ich mir diese Strategie zu eigen gemacht. Heute war ein besonders geschäftiger Tag. Zuerst dieser Meijer, das Gewohnheitstier, das lobenswerterweise seine alte Mutter im Pflegeheim besuchte. Immer an denselben Tagen, immer zur selben Zeit. Die heutige Technologie hat alles spielend leicht gemacht. Ein kleiner Klumpen C-4, ein kräftiger Magnet und zwei Mobiltelefone, das eine mit dem Sprengstoff angebracht und über Bluetooth mit dem Zündmechanismus verbunden. Wenn das Objekt vor Ort ist, wählt man die Nummer mit dem anderen Telefon und – voilà! Als sich der Staub gelegt hatte, erschlich ich mir einen Blick, zusammen mit einer Menge anderer Zuschauer. Wenn ich die Miene dieses Langenberg deuten soll, besteht kaum ein Zweifel daran, dass das Tempo meine Widersacher inzwischen mürbe macht. Später an diesem Tag war ich zu Besuch bei diesem Ungarn. Ich hätte mir die Sache natürlich leichter machen können, aber meine Jugendjahre in Viktórias Theater haben mir eben Freude an Rollenspielen geschenkt. Dusev-Janics schluckte meinen Köder sofort. Ein bisschen schade, dass es so kommen musste. Künstlerische Begabung wächst nicht auf Bäumen, und sein neues Werk hat mich beeindruckt. Wenn er sein Projekt zu Ende geführt hätte, wäre Dusev-Janics zweifellos ein Platz unter uns Grenzensprengern sicher gewesen.

44

Ein Chaos aus uniformierten Menschen und Einsatzfahrzeugen.

Die Margrietstraat war von einem Ende zum anderen abgesperrt, und Feuerwehrleute, Polizisten und Sanitäter schwirrten umeinander wie Ameisen im Bau. In der Luft über ihnen kreiste ein Hubschrauber, den TV1 in aller Eile gemietet hatte. Vor den Sperren drängte sich eine sensationslüsterne Menge aus Gaffern und Presseleuten

Mitten im Wirrwarr stand Langenberg und atmete mit offenem Mund. Bull machte ihm keine Vorwürfe. Zu allem Glück hatte es keine weiteren Toten gegeben, eine Handvoll Menschen war jedoch mit leichteren oder schwereren Verletzungen ins Krankenhaus geschafft worden. Einige waren von der Druckwelle umgeworfen, andere von Scherben von geborstenen Fenstern und Wrackteilen von Meijers Auto getroffen worden.

Der weiße Porsche war fast pulverisiert. Zwei verkrümmte Achsen, ein einsamer Stoßdämpfer, ein Stück Auspuff, einzelne Karosserieteile und Reste von etwas, in dem Bull den Motorblock zu erkennen glaubte.

Von Hoofdinspecteur Meijer war keine Spur zu finden, aber er hatte zweifellos hinter dem Lenkrad gesessen. Bei früheren Gelegenheiten hatte Meijer ausposaunt, dass er »lieber den Drachen verleihen würde als das Auto«. Außerdem waren die regelmäßigen Besuche bei seiner Mutter allgemein bekannt.

»Wer war das?«, stöhnte Langenberg. »Wer zum Teufel war das?«

Techniker und Sprengstoffexperten der Polizei kämmten jeden Quadratmeter der Umgebung durch. Das Wort *Terror* schwirrte wie eine wütende Hummel durch die Luft, und in den Online-Ausgaben der Zeitungen waren erste Spekulationen zu lesen. Eine organsierte Zelle, die unter dem Radar der Sicherheitsdienste durchgeschlüpft war? Ein bisher unbekannter IS-Sympathisant? In der Presse war Geert Wilders schon energisch dabei, das Eisen zu schmieden, das ihm da so unerwartet in den Schoß gefallen war: *Erst Kamperdijk – jetzt das! Wann werden wir Niederländer aufwachen?*

In Bogart Bulls Kopf vibrierte ein anderer Gedanke. Er ließ Langenberg in der Obhut von Rinske Ceulemans zurück und steuerte die frisch aufgestellten Absperrelemente an. Ein uniformierter Polizist salutierte und ließ ihn passieren. Bull bahnte sich einen Weg an der Menge vorbei und auf den Bürgersteig. Er ging durch das Tor, passierte einen achteckigen Springbrunnen mitten auf dem Hofplatz und erreichte die Eingangstür.

In der Rezeption wurden zwei Angestellte von einer Pressemeute dem reinsten Kreuzverhör unterzogen. Warum zum Teufel war niemand auf die Idee gekommen, einen Wachtposten vor die Tür zu stellen? Er wies sich aus und zog eine der Weißkittel zur Seite. Eine Journalistin, die versuchte, sich an sie zu hängen, wurde brüsk abgefertigt.

Ihrem Namensschild zufolge hieß die Frau in Weiß Sara, und Bull hatte nur eine einfache Frage:

Hatte sich irgendwer gemerkt, wo Meijers Auto gestanden hatte?

Sara sah erleichtert aus, vermutlich hatte sie mit einer sehr viel komplizierteren Frage gerechnet.

»Er hat immer an derselben Stelle geparkt«, sagte sie. »Vor den Steinplatten auf dem Rasen, wo die Gartenmöbel stehen.«

Bull bedankte sich, bat sie, dieses kurze Gespräch für sich zu behalten, und verließ das Haus durch die automatischen Glastüren. Steuerte die weiß lackierten Möbel an, wo eine kräftige Kante aus hellgrauen Steinen die Kiesfläche von dem gepflegten Rasen trennte. Schon auf mehrere Meter Entfernung bestätigte sich das, was seine Intuition ihm bereits gesagt hatte.

Die Zahlen waren kleiner als bisher, vielleicht sieben, acht Zentimeter lang, und sie schienen mit dickem rotem Filzstift auf den Stein geschrieben zu sein.

* * *

Die Staatsanwältin, die bisher so schweigsame Ireen Blankers-Koen, war zum Leben erwacht. Jetzt stand sie am Ende des Konferenztisches und ließ ihren Blick über die kleine Versammlung wandern. Commissaris Langenberg starrte vor sich hin, mit einer Miene, die jede Interpretation zwischen verbissenem Kampfesmut und passiver Lähmung zuließ. Ceulemans sah erschöpft und unglücklich aus. Bull hatte eine Hand um die Cola-Dose geschlossen und blickte die Staatsanwältin abwartend an.

»Ich komme direkt vom Justizminister«, teilte Ireen Blankers-Koen mit Erz in der Stimme mit. »Ich brauche wohl nicht zu erwähnen, dass er über das Geschehene zutiefst erschüttert ist. Er bat mich, folgende glasklare Mitteilung zu überbringen: Alles – absolut alles –, was an Mitteln und Personal vonnöten ist, muss mobilisiert werden, um dieses Ungeheuer zu fassen. Ein hoch angesehener Polizeibeamter ist zum Opfer Nummer fünf in einem Fall geworden, in dem der DRR ohnmächtig erscheint. Was kommt als Nächstes? Oder, genauer gesagt, *wer*? Sollen wir die Wachtposten um das Königshaus verstärken? Einen eisernen Ring um das Parlament legen?«

Niemand sagte etwas. Die Fragen waren himmelschreiend rhetorisch.

»Wir werden zusätzlich zu den bereits aktiven noch zwei

TGO-Gruppen einsetzen«, sagte nun die Staatsanwältin. »Kollege Langenberg und ich werden übergeordnet die Ermittlung leiten, mit dem Unterschied, dass wir alles andere stehen und liegen lassen und uns nur auf diesen Fall konzentrieren. Inspecteur Ceulemans wird bis auf Weiteres Meijer als Leiterin der TGO 5 ersetzen. Ermittler Bull wird weiterhin eng mit uns zusammenarbeiten, falls seine Vorgesetzten in Oslo keine anderen Pläne haben.«

Sie blickte Bull fragend an.

»Meine Chefin in Oslo lässt ausrichten, dass ich so lange bleiben kann, wie Sie wünschen«, sagte er.

Blankers-Koen sah weder sonderlich beglückt noch sonderlich enttäuscht aus. Langenberg hatte möglicherweise nicht erwähnt, wie die Zahl 13 auf dem Parkplatz des Pflegeheims entdeckt worden war. Hier konnten jetzt alle das Bedürfnis verspüren, ihren eigenen Einsatz besonders hervorzuheben.

»Wie sieht es aus, Bull – wenn ich das richtig verstanden habe, sind Sie nach Ihrem kurzen … Unwohlsein wiederhergestellt?«

»So können Sie das nennen. Ich fühle mich wieder sehr wohl und möchte gern an der weiteren Arbeit teilnehmen.«

»Hervorragend«, sagte sie und warf einen Blick auf ihre Armbanduhr. »Ich schlage vor, dass sich alle zurückziehen und sich einige Stunden dringend nötigen Schlaf gönnen. Wir treffen uns morgen um acht Uhr wieder. Im großen Besprechungszimmer im sechsten Stock. Da werden auch die Commissaris und andere Vertreter von TGO 3 und 4 anwesend sein.«

Die pure Völkerwanderung, dachte Bull. Bürokraten hatten seltsamerweise die Tendenz, sich auf Quantität zu verlassen, wenn sich die Probleme häuften.

* * *

Unten bei der TGO 5 wartete Kollege Röhmer mit der Bestellung. Es war eine elektronische Version der Aufnahmen aus dem Pflegeheim. Nachdem er die Dreizehn an den Kantsteinen entdeckt hatte, hatte Bull sich die weiß gekleidete Sara geschnappt und sich die Bestätigung geholt, dass das Freigelände des Pflegeheims videoüberwacht wurde. Der Grund dafür lag auf der Hand. Wenn eine verwirrte und hilflose Person sich auf die Straße verirrt hatte, war es wichtig zu wissen, welche Richtung sie eingeschlagen hatte.

Ceulemans und Bull nahmen Platz neben Röhmer, der die MPEG-Datei schon auf den Bildschirm geholt hatte.

»Ich habe zu dem Zeitpunkt vorlaufen lassen, an dem er eingetroffen ist«, sagte er.

Ein Tastendruck, einige ereignislose Sekunden, dann fuhr der weiße Porsche durch das Tor. Der hochgewachsene Polizeibeamte stieg aus und nahm sich eine Zigarette. Meijer rauchen zu sehen, wäre normalerweise nicht interessant gewesen, aber Bull brachte es nicht übers Herz, Röhmer ums Weiterspulen zu bitten. Aus dem Augenwinkel heraus sah er Ceulemans mit wehem Blick den Bildschirm anstarren. Endlich wurde die Zigarette ausgedrückt. Der Hoofdinspecteur schlenderte auf die Kamera zu und verschwand am unteren Bildrand.

»Lassen Sie vorlaufen, aber nicht zu schnell«, bat Bull.

Röhmer verdoppelte die Geschwindigkeit. Eine Minute verstrich. Zwei. Röhmer wurde langsamer, als auf dem Bildschirm an der Stelle, wo Meijer verschwunden war, eine Frau auftauchte. Sie sahen hinter der Frau her, als sie durch das Tor spazierte. Vielleicht auf dem Weg zu Bus oder Straßenbahn. Röhmer wurde wieder schneller. Fünf weitere Minuten, die eigentlich zehn waren.

»Halt«, sagte Bull.

Von rechts her war eine Gestalt ins Bild getreten. Overall,

Schirmmütze auf dem Kopf und etwas in der Hand, das aussah wie ein benzingetriebener Laubbläser. Jetzt schaltete dieser Mann die Maschine ein und fing an, das wenige vorhandene Laub auf Meijers Auto zuzublasen. Meter um Meter näherte er sich. Am Kantstein angekommen, wo seine Beine jetzt hinter dem Porsche versteckt waren, schaltete er den Laubbläser aus und legte ihn auf den Rasen. Eine behandschuhte Hand fischte eine Zigarettenpackung aus der Brusttasche des Overalls. Gleich darauf rutschte sie ihm aus der Hand und landete im Gras hinter dem Wagen. Der Mann bückte sich, um die Packung aufzuheben.

»Da …«, sagte Bull leise.

Weder Ceulemans noch Röhmer brauchten zu fragen. Beiden war klar, dass sie jetzt die sieben Sekunden erlebten, die der Täter gebraucht hatte, um die Sprengladung unter Meijers Auto anzubringen.

Der Mann kehrte ihnen den Rücken zu und gab sich Feuer. Dann hob er den Laubbläser vom Rasen auf, erweckte ihn zum Leben und begann, sich vom Auto wegzuarbeiten. Langsam und methodisch, ohne etwas zu übereilen. *Ein kalter Fisch,* dachte Bull.

Sie verbrachten die nächsten zehn Minuten damit, das Band hin und her laufen zu lassen, vor und nach dem Zigarettenpäckchen, die ganze Zeit mit dem Unbekannten im Bild. Röhmer zoomte ihn so weit heran, wie die Auflösung des Films das zuließ. Schirmmütze, Brille und ein schwarzer Vollbart erschwerten es, sich ein Bild von dem Gesicht zu machen. Der Mann war groß, wirkte durchtrainiert und konnte alles zwischen dreißig und fünfzig sein. Konnte dieser Bursche identisch sein mit »Professor John Hoffman«? Das war natürlich möglich, wenn man voraussetzte, dass er sich den Bart gerade erst zugelegt hatte. Bildqualität, Overall und Handschuhe machten es unmöglich, nach Hoffmans

Armbanduhr Ausschau zu halten. Bull schloss die Augen und versuchte, den Professor vor sich zu sehen, wie er im Hotel zum Frühstücksbüfett schlenderte. Hoffman hatte einen leicht gekrümmten Rücken gehabt, aber doch – er war ziemlich groß gewesen. Bull ließ seinen Blick zurück zum Bildschirm wandern.

»Können Sie dichter an seine Füße rangehen?«, fragte er.

Röhmer folgte dieser Aufforderung. Halbhohe braune Lederstiefel mit Schnürsenkeln, die bis fast zur Sohle hinunterhingen. Etwas war mit dieser Fußbekleidung. Plötzlich war die Erinnerung da.

»Haben wir die Fotos des Radfahrers?«, fragte er Röhmer.

»Des Radfahrers?«

»Des Radfahrers aus dem Amsterdamse Bos – der sich nie gemeldet hat.«

Einige Male kurz auf die Tasten gedrückt, dann tauchte der alternde Radfahrer mit der Angeltasche und dem Eimer auf dem Bildschirm auf. Bull beugte sich vor. Der Körperbau stimmte.

»Zoomen Sie mal die Füße näher heran.«

Da waren sie. Die braunen Lederstiefel mit den lang hinunterhängenden Schnürsenkeln. Zu lange Schnürsenkel waren in einem Mordfall wohl kaum ein schlagender Beweis, aber Bull hatte keine Zweifel.

»Das ist derselbe«, sagte er. »Der Radfahrer, Professor Hoffman und der Typ mit dem Laubbläser. *Unser* Mann.«

Ceulemans starrte auf den Bildschirm.

»Wie ist das möglich?«, fragte sie. »Der Radfahrer könnte doch der Vater des Typs mit dem Laubbläser sein.«

»Weil er sein Aussehen nach Bedarf ändert. Sie erinnern sich doch an die Schminkservietten, die wir in Hoffmans Zimmer gefunden haben? Bei genauerem Nachdenken fiel mir ein, dass der schwarzhaarige Hoffman hellblonde Haare an Unterarmen und Handgelenken hatte. Eine verdammt seltene Kombination, wenn ich mich nicht irre.«

Ceulemans brauchte einige Sekunden, um diese Auskunft zu verarbeiten.

»Ein Schauspieler?«, schlug sie vor.

»Möglich, aber nicht unbedingt. Es gibt genug Serienmörder, die sich als die reinsten Chamäleons entpuppt haben. Alle von Herman Webster Mudgett in Chicago gegen Ende des 19. Jahrhunderts bis zu Ted Bundy hundert Jahre später.«

»Wenn das stimmt, dann bedeutet das endlich einen Durchbruch – nach zehn Tagen ohne irgendeine Spur!«

Jugendlicher Optimismus, dachte Bull. Sie waren auf der Jagd nach der Identität des Mannes nicht einen Schritt weitergekommen. Er könnte jeder sein. Und überall.

Aber Bull sagte nichts. Wenn Ceulemans einen Moment der Inspiration erlebte, war das an sich schon von Wert.

»Vielleicht macht er jetzt Schluss?«, schlug sie dann vor. »Gönnt uns ein bisschen Arbeitsruhe?«

»Hoffen ist erlaubt. Meijer kann das Finale gewesen sein, aber es ist auch möglich, dass die Staatsanwältin auf der richtigen Spur war. Und dass der Kerl noch größere Ambitionen hat.«

45

Rinske Ceulemans schaute auf die Uhr. Nur noch etwas über eine halbe Stunde bis Mitternacht. Spät, aber bei einer Mordermittlung kann man die übliche Rücksicht ein wenig vernachlässigen. Sie öffnete die »Favoriten« auf ihrem Mobiltelefon und drückte auf den Namen ihrer Zwillingsschwester. Sie rechnete damit, auf den Anrufbeantworter zu stoßen, aber nun hörte sie Famkes Stimme:

»Sag mal, Rinske – schläfst du nie?«

»Nur, wenn wir einen oder zwei Tage ohne Mord haben. Es tut mir leid, dich in deinem Schönheitsschlaf stören zu müssen, aber ich habe eine wichtige Frage.«

»Sprich.«

»Dieses Gift, das Bull im Blut hatte – bezieht man das als Flüssigkeit oder als Pulver?«

»Phencyclidin? Weißes Pulver, sagt mein Kollege von der Toxikologie. Lässt sich leicht auflösen. Am besten in etwas, das einen Geschmack hat wie Wein, Kaffee und Cola.«

»Danke. Das wollte ich nur wissen. Dann weiterhin gute Nacht.«

»Falls ich wieder einschlafe, meinst du«, sagte Famke Verboom, aber ihre Schwester hatte bereits aufgelegt.

Ceulemans blieb in Gedanken versunken sitzen. Weißes Pulver … Ein Mann, der etliche Morde plante, würde niemals das Risiko eingehen, ein solches Produkt ins Land einzuführen. Wenn der Zoll irgendetwas fand, das man für Drogen halten könnte, würde die Polizei eingeschaltet und der Stoff analysiert werden.

Also war das Gift aller Wahrscheinlichkeit vor Ort besorgt worden.

Wer verkaufte so etwas möglicherweise auf dem schwarzen Markt? Sie hatte keine Ahnung. Aber sie hatte Kontaktpersonen auf Amsterdams Schattenseite, die das wissen müssten. Sie schaute wieder auf die Uhr. 23:42. Das passte gut.

Die Dunkelheit war das Licht der Ratten.

* * *

Sie stellte ihr Mikroauto in der Tiefgarage unter dem Beursplein ab. Ging von dort zu den *Wallen,* außerhalb der Niederlande eher bekannt als Rotlichtbezirk. Hier erhielt der Begriff »Windowshopping« eine erweiterte Bedeutung. Die Schaufensterpuppen waren aus Fleisch und Blut und die Textilien auf Tangas und Push-ups begrenzt. In Straßen, wo früher geile Seeleute auf Landurlaub herumgetorkelt waren, wimmelte es jetzt von Touristen. Ceulemans beobachtete belustigt Herrn und Frau Tourist, wo Herr sich alle Mühe gab, nicht die anzustarren, wegen der sie hergekommen waren. Die Ausnahme waren die Japaner. Hier glotzten Herr und Frau ohne Hemmungen, zeigten auf das, was sie sahen, lächelten und plapperten drauflos.

Ceulemans erreichte die Gasse, die sie gesucht hatte, einen dünnen Querstrich im H zwischen zwei der größeren Straßen. Der gepflasterte Schlauch war so schmal und dunkel, dass die meisten Touristen ihren Forschungsdrang zügelten, vor allem in diesen Nachtstunden.

Und das *Rudy's* war auch kein Lokal, in das man zufällig geriet. Eine Tür ohne Glas hin zur Straße, darüber eine einzelne Lampe mit einer bescheidenen Wattstärke in der Glühbirne. Das Fenster rechts von der Tür war in besseren Zeiten für Besitzer und Kundschaft der Ausblick zur Welt gewesen. Jetzt arbeiteten Schmutz und Patina daran, es in einen Teil der Mauer zu verwandeln. Was Rudy Janssen nur allzu recht war. Er hatte keine Bewilligung, weder für das, was in den Regalen stand, noch für das, was unter dem Tresen lag.

Der weitere Betrieb des Lokals basierte auf einer stillschweigenden Abmachung zwischen der Ordnungsmacht und dem 57-jährigen Besitzer. Er durfte weitermachen, unter der Voraussetzung, dass er nicht mit der Wimper zuckte, wenn Ermittler in Zivil zufällig hereinschauten.

Wie zum Beispiel Rinske Ceulemans. Sie zog sorgfältig die Tür hinter sich zu (der alte Türschließer hatte schon längst seinen Geist aufgegeben) und nickte Rudy zu, der hinter dem Tresen herumlungerte. Der lange dünne Hals, das spitze Gesicht und die Glubschaugen erinnerten an einen Geier aus einem Disney-Comic. Rudy antwortete mit einem sparsamen Lächeln. Was sein musste, musste eben sein.

In dem länglichen Raum standen einige kleine Tische. An dreien saßen hartnäckige Trinker. Nur Männer, und keiner sah Ceulemans an. Sie waren Stammgäste und kannten die Bedingungen für den weiteren Betrieb des Lokals.

Ceulemans nahm auf einem der wackligen Barhocker vor dem Geier Platz.

»Kaffee?«, fragte der heiser.

»Ein Bier«, sagte sie. »Ein kleines, in dem saubersten Glas, das du hast.«

Rudy schnaubte verärgert und lieferte säuerlichen Mundgeruch als Zugabe. Er ließ aus einem Hahn Grolsch in ein Glas laufen und stellte es vor sie auf den Tresen. Das Bier ging aufs Haus. Rudy Janssen hatte viele Kröten geschluckt, um sein Lebenswerk zu beschützen. Er blieb abwartend vor Ceulemans stehen, nicht, weil er das unbedingt wollte, sondern weil er wusste, dass sie ohne Grund keinen Fuß in die Kneipe gesetzt hätte. Und er war ziemlich sicher zu wissen, was sie suchte.

»Der Prophet?«, bestätigte Ceulemans leise.

Rudy machte eine etwas widerwillige Kopfbewegung zum Ende des Lokals hinüber. Dort schlossen sich die nicht sonderlich verlockende Toilette und die Privatgemächer des Besitzers an. Der *Prophet* hieß eigentlich Theo Janssen, war Rudys zwei Jahre jüngerer Bruder und außerdem einer der wertvollsten Gewährsleute der Polizei.

»Was trinkt er?«, fragte sie.

»Fast alles – aber er hat noch.«

Ceulemans verzog den Mundwinkel, erhob sich und ließ das Bierglas stehen. Sie überquerte den abgenutzten Steinboden und klopfte zweimal an die Tür zum Allerheiligsten, ehe sie auf die Klinke drückte.

Theo hatte so geringe Ähnlichkeit mit Rudy, dass der Vater der Brüder seinerzeit die Aktivitäten seiner Frau infrage gestellt hatte. Der *Prophet* war knapp eins sechzig groß, wog einige Kilo zu viel und hatte pechschwarze, aber graumelierte Haare, die wie glattgeleckt an dem fein gemeißelten Schädel klebten. Leicht schräg stehende Augen und eine Nase, die von Michelangelos David gestohlen sein könnte, zierten das bleiche Gesicht. In jüngeren Tagen war er vermutlich ein schöner Mann gewesen, doch der Zahn der Zeit und allerlei Rauschmittel hatten ihn ziemlich zugerichtet.

Als Ceulemans die Tür öffnete, balancierte er am äußersten Sofarand. Auf dem Tisch vor ihm lag eine Patience, flankiert von einer Flasche Jack Daniel's, einem Chillum, einer Packung Winston-Zigaretten und einem Glas. In der linken Hand hielt er einige Karten, mit denen er die Patience zu lösen versuchte. Das Zimmer war fensterlos, und die Wände waren mit Ziegelattrappen verkleidet. An einer Querwand hing eine Dartscheibe, auf der drei Pfeile im Bullseye steckten. Die Wand dem Sofa gegenüber war dekoriert mit einer Reproduktion von Modiglianis *Nu couché*. Ein gerahmtes Meisterwerk von IKEA. Unter der nackten Frau stand auf zwei leeren Bierkästen ein Bildschirm. Er zeigte Bilder von der Webkamera draußen im Schankraum.

Ohne sie anzusehen, hob Theo Janssen den Kopf und schnupperte wie ein Nagetier in der Luft.

»Spielt mir meine wohlgeformte Nase einen Streich, oder riecht es hier nach Fotze?«, fragte er.

Der *Prophet* verdankte seinen Spitznamen nicht seinem pietätvollen Auftreten.

»Spielt das eine Rolle für einen alten Schwulen wie dich?«

Der *Prophet* schmunzelte lautlos und blätterte eine Kreuz Sieben auf, die er auf eine Karo Acht legte.

»Das ist das Einzige, was ich an der Polizei auszusetzen habe«, seufzte er. »Ihr entreißt mir meine intimsten Geheimnisse, ohne mit euren eigenen rauszurücken.«

»Wenn ich mich in der Eile richtig erinnere, haben wir drei Anklagen fallenlassen, die dir mehr Zeit zum Patiencelegen beschert hätten, als dir lieb gewesen wäre.«

»Und was hast du diesmal auf dem Herzen, Ceulemans?«

»Ich brauche Informationen über einen möglichen Lieferanten.«

»Wovon?«

»Einem Giftstoff.«

»Im Tausch gegen?«

»Die Schlüssel zu der Schublade, in der die Anklagepunkte archiviert sind.«

Zum ersten Mal, seit sie den Raum betreten hatte, sah der *Prophet* sie an.

»In meiner Jugend habe ich eines der miesesten Arschlöcher dieser Stadt gekannt«, sagte er. »Ein Erpresser. Seine Vorgehensweise war lächerlich einfach: Umwerfend flotte Nutte reißt betrunkenen und glücklich verheirateten Mann auf. Der Arsch behielt immer eine Kopie der Negative, damit er zu einem späteren Zeitpunkt noch einmal auftauchen und mehr

Geld verlangen konnte. Das ging eine Zeitlang gut, bis eines seiner Opfer die Sache satt hatte und den aktuellen Betrag lieber in einen Mietmörder investierte.«

»Soll das eine Drohung sein, Janssen?«

Der *Prophet* setzte eine Unschuldsmiene auf, die aller Wahrscheinlichkeit nach Erstaunen darstellen sollte. Oder Empörung.

»Durchaus nicht, Mevrouw. Das ist nur meine Art, um an deinen Sinn für Gerechtigkeit zu appellieren.«

»Können wir zur Sache kommen?«, fragte Ceulemans.

Er legte die Karten weg, trank einen großzügigen Schluck Jack und wischte sich mit dem Hemdsärmel den Mund.

»Von welchem Stoff reden wir hier?«

»Phencyclidin. Ein Gift das – abgesehen von verschlechtertem Allgemeinzustand – kräftige Halluzinationen auslöst.«

»Den Namen musst du mir schon aufschreiben. Mein Gedächtnis ist nach vierzig Jahren hedonistischen Lebensstils doch ins Stocken geraten.«

Sie fischte einen kleinen Block aus der Innentasche ihrer Lederjacke, kritzelte den Namen darauf und legte den Zettel auf seine Patience.

»Ich muss wissen, wer verkauft und wer gekauft hat, in den letzten … sagen wir, vier Wochen.«

Der *Prophet* hob einen Zeigefinger.

»Käufer – na gut –, aber der Verkäufer bleibt mein Geheimnis.«

»No deal.«

Diesmal war das Erstaunen des Propheten nicht aufgesetzt.

»Bist du dir darüber im Klaren, was ich riskiere, wenn …«

»Die Information hilft mir nicht weiter, wenn ich nicht kurz mit dem Verkäufer sprechen kann«, fiel ihm Ceulemans ins Wort. »Im Gegenzug hast du mein Wort, dass wir den Dealer danach in Ruhe lassen.«

Im verhärmten Gesicht des Propheten machte sich eine listige Miene breit.

»Ich weiß, dass der Betroffene in der Warteschlange für den Knast steht«, sagte er. »Sechs Monate für eine Bagatelle. Kannst du ihn von der Warteliste streichen lassen?«

»Nicht, solange das Urteil rechtskräftig ist, aber wenn er etwas Nützliches liefert, kann ich für Hausarrest mit Fußfessel sorgen.«

Absolut alles, was an Mitteln vonnöten ist, hatte sich die Staatsanwältin nicht so ausgedrückt?

Der *Prophet* gab vor, ausgiebig nachzudenken.

»Ich werde sehen, was sich machen lässt«, entschied er dann.

»Es eilt, Theo.«

»Das Einzige, was man erreicht, wenn man es eilig hat, ist, schneller das eigene Grab zu erreichen«, sagte der *Prophet*.

46

Es war fast zehn Uhr vormittags, als die Besprechung beendet wurde und Bull als Erster den Raum verließ. Die Angst vor der Völkerwanderung war nicht unbegründet gewesen. Mehr als fünfzig Ermittler und Ermittlerinnen waren jetzt in den Fall einbezogen, von denen ungefähr die Hälfte im Besprechungsraum anwesend gewesen war. Obwohl neue Besen hinzugeholt worden waren, war die Stimmung durch eine gewisse Erschöpfung gedrückt.

Bert Meijers plötzlicher Tod warf lange Schatten. In diesem Fall war nichts mehr unmöglich.

Die Theorie des mehrfach verkleideten Mörders war eifrig diskutiert worden. Mehrere der Anwesenden hatten ihre Zweifel. Die Bildqualität war einfach zu schlecht, um sichergehen zu können, dass es sich um dieselben Stiefel handelte. Die Schminkservietten? Na gut, aber Bulls Überlegung. »John Hoffman« könne sich ein wenig Damenbesuch gegönnt haben, wurde nun von einem Commissaris der TGO 3 vorgetragen. Außerdem: Hatte die Hypothese eines massenmordenden Verwandlungskünstlers nicht etwas »Weithergeholtes und Märchenhaftes« an sich?

Passt dann doch zu einem supergiftigen seltenen Fisch, hatte Bull kommentiert, eine Bemerkung, die Langenberg zu der Erklärung veranlasste, die Theorie solle bei den weiteren Ermittlungen offengehalten werden.

Dass jetzt alle Steine abermals umgedreht und mit archäologischer Genauigkeit erforscht werden sollten, traf auf allgemeine Zustimmung. In diesem Zusammenhang musste sich die Versammlung damit abfinden, dass weder der Zahnbecher noch die erwähnten Schminkservietten aus Zimmer 302 brauchbare biologische Spuren geliefert hatten. Die Technik hatte zwar winzige Haarreste von nicht weniger als sieben Personen gefunden, aber dass ein armes Zimmermädchen bei jedem Gästewechsel das Zimmer chemisch reinigen sollte, konnte nun wirklich niemand verlangen. Ein Staubsauger war nun einmal nur ein Staubsauger.

Fünfzehn Ermittler sollten sich die Opfer de Jong, Kamperdijk und Francken noch einmal genauer ansehen. Alle drei hatten – jeder auf seine Weise – einen umfassenden Bekanntenkreis, und hier würde sich möglicherweise etwas finden lassen. Bull hatte seine Zweifel, beschloss jedoch, den Mund zu halten. Wenn er ehrlich sein sollte, hatte er auch keine besseren Vorschläge.

Mehr denn je war das hier ein Defensivspiel, bei dem sie vor dem eigenen Tor eine Mauer bildeten und die Hände schützend vor den Schritt legten. Bisher hatte Nummer 13 fünf Tore geschossen.

Sie selbst hatten nicht einen einzigen zielführenden Gegenangriff gestartet.

* * *

Bull und Ceulemans saßen in der Kantine am selben Tisch, als Ceulemans' Telefon klingelte. Sie warf einen Blick aufs Display. Dann stand sie auf und bat ihn, sie für einen Moment zu entschuldigen.

Er sah ihr hinterher, als sie mit dem Telefon am Ohr die Kantine verließ. Sicher ein Privatgespräch. Ein krankes Kind, ein geheimer Verehrer oder ein Ehemann, der es satthatte, dass seine Frau täglich sechzehn Stunden arbeitete. Ihm ging auf, dass er wenig oder nichts über Ceulemans' Leben außerhalb der DRR-Sphäre wusste. Sicher, weil er niemals höflich genug war zu fragen. Oder weil er höflich genug war, nicht im Privatleben einer Kollegin auf Zeit herumzuschnüffeln.

Ceulemans kehrte an den Tisch zurück. Sie sah nicht glücklich aus.

»Kann ich Sie kurz unter vier Augen sprechen?«

Bull warf einen Blick auf sein halb verzehrtes Schinkenbrot.

»Ich geb Ihnen danach ein neues aus«, sagte Ceulemans.

Sie ging vor ihm her in die Rezeption, dann durch die elektronische Sicherheitsschleuse auf den Parkplatz vor dem Haupteingang. Hier zog sie nervös die Zigaretten hervor, mit denen sie aufzuhören versuchte, und steckte sich eine an. Zwei hektische Züge.

»Ich hatte gestern Abend eine Idee«, sagte sie dann.

Sie erzählte von ihrem Besuch in Rudys Bar und ihrem Gespräch mit dem Propheten. Bull schwieg. Wartete ab, was noch kommen würde, während er abermals über Ceulemans' Fähigkeit nachdachte, ihren Verstand anzuwenden.

»Dieses eine Mal hat Theo Janssen keine Zeit vergeudet«, sagte sie nun. »Und er konnte den Namen des Käufers in Erfahrung bringen.«

»John Hoffman? Oder hat er sich diesmal anders genannt?«

Sie holte Luft, diesmal ohne Nikotin. Dann schaute sie ihm ins Gesicht.

»Es war Meijer.«

Er wusste, dass es überflüssig war, musste aber trotzdem fragen:

»Unser Meijer?«

Ein trauriges Nicken.

»Sind Sie sicher?«

»So sicher, wie ich sein kann. Meijer war ein hoch profilierter Ermittler, und die meisten in der kriminellen Szene kannten ihn – jedenfalls vom Aussehen her und vom Hörensagen. Er war ja auch leicht zu erkennen.«

Bull gönnte sich einige Sekunden, um seine Gedanken zu sammeln.

»Aber wie zum Teufel konnte er so ein Risiko eingehen? Er musste doch begreifen, wie gefährlich das war!«

»Nicht unbedingt«, sagte Ceulemans. »Wenn Meijer noch am Leben wäre, hätte der Verkäufer seinen Namen wohl kaum genannt. Nicht einmal, um sich sechs Monate im Trockendock zu ersparen.«

»Wie meinen Sie das?«

Ceulemans zögerte. Wägte Für und Wider ab und fand einen Balancepunkt.

»Meijer war ein etwas ... unkonventioneller Polizist. Er hatte jede Menge Kontakte – auf beiden Seiten des Gesetzes. Das machte ihn nicht nur bekannt, sondern bis zu einem gewissen Grad auch gefürchtet. Wenn man sich mit Bert Meijer anlegte, riskierte man, dass er an einer Strippe zog, die dann für die betreffende Person ziemliche Unannehmlichkeiten mit sich führen konnte. Im Gefängnis, zum Beispiel.«

Wieder die NYPD-Kiste, dachte Bull. Es hatte genug Filme über solche Polizisten gegeben. In Norwegen gab es auch einige von der Sorte.

Er musterte Ceulemans' bleiches Gesicht. Etwas in ihrem Blick deutete an, dass es noch andere Nuancen in ihrer Beschreibung von Hoofdinspecteur Meijer gab, über die Tatsache hinaus, dass der Mann »unkonventionell« gewesen war. Er fragte. Sie ließ seinen Blick los, rieb nachdenklich Daumen und Zeigefinger aneinander, wie um auszutesten, wo die Grenze der Offenheit verlief.

»Da war etwas vor sechs, sieben Jahren«, begann sie. »Ein Unfall. Damals war Meijer noch einfacher Inspecteur. Sein damaliger Vorgesetzter hieß Alex Schuurmans und war nur zwei Jahre älter als Meijer. Beide waren eifrige Taucher und Mitglieder im selben Klub. In diesem Frühling fuhren sie zusammen an einen Ort in Portugal, der offenbar ein Eldorado für Grottentaucher ist. Da unten im Dunkeln passierte etwas, und Schuurmans ertrank. Als die Taucher der Polizei unten waren, um ihn hochzuholen, stellten sie fest, dass die letzten drei Leinenpfeile falsch befestigt waren. Das sind kleine Plastikpfeile, die an der Leine befestigt werden, wenn die Taucher in die Grotte schwimmen, damit sie wieder hinausfinden können. Schuurmans Lampe war die Batterie ausgegangen, und im Stockfinsteren ist der Taucher total abhängig von diesen Leuchtpfeilen.«

Sie verstummte. Schluckte. Bull wartete.

»Bei der darauffolgenden Ermittlung stellte sich heraus, dass meistens der hinterste Taucher – in diesem Fall Meijer – die Pfeile an der Leine befestigt. Meijer sagte jedoch aus, sie hätten das umgekehrt gemacht, da Schuurmans im Extremtauchen der Erfahrenere von beiden war.«

»Lassen Sie mich raten«, sagte Bull leise. »Bert Meijer wurde zum neuen Hoofdinspecteur befördert?«

»Ja – er war an der Reihe. Das wussten alle.«

»Und was glauben Sie?«

»Ich glaube nichts«, sagte sie abweisend.

Sie blieben stehen und sahen einander an. Sie defensiv trotzig, er freundlich fragend. Er gewann.

»Okay«, sagte sie. »Es gab in der ersten Zeit nach dem Unglück durchaus Getuschel. Einzelne glaubten zu wissen, dass etwas zwischen Meijers Frau und Alex Schuurmans gelaufen war. Diese Gerüchte ertranken bald in Fakten und Statistik. Bei den Ermittlungen kam heraus, dass es im Jahr an die vierzig solcher tödlichen Unfälle gibt – allein in Europa. Die Zahlen aus den USA sind noch höher. Es gab keinen Grund, Meijers Darstellung in Zweifel zu ziehen.«

Weder Ceulemans noch Bull stellten die naheliegende Frage: Wenn Meijer Bull vergiftet hatte, warum war er dabei so weit gegangen? Vielleicht, weil sie beide die Antwort ahnten. Auf Meijers Hügel war nur Platz für einen König gewesen, vor allem, wenn der schwierigste Mordfall, dem der DRR jemals gegenübergestanden hatte, aufgeklärt werden konnte.

»Was machen wir jetzt?«, fragte sie.

»Nichts.«

Sie starrte ihn an.

»Nichts?«

»Der Mann ist tot«, sagte Bull. »Das ist Strafe genug. Es bringt uns nichts, seinen Namen jetzt noch in Verruf zu bringen.«

Er hob die Hand und drückte ihren Unterarm ein wenig.

»Sie schulden mir ein Schinkenbrot«, sagte er.

* * *

Obwohl er schon fünf oder sechs Mal hier gewesen war, verspürte Thomas Bull ein schwaches Prickeln, als er seinen Rollstuhl durch die Eingangstüren zum Rijksmuseum manövrierte. In diesem prachtvollen Gebäude hingen einige der mächtigsten Werke von Meistern der Renaissance und des Barock. Rembrandt natürlich, aber Thomas hatte eine besondere Schwäche für Jan Vermeer van Delft. Das wundervolle Licht, die beherrschte Verwendung von einigen wenigen – aber starken – Farben und die geometrische Komposition. Ganz zu schweigen von Vermeers Perspektiven, die in einzelnen Fällen dem Betrachter das magische Gefühl gaben, im Bild anwesend zu sein.

Selbst ein gefeierter und gefragter norwegischer Kunstmaler konnte sich damit abfinden, dass er in dieser Gesellschaft bedeutungslos war.

Er bugsierte seinen Rollstuhl zum Lift, wurde von zwei jüngeren Männern, die auf eigenen Beinen stehen konnten, durchgelassen und drückte auf den Knopf der zweitobersten Etage. Er hatte es zu seiner Gewohnheit gemacht, mit Rembrandts *Nachtwache* zu beginnen. Ein monumentales Gemälde, was Motiv und Umfang anging, obwohl einige Vandalen im Staatsdienst fast vier Quadratmeter Leinwand abgeschnitten hatten, damit das Bild zwischen zwei Fenster im alten Rathaus passte. Die Schandtat lag zwar dreihundert Jahre zurück, aber das machte sie nicht weniger unverzeihlich.

Als er den Fahrstuhl verließ, fiel ihm ein, dass er sein Telefon auf lautlos stellen musste. Es war peinlich genug, wenn das verdammte Ding losplärrte, während er im Theatercafé saß. Hier wäre es ein Sakrileg. Er fischte das Telefon aus der Jackentasche.

Eine Mitteilung auf dem Display.

Dear Thomas, just a little more than a week now, and the cultivated population of Amsterdam will be exposed to Art – (yes – with a capital A, my friend!) We need to discuss the layout of your work on the walls. Please drop by the gallery later this afternoon or tonight. I will be waiting with champagne and beluga. József. – P.S. Kindly confirm your arrival and estimated time for this pleasant reunion. J. Beigefügt war eine Google-Map mit einer Wegbeschreibung. Thomas las die Mitteilung noch einmal. Stutzte ein wenig angesichts der Unterschrift. József. Der Ungar unterschrieb E-Mails und andere Nachrichten sonst mit *your humble servant JDJ.*

Er sah auf die Uhr im Display. Einige Minuten nach vier. Zwei Stunden in Gesellschaft der Genies früherer Zeiten, eine Stunde auf dem Ohr, eine Erfrischung in der Hotelbar und dann ein Taxi. Er gab eine Antwort ein und deutete an, dass er so gegen neun eintreffen werde. Alles ging im Rollstuhl ein wenig langsamer.

Er unterschrieb die Mitteilung mit *Your devoted Sitting Bull* und drückte auf »senden«.

47

Der Taxifahrer fand den Weg nicht sofort, und es war fast Viertel vor zehn, als sie draußen in Noord 1 hielten. Thomas machte die Verspätung nichts aus. Wenn sich zwei Künstler verabredeten, kam in der Regel mindestens einer von beiden zu spät.

»Ich bringe Sie bis an die Tür, aber wir müssen die letzten hundert Meter leider zu Fuß gehen«, sagte der Fahrer. »Dieses Stück hier ist Einbahnstraße. Der Karte zufolge müsste es um die Ecke von dem großen Gebäude mit dem Wagentor sein. Wir sind jedenfalls in der Nähe.«

Thomas bezahlte mit einer der frisch gebügelten Banknoten, die der Geldautomat beim Hotel ausgespuckt hatte, und steckte Wechselgeld und Quittung in die Manteltasche. Der Fahrer öffnete die Hecktüren und bugsierte den Rollstuhl die Rampe hinunter auf den Asphalt.

Draußen schluckte die Dunkelheit mehr und mehr die düstere Umgebung. Allem Anschein nach eine Art Industriegebiet, das sicher geschäftigere Tage gesehen hatte. Hier und da stand vor den heruntergekommenen Mauern aus verputztem Klinker ein Auto, aber keine lebende Seele war zu sehen. Kühl war es auch. Thomas konnte nur hoffen, dass József gescheit genug gewesen war, für Heizung in den Räumen zu sorgen. In der *Galerie,* korrigierte er sich in Gedanken. Der Ungar hatte ihm Bilder der Halle geschickt, und es sah gar nicht schlecht aus. Von innen, wohlgemerkt.

Mit dem Fahrer als Sicherheit hinter dem Rollstuhl folgten sie der leicht abschüssigen Straße hinunter zum Kanal. Vor ihnen glitzerte es im Wasserspiegel, hervorgerufen durch das trübe Licht einer einsamen Straßenlaterne an der Kaikante. Sie bogen um die Ecke. Es müsste das nächste Gebäude sein. Dort gab es immerhin Lebenszeichen. Licht in einer Reihe von Fenstern hoch oben in der mit Blechplatten verkleideten Mauer. Keine Klingel, kein Schild, aber er erkannte das Gebäude von den Fotos her.

Der Fahrer klopfte dreimal an die Metalltür. Niemand kam, kein Laut war von drinnen zu hören. Thomas manövrierte den Stuhl an die Tür und drückte auf die Klinke. Nicht abgeschlossen. Es hätte ihn nicht überrascht, wenn der Kollege eingeschlafen wäre. Dusev-Janics' Vorliebe für ein Glas Absinth oder fünf war in Künstlerkreisen weithin bekannt. Nicht, dass die anderen keinen Alkohol angerührt hätten. Als Künstler war man fast verpflichtet, Alkohol zu konsumieren – auch über das allgemein akzeptierte Maß hinaus. Sogar Thomas' muslimische Lebensgefährtin Fai hatte sich damit abgefunden.

»Hier ist es«, stellte er fest. »Dann können Sie Feierabend machen.«

Er überraschte sich und den Fahrer damit, dass er zehn Euro Trinkgeld gab, und bekam im Gegenzug ein *Haben Sie noch einen wunderschönen Abend, Sir,* ehe der Mann verschwand.

Mit drei Fingern am Joystick lenkte er den Rollstuhl durch die Tür. Die große Halle war in Licht getaucht. Zwei Wände waren teilweise mit den Bildern des Ungarn bedeckt. Eine Trittleiter, ein offener Werkzeugkasten und eine Kabeltrommel verrieten, dass die Arbeiten noch nicht abgeschlossen waren. Mitten im Raum stand eine goldfarbene Skulptur. Groß, vielleicht zweieinhalb Meter hoch. Ein Gorilla, der sich triumphierend auf den Brustkasten schlug, mit dem Unterschied, dass Kopf, Gesicht und Haartracht des Primaten zweifellos den US-Präsidenten Trump darstellen sollten. Die Größe der Skulptur machte die Satire umwerfend vulgär. Nicht

Dusev-Janics' Sternstunde, entschied Thomas. Kunst war ein Tanz auf Messers Schneide.

An der Wand zum Kanal hin waren etliche Garderobenständer aufgestellt. Jede Menge roter und weißer Plastikkleiderbügel, bereit, die Mäntel des Publikums entgegenzunehmen. Ein Kleiderbügel war bereits belegt, von einem eleganten Mantel aus hellem Stoff. Das Kleidungsstück gehörte wohl kaum dem kleinen József, falls der nicht knöchellange Mäntel bevorzugte.

Zwischen Trump und den Garderobenständern befand sich ein Campingtisch mit zwei Klappstühlen. Aber wo war der Ungar? Er rief seinen Namen. Der Ruf hallte unter der Decke wider, wo ein alter Leichtkran mit Kette und Haken hing, den der Innenarchitekt mit derselben knallroten Farbe wie die Türen versehen hatte.

Keine Reaktion. Die Tür zum Nebenraum stand offen. Auch dort brannte Licht. Etwas mehr Unordnung in diesem Zimmer, wenn er von einer Reihe von Geniestreichen absah, die an der Wand lehnten. Thomas Bulls Werke. Sein Raum. Kleiner als der erste, aber groß genug für die acht Gemälde. Seine nächste Reaktion: Was zum Teufel war eigentlich in József gefahren? Alles bei unverschlossener Tür zu hinterlassen, dabei stand und hing hier Kunst im Wert von Millionen! Vielleicht hatte er nur eine rauchen – oder in den Kanal pissen wollen?

Die Tür zum nächsten Zimmer war geschlossen. Konnte der Wirrkopf von Becherschwinger sich dort hingelegt haben, um seinen Rausch auszuschlafen?

Er zog die Tür auf. Hier war das Licht ausgeschaltet. Vor sich ahnte er eine Verdichtung der Dunkelheit, eine symmetrische Form, groß wie ein erwachsener Mann und länglich. Er tastete sich zum Lichtschalter an der Wand durch.

Ein Druck, und die LED-Lampen ließen den Raum in Licht

baden. Der Raum war leer, abgesehen von etwas, das in der Mitte stand. Ein riesiger Glaskasten. In dem etwas steckte. Schon aus vier, fünf Metern Entfernung ahnte Thomas Bull, was es war.

Solche Augenblicke, in denen die Sinne uns auffordern, eine Realität zu akzeptieren, die unmöglich stimmen kann. Du siehst eine gewaltige Flutwelle unterwegs zu dem Badestrand, an dem du stehst, aber du rennst nicht weg. Nicht sofort, denn es kann ja nicht stimmen.

Auch das hier kann nicht stimmen. Deshalb muss Thomas näherkommen. Zitternde Finger am Joystick, bis er nur einen Meter von dem Kasten entfernt steht. Auf dem Boden des Kastens liegen eine Waffe und ein Mensch in olivgrüner Uniform. Darüber schwimmt eine weitere Gestalt, die langsam im Wasser rotiert.

Hinter der großen Designerbrille starren zwei weit aufgerissene Augen Thomas an, als sei József Dusev-Janics derjenige, den diese Begegnung mehr schockierte.

* * *

Er weiß nicht, wie lange er vor dem Kasten stehen bleibt. Zwanzig Sekunden. Zwei Minuten. Am Ende dreht er den Stuhl langsam um und fährt lautlos aus dem Raum, ohne zu wissen, wo er hinwill oder was er tun soll. Er kommt an seinen eigenen Bildern vorbei und erreicht die große Halle. Am Campingtisch sitzt ein Mann. Auf dem Tisch stehen eine rundliche Flasche und zwei langstielige Gläser. Der Fremde lächelt freundlich.

»Willkommen zu Tisch, Herr Bull. Wie praktisch, dass Sie bereits sitzen. Ein Gläschen Champagner, vielleicht?«

48

Eine neue Person namens Meijer hatte das Büro des ermordeten Hoofdinspecteurs eingenommen.

Seine Frau Yasmine. Zur Feier des Tages vom Scheitel bis zur Sohle in Schwarz, von dem breiten Haarreif, der das mit Glanzspülung gewaschene Haar festhielt, bis zu den hochhackigen Stiefeletten aus Wildleder. Sie stand am Fenster und kehrte Bull und Ceulemans den Rücken zu, als ob sie deren Anblick nicht ertragen könnte.

»Wie ist es möglich?«, schluchzte sie und hob ein bereits mit Wimperntusche verschmiertes Taschentuch an ihre Augen.

Die beiden wussten nicht so recht, was sie meinte. Dass jemand mitten in der Amsterdamer Innenstadt den Wagen eines Zivilpolizisten in die Luft sprengen konnte? Oder die schlichte Tatsache, dass ihr Gatte tot war.

»Wie ist es möglich?«, fragte sie noch einmal.

Ceulemans nahm den Ball auf.

»Woran denken Sie, Mevrouw Goetz-Meijer?«

Die schwarze Witwe fuhr herum.

»Woran ich denke? Ich denke daran, wie zum Teufel es möglich ist, dass jemand dermaßen herumwütet – innerhalb weniger Tage einen Haufen Menschen umbringt –, ohne dass die Polizei auch nur das Geringste dagegen ausrichten kann.«

Hier hätte Ceulemans natürlich anführen können, dass Yasmine Goetz-Meijers eigener Ehemann bis zu dem Knall in der Margrietstraat die Ermittlungen geleitet hatte, aber die Situation erforderte doch mehr an Takt.

»Ich kann Ihnen versichern, dass wir alles tun, was in unserer Macht steht«, sagte sie. »Im Moment sind wir fast fünfzig Ermittler, die rund um die Uhr an dem Fall arbeiten.«

»Dann holt noch weitere fünfzig! Am besten fünfzig mit einem Hauch von Kompetenz!«

Ceulemans beherrschte sich. Bull dachte an Frank Varhaug und daran, wie groß der Unterschied zwischen Angehörigen sein konnte. Zwischen Menschen.

Yasmine Goetz-Meijer ließ ihren Blick zu Bull wandern. Als sie einander einige Minuten zuvor vorgestellt worden waren, hatte sie nicht mit einer Miene zu erkennen gegeben, dass sie von dem peinlichen Zwischenfall bei der Pressekonferenz wusste.

»Sie sind Norweger, wenn ich das richtig verstanden habe?«

»Das stimmt«

»Das sagt ja genug über diese Truppe«, schnaubte sie. »Wenn die niederländische Polizei vor einem Massenmörder steht, holt sie sich Hilfe aus einem Land, das den Friedensnobelpreis vergibt.«

»Ich kann Ihnen versichern, dass Herr Bull ein erstklassiger Ermittler mit umfassender Erfah…«, begann Ceulemans.

»Ein erstklassiger Ermittler reicht nicht, wenn der Rest der Dilettantenbande einen Klumpfuß hat«, fiel Yasmine Goetz-Meijer ihr ins Wort. »Dieses Gespräch führt doch zu nichts. Wo finde ich diesen Langenberg?«

Ceulemans mobilisierte einen Rest Selbstbeherrschung.

»Das Büro von Commissaris Langenberg liegt im sechsten Stock.«

Die Witwe schnappte sich ihre schwarze Lacklederhandtasche vom Schreibtisch, fegte an ihnen vorbei und aus dem Büro. Die beiden blieben stehen und wechselten einen Blick.

»Was ist bloß los mit reichen Menschen?«, seufzte Rinske Ceulemans.

* * *

Ein Vierzehnstundentag ging zur Neige. Langenberg und Blankers-Koen hatten die Pressekonferenz geleitet, die aufgrund des großen Interesses in einen im Nebengebäude gemieteten Hörsaal verlegt werden musste. Ein Schwarm von Ermittlern befragte hunderte Menschen, alles, von Leuten, die den Mann mit dem Laubbläser beobachtet haben konnten, bis hin zu Verwandten und Bekannten der Opfer. Im Labor wurde das Wenige analysiert, was sie hatten. Im Hauptquartier von Interpol in Lyon wurden mögliche Spuren und Querverweise auf »John Hoffman« in sämtlichen Mitgliedsstaaten der Organisation abgerufen.

Um kurz vor zehn Uhr abends verließen Bull und Ceulemans das DRR-Gebäude und steuerten die Innenstadt an. Sie sagten beide nicht viel, spürten die Last der Unzulänglichkeit, ein Gefühl, das man nur ungern mit anderen als den Allernächsten teilt. Als sie sich dem Dikker & Thijs näherten, brach Ceulemans das Schweigen.

»Kann ich Sie mit einem kleinen Imbiss in Versuchung führen? Ich habe eine Lasagne bereitstehen, und ich wohne nur drei Minuten vom Dikker entfernt.«

Bull schaute auf die Uhr. Sein erster Impuls war, dankend abzulehnen. Der nächste war, dass die Kollegin vielleicht jemanden brauchte, mit dem sie ihre fachliche Frustration teilen konnte. Außerdem lag das Schinkenbrot in der Kantine sieben Stunden zurück.

»Gern – wenn das nicht zu viel Mühe macht?«, sagte er.

Gleich darauf bereute er es. Er hatte den Abend mit einer leichten Mahlzeit im Hotel und einem Telefongespräch mit Christine beenden wollen. Zu spät, um sich die Sache anders zu überlegen. Aber ein Teller Lasagne konnte ja wohl kaum als Seitensprung betrachtet werden.

* * *

Erst als Ceulemans ihr Mikroauto zwischen zwei Fahrradständer an der Gracht klemmte, begriff er, dass sie auf einem Hausboot wohnte. Nun hätte er doch immerhin eine Möglichkeit, so eines von innen zu sehen.

»Willkommen an Bord der *Aurora*«, sagte sie und ging vor ihm her über die Laufplanke. »Ich habe sie von meinem Großvater geerbt. Als er sich den Leichter in den sechziger Jahren zugelegt hat, musste man noch kein Millionär sein, um mitten in der Stadt auf dem Wasser zu wohnen.«

Eine Treppe führte zum Achterdeck und hinunter in etwas, das an Land Diele genannt worden wäre. Dahinter lag eine längliche Wohnküche, und am Bug befanden sich Badezimmer und Ceulemans' private Gemächer. Die Einrichtung war offenbar beim Trödler und auf Flohmärkten gekauft worden, und ansonsten lebte Ceulemans weiter in der Umgebung, die der Großvater hinterlassen hatte. Gemütlich und warm in doppelter Hinsicht, nicht eine Spur von der Kühle, die man hätte erwarten können, wenn die halbe Wohnung unter Wasser lag. Er machte eine entsprechende Bemerkung.

»Mein Großvater war gründlich«, sagte sie lächelnd. »Zu seiner Zeit wurde der Rumpf in einer Werft für Freizeitfahrzeuge, die sich damit auskannte, isoliert, und er bestand darauf, dass im ganzen Deck Fußbodenheizung verlegt wurde.«

Bull wurde in einen mit ockergelbem Velours bezogenen Sessel platziert und sagte Nein zu Wein und Ja zu einer Cola. Das Essen werde in einer knappen halben Stunde fertig sein, teilte Ceulemans mit. An Bord der *Aurora* gab es keine Mikrowelle. Er holte sich ein Exemplar der *National Geographic* vom Couchtisch und vertiefte sich in einen Artikel über den Wettlauf zum Planeten Mars, ein Rennen, an dem sich die Russen, die NASA und der komplett durchgeknallte Tesla-Gründer, Elon Musk, beteiligten.

Als er den Artikel halb gelesen hatte und der Verfasser gerade Putin als Favoriten vorstellte, piepte Bulls Telefon. Er zog es aus der Hosentasche. Thomas. Nicht gerade überraschend, abgesehen davon, dass er ein Bild mitschickte. Bull öffnete die Mitteilung. Nein, kein Bild. Ein Video – zum Abspielen bereit.

Ein Blick auf das erstarrte Bild war genug. Ein Brustbild von Thomas. Wenn Bull das richtig beurteilen konnte, saß der Vater in seinem Rollstuhl. Ein Streifen schwarzes Gaffer-Tape war über seinen Mund geklebt. Auf seiner blanken Stirn stand die Zahl 13, diesmal uneinheitlich geformt, wie mit einem dünnen Pinsel gezogen. Um den Hals trug der Vater eine Schlinge, und über seinem Hinterkopf war der Strick an einer rot lackierten Kette befestigt.

Hinten in der Kochnische sagte Ceulemans irgendetwas.

Bull starrte wie gebannt das Bild an.

»Bogart?«

Für einen Moment verwirrt, bildete er sich ein, die Stimme komme vom Telefon. Vom Vater. Ceulemans wiederholte seinen Namen. Er schaute zu ihr hinüber. Sie lehnte an der Anrichte, hatte eine Hand in die Seite gestemmt und den Kopf ein wenig schräg gelegt.

»Ich wollte nur wissen, ob Sie allergisch gegen Nüsse sind? Ich hab gern welche im Salat.«

Er schüttelte den Kopf. Ceulemans lächelte und machte sich wieder an die Arbeit. Bull räusperte sich, so diskret er konnte, voller Angst, seine Stimme könnte ihn verraten:

»Wo ist Ihre Toilette?«

»Letzte Tür rechts am Bug.«

Er rappelte sich auf. Konzentrierte sich darauf, sich nichts anmerken zu lassen, als er an ihr vorbeiging. Sie kehrte ihm zum Glück den Rücken zu und zerschnitt Gemüse. Er ging in die Toilette, die zugleich das Badezimmer war. Ein schlauchförmiges Duschkabinett, ein Waschbecken und ein Klo. Er schob den kleinen Messingriegel vor die Tür, setzte sich auf den Klodeckel und zog die Ohrstöpsel aus der Tasche. Als er sie angebracht hatte, holte er tief Luft und drückte auf das Play-Symbol. Das Bild wurde lebendig, was aber nicht viel änderte. Der Kopf seines Vaters bewegte sich schwach, ab und zu ein Blinzeln mit verängstigten Augen.

Und eine Stimme. Eine gleichmäßige und beherrschte Stimme, die doch so eindringlich war, dass Bull fast die Lautstärke heruntergedreht hätte:

* * *

Guten Abend, Bull. Wir sind uns schon einmal begegnet, damals, als ich Professor an der Universität von Kansas City war. Eine unverzichtbare Tarnung – eine notwendige Lüge, wenn Sie so wollen -, die Sie möglicherweise längst entlarvt haben. Was mich zur Sache bringt. Wie Sie sehen, leistet Ihr alter Vater mir Gesellschaft. Was ja nett ist, aber eigentlich möchte ich Sie treffen. Diese Begegnung wird bald stattfinden, falls Sie Ihren Vater am Leben erhalten wollen. Um das Gegenteil zu vermeiden, gelten folgende Bedingungen: Sie behalten diese Einladung für sich. Nicht ein Wort und nicht eine Andeutung an Ihre Kollegen beim DRR. Sie kommen allein, und Sie kommen unbewaffnet. Als Erstes, wenn Sie das hier gehört haben, werden Sie sich Ihres Telefons entledigen – samt der SIM-Karte. Beides legen Sie in einen grünen Papierkorb, der am Geländer vor der Gracht hängt, zwanzig Meter vom Eingang des Dikker & Thijs entfernt. Danach winken Sie ein Taxi herbei und fahren damit zum Hauptbahnhof am Waterplein Oost. Um 23:30 Uhr geht von dort die letzte Fähre nach Noord 1. Wir behalten Sie von dem Augenblick an im Auge, in dem Sie das Taxi verlassen – und natürlich auch auf der Fähre. Ebenso werden wir Sie von dem Moment an beobachten, in dem Sie an Land gehen. Links vom Landesteg stehen sechs große Fahrradständer. Am hintersten finden Sie ein abgeschlossenes Herrenrad Marke »Gazelle«. In der Tasche hinter dem Sattel finden Sie ein Telefon. Fünf Minuten nachdem die Fähre angelegt hat, werden Sie angerufen und erfahren, wohin Sie zu gehen haben. Wenn wir auch nur den geringsten Hinweis darauf entdecken, dass Sie nicht allein sind oder dass Sie es mit anderen Tricks versuchen, werde ich auf diesen Knopf drücken.

Ein metallisches Klicken war zu hören, und das Seil hinter Thomas spannte sich an, so weit, dass der Vater sich im Rollstuhl ein oder zwei Zoll hob. Ein neues Klicken, und die Winsch wurde angehalten.

Bis bald also, Bull.

Die Stimme verstummte, und das Video war zu Ende. Bull blieb regungslos sitzen. Ein Mahlstrom aus Gedanken:

»Wir« hatte die Stimme mehrmals gesagt. *Wir behalten Sie im Auge …* Von Anfang an waren sie davon ausgegangen, dass es sich bei Dreizehn um eine einzige Person handelte. Erst jetzt ging ihm auf, dass es genauso gut eine *Organisation* sein konnte. Wieso zum Teufel hatten sie diese Möglichkeit übersehen können? Wenn sie es wirklich mit einer Gruppe zu tun hatten, konnte das einiges erklären. Das hohe Tempo, in dem die Morde begangen worden waren. Die Verwendung unterschiedlicher Mordmethoden. Möglicherweise auch die anscheinend zufällige Auswahl der Opfer.

Andererseits … *wir* konnte auch ein Bluff sein. Ein Bluff, der sicherstellen sollte, dass Bull sich an die Anweisungen hielt.

Konnte er dieses Risiko eingehen?

Nein. Fünf brutale Morde in zehn Tagen tilgten jeglichen Zweifel daran, dass Dreizehn seine Drohung wahrmachen würde, falls bei ihm – oder ihnen – der Eindruck entstand, dass Bull gegen die Spielregeln verstieß.

Damit gab es nur eine Möglichkeit. Er schaute auf die Uhr

im Display. 22.47. Zeit und Weg. Er durfte die Fähre nicht verpassen.

Draußen hörte er Ceulemans' Stimme:

»Sind Sie da drinnen eingeschlafen? Das Essen ist gleich fertig.«

»Komme sofort.«

Er zog die Toilette ab und drehte den Wasserhahn über dem Waschbecken auf. Wartete einige Sekunden, ehe er die Tür aufschloss. Ceulemans nahm in der Küche gerade die Lasagne aus dem Backofen. Bull machte sich hart.

»Mein Vater hat eine SMS geschickt, während ich auf dem Klo saß«, sagte er. »Er ist im Hotel und klagt über starke Schmerzen in der Brust. Es tut mir schrecklich leid, aber ich muss sofort zu ihm.«

Ceulemans sah eher besorgt als enttäuscht aus. Sie stellte die feuerfeste Form auf die Anrichte und wischte sich die Hände an einem Geschirrtuch ab.

»Natürlich«, sagte sie. »Ich fahr Sie hin.«

»Denken Sie nicht an so was. Drei Minuten zu Fuß, haben Sie das nicht gesagt? Wenn ich laufe, schaff ich das in zwei.«

»Aber ich kann doch mitkommen. Wenn ein Rettungswagen geholt werden muss, kann es sinnvoll sein, wenn …«

»Das erledigt die Rezeption«, fiel er ihr ins Wort.

Er stand bereits in der Tür.

»Rufen Sie mich jedenfalls an – wenn Sie etwas wissen«, rief sie hinter ihm her.

»Versprochen.«

Dann war er verschwunden.

* * *

Draußen regnete es jetzt, leichte Schauer, die der Wind schräg vor sich hertrieb. Immerhin hatte er Glück. Als er über die

Laufplane der *Aurora* lief, tauchte ein Taxi mit leuchtendem Schild auf. Er winkte den Wagen herbei und stieg hinten ein.

»Kurz im Hotel Dikker & Thijs vorbei«, sagte er. »Danach gleich weiter zum Hauptbahnhof.«

Der Fahrer, ein junger Mann mit asiatischen Zügen, nickte nur kurz. *Gehört er mit dazu?*, überlegte Bull. Der Wagen war auffällig gelegen gekommen. Dann hätten sie ihn beschattet. Heute? Seit Tagen?

Eine Minute darauf hielten sie vor dem Hotel.

»Ich bin gleich wieder da.«

Er überquerte die Straße. Die Hand umklammerte in der Manteltasche das Telefon. Der grüne Papierkorb hing da, wo es ihm gesagt worden war, an der Ecke bei der Brücke über die Gracht. Er schaute sich um. Kein Mensch zu sehen. Mit dem Rücken zum Taxi fischte er das Telefon hervor, stellte es mit dem Daumen auf lautlos und ließ es in den Papierkorb fallen.

Zurück zum Auto. Wenn der Fahrer nicht mit in der Sache steckte, musste er sich doch fragen, was sein Fahrgast da trieb. Er sah nicht besonders überrascht aus. Schaltete nur und fuhr los. Bull schaute auf seine Armbanduhr. Drei nach elf. Das müsste doch reichen.

»Ich muss die Fähre nach Noord 1 erreichen«, sagte er. »Setzen sie mich so dicht beim Fähranleger ab wie möglich.«

Abermals ein Nicken des Asiaten. Ein wortkarger junger Mann. Oder ein Mann, der den Weg in allen Einzelheiten kannte. Sie glitten durch die Stadt, die Straßen waren feucht und glitzerten wie still fließende Flüsse. Bull verspürte einen jähen und unerwarteten Drang, seine Umgebung zu betrachten. Die Menschen, die Neonschilder, die Autos, die erleuchteten Schaufenster … den Puls einer Großstadt nach Anbruch der Dunkelheit, betrachtet durch ein regennasses Autofenster, das dem Ganzen eine unwirkliche, fast filmische Prägung gab.

Wohin war er unterwegs?

Wenn er sein Telefon zur Hand gehabt hätte, hätte er Christine angerufen. Nein. Nicht angerufen. Eine SMS. Eine Mitteilung, in der er seine Gefühle zum Ausdruck brachte. Dieser Drang musste bedeuten, dass es wahr war. Dass er sie liebte. Vielleicht auf eine andere Weise, als er Frida geliebt hatte, aber dennoch. Die meisten Erlebnisse im Leben sind Nuancen von etwas, das man schon einmal mitgemacht hat, dachte er. Eine neue Stadt. Ein neuer Freund. Ein neuer Mordfall. Eine neue Liebe.

Sie waren am Ziel. Der Fahrer nannte einen Betrag. Er bezahlte und nahm das Wechselgeld in Empfang. Auf der Straße schaute er abermals auf die Uhr. Achtzehn nach. Es regnete noch immer, und er stellte sich unter das Vordach des Bahnhofsgebäudes. Die Vorstellung, dass ein oder mehrere Augenpaare auf ihn gerichtet waren, weckte eher seine Konzentration als sein Unbehagen. Er ließ seinen Blick umherwandern, wie Menschen es tun, wenn sie Zeit totschlagen wollen.

Einzelne von denen, die sich in der Nähe befanden, konnte er ohne Weiteres freisprechen. Das junge Liebespaar. Zwei ältere Damen, die eine im Pelz und mit einem kleinen Hund an der Leine. Die Freundinnen, die aussahen wie unterwegs zu einem Justin-Bieber-Konzert.

Aber der orthodoxe Jude mit dem Hut mit der flachen Krone und den seltsamen Schläfenlocken? Vielleicht eine überaus unorthodoxe Verkleidung für einen Schatten? Oder vielleicht nicht. Es gab ausreichend andere Kandidaten. Etliche Männer und Frauen zwischen fünfundzwanzig und sechzig, einige in kleinen Gruppen, andere allein, aber niemand schien auf Bull zu achten. Es war ja gut möglich, dass er aus der Entfernung durch ein Fernglas beobachtet wurde.

Wieder kam ihm der Gedanke an einen Bluff. Dass er jetzt dabei war, einem einsamen Irren in die Falle zu tappen, einem, den die Bereitschaftstruppe hätte unschädlich machen können, ehe er Thomas auch nur ein Haar gekrümmt hätte. Wie groß war die Wahrscheinlichkeit? Fünfzig zu fünfzig? Absolut nicht gut genug.

Die Fähre kam. Es waren viel mehr Fahrgäste darauf, die an Land gingen, als solche, die in die Gegenrichtung wollten. Noord 1 war offenbar eine Gegend, in der man sich tagsüber und am frühen Abend aufhielt.

Keine erhebende Erkenntnis, wenn es auf Mitternacht zuging.

49

Zehn Minuten später hatte er abermals festen Boden unter den Füßen. Die Fähre füllte sich mit den letzten Fahrgästen, die zurück ins Zentrum wollten, und legte ab. Fünfzehn bis zwanzig Personen waren zusammen mit Bull an Land gegangen. Einige gingen zu Fuß weiter, andere hatten ein Fahrrad mit auf der Fähre gehabt, eine Handvoll steuerte die Fahrradständer an.

Er blieb stehen. Schaute sich um, versuchte auszusehen, als warte er auf jemanden, der eigentlich schon hätte hier sein müssen. Bald war der Anleger leer. Das Achterende der Fähre verschmolz dort draußen mit der Dunkelheit, flankiert von roten und grünen Laternen.

Die Fahrradständer. Einige wenige verlassene Zweiräder, die meisten sorgfältig an die Eisenständer angeschlossen. Am Ende des letzten Ständers fand er »seins«. Auch das abgeschlossen, aber in einem so kläglichen Zustand, dass jeder Fahrraddieb dankend abgelehnt hätte. Hinten am Sattel hing eine kleine Fahrradtasche aus schlichtem Kunststoff. Er riss die beiden Druckknöpfe auf. Ein Nokia-Telefon älteren Modells. Bull ließ es in die Manteltasche gleiten. Überlegte sich die Sache anders und fischte es wieder heraus. Besser, es versteckt in der Hand zu halten, für den Fall, dass der Klingelton zu leise war.

Nach ein oder zwei Minuten klingelte es. Er drückte auf den grünen Knopf.

»Ja?«

»Willkommen in Noord 1, Bull. Soviel wir sehen können, haben Sie die Anweisungen bis zum i-Tüpfelchen befolgt. Klug. Der Rest ist einfach. Sie gehen nach rechts am Wasser

entlang. Nach zweihundert Metern macht die Kaikante eine Biegung nach links in einem Winkel von neunzig Grad. Sie gehen ins zweite Gebäude links. Hinter den Fenstern brennt Licht. Die Tür ist offen.«

Damit war das Gespräch zu Ende.

Er befolgte die Anweisungen. Die Fassade des Gebäudes war mit gerillten Stahlplatten verkleidet. Schwaches Licht hinter den hoch in der Mauer angebrachten Fenstern.

The point of no return. Bull holte tief Luft, drückte auf die Klinke und schob die Tür auf. Das Erste, worauf sein Blick fiel, war eine riesige goldene Statue. Ein Gorilla – oder ein Mensch mit einem Gorillakörper. Hinter den Beinen erhob sich eine Gestalt vom Sockel und trat vor. Ein Mann, ungefähr so groß wie Bull, er trug einen Anzug und hielt lässig eine Pistole mit Schalldämpfer in der rechten Hand.

»So sehen wir uns endlich wieder, Bull. Der Professor und der Polizist.«

Die Stimme erkannte er – aber den Rest? Jetzt waren die Haare blond, die Gestalt war schlanker, und »John Hoffman« hatte nun wirklich keinen so durchdringenden Blick gehabt. Kontaktlinsen natürlich. Es bestand wirklich Grund zu der Annahme, dass er nun das wahre Gesicht des Mörders vor sich sah. Bull schielte zu der leeren Schlinge hinüber, die einige Meter links vom Gorilla von der Kette hing.

»Wo ist Thomas?«

»Ihr Vater befindet sich bei bestem Wohlergehen, nur zwei Türen weiter, zusammen mit einem ungarischen Künstler.«

»Ich will ihn sehen.«

»Alles zu seiner Zeit. Ich verspreche Ihnen, dass es ihm gut geht.«

»Das Versprechen eines kaltblütigen Mörders?«

Der andere lächelte gelassen.

»Morde und Mörder können so vieles sein, Bull. Einige von

uns werden wie Tiere gejagt, mit dem Ziel, uns lebenslänglich einzusperren oder mit dem Tod zu bestrafen. Andere sitzen im Weißen Haus und trinken Tee, während sie einem kurzsichtigen Drohnenführer in Nevada grünes Licht geben. Der drückt ab, aufgrund von mehr oder weniger präzisen Auskünften eines lokalen Nachrichtendienstlers. Wenn man von der anderen Seite des Erdballs zielt, kann man sich leicht um einen oder zwei Kilometer irren. In Pakistan allein wurden nachweislich Hunderte von Zivilisten von amerikanischen Drohnen getötet, unschuldige Menschen, wohlgemerkt, die niemals eine Schusswaffe angerührt oder etwas anderes getötet hatten als eine Ziege.«

Der Vergleich war gesucht, aber doch nicht ganz von der Hand zu weisen.

»Wieso sind Sie so sicher, dass das Gebäude hier jetzt nicht schon von Leuten der Bereitschaftstruppe umstellt ist?«, fragte Bull. »Vielleicht hat einer von ihnen sein Fadenkreuz auf Ihrer Stirn platziert, während wir hier plaudern. Ich war mit einer Kollegin zusammen, als Ihr Video gekommen ist – *ehe* ich das Telefon in den Papierkorb geworfen habe.«

Der Mörder schmunzelte.

»Ist das ein jämmerlicher Versuch, mir Angst zu machen, Bull? Natürlich bin ich sicher, dass Sie allein sind. Sie wissen doch noch, wie Ihr Telefon verschwunden war – das, was Sie nach unserer ersten Begegnung im Frühstücksraum ›vergessen‹ haben? Dann wissen Sie sicher auch noch, dass ich Ihnen an dem Morgen Kaffee gebracht habe. In meinen Jugendjahren in Paris habe ich einen der besten Taschendiebe der Stadt kennengelernt. Der hat mir ein paar nützliche Tricks beigebracht. Ich hatte mir gestattet, in dem Telefon, von dem Sie sich vor einer Stunde getrennt haben, ein verstecktes Programm zu installieren, eine geniale Erfindung aus Taiwan, die Zugang zu Gesprächen gibt und mitzuhören ermöglicht, was in der Nähe des Telefons gesagt wird – und das GPS-Positionen durchgibt.«

Bull schämte sich für einen Moment. Er wusste, er müsste kaltes Blut bewahren, aber sein Herz war überhitzt.

»Wenn hier etwas jämmerlich ist, dann doch wohl Ihr Narzissmus. Sind Sie stolz auf das, was Sie machen? Genießen Sie den Augenblick, wenn Sie ein junges, unschuldiges Mädchen mit einer Bolzenpistole abschlachten?«

Ein Aufflackern von Irritation in den eisblauen Augen, die Stimme eine Spur kühler.

»Sie reden, als ob Sie etwas über mich wüssten. Tatsache ist, dass Sie so gut wie nichts wissen. Sie haben nicht einmal die geringste Ahnung, wer ich bin, und das irritiert Sie grenzenlos.«

Bull riss sich zusammen.

»Was jetzt, ›Hoffman‹? Oder haben Sie einen anderen Namen, den ich benutzen kann?«

»Da wir so gute Freunde geworden sind, können Sie mich Rezník nennen.«

»Und was passiert jetzt … *Rezník?* Ich kann einen krankhaften Sinn darin erblicken, dass ich hier bin, aber was hat Thomas damit zu tun?«

»Einiges, wenn ich das richtig verstanden habe, aber das sollen andere erklären. In dieser Phase bin ich nur ein Hirte, der auserwählte Schafe aus der Herde aussondert.«

»Sie sprechen in Rätseln.«

Ein flüchtiges Lächeln des Mörders.

»Durchaus möglich. Es wird Zeit, im Programm weiterzumachen.«

Rezník hob die Pistole und winkte damit in Richtung Gorilla.

»Setzen Sie sich auf den Sockel des Affen. Mit dem Rücken zu einem seiner Beine.«

Bull befolgte den Befehl.

»Die Arme nach hinten – und nehmen Sie sein Bein damit in die Mitte.«

Zweimal das Klicken von Handschellen, als der Mörder ihn fesselte.

»Das wäre das«, sagte Rezník. »Und jetzt ist es an der Zeit, das Mikrofon der eigentlichen Nummer 13 zu überlassen.«

Er zog ein Smartphone aus der Tasche und berührte zweimal das Display. Bull spürte, wie sein Herz schneller schlug. Die *eigentliche 13 …*

Die Tür zum Nachbarraum wurde geöffnet. Das Licht drinnen war kräftiger als das hier in der Halle. Ein leises Summen, und in der Türöffnung erschien ein elektrischer Rollstuhl. *Also war Thomas wenigstens am Leben.*

Erst als der Rollstuhl ihn halb erreicht hatte, begriff Bull, dass darin nicht sein Vater saß. Die schiefe, zusammengesunkene Gestalt trug einen schwarzen Trainingsanzug. Ein fahles Gesicht mit halb offenem Mund und schweren Lidern, ein Gesicht, das Bull in tausend bösen Träumen gesehen hatte.

»Lange nicht mehr gesehen, Bogart«, sagte Richard Torp.

Die Stimme zerschnitt die Stille wie ein Winkelschleifgerät, eine metallische Roboterstimme, vermittelt durch ein Kehlkopfmikrofon, das er an der Stelle an den dünnen Hals hielt, wo Kehlkopf und Stimmbänder entfernt worden waren.

»Du siehst überrascht aus? Ist ja vielleicht kein Wunder. Das hier hat vor mir wohl nur Jesus geschafft – dramatischer Tod und magische Auferstehung.«

Selbst wenn Bull auch nur eine Ahnung gehabt hätte, was er sagen sollte, so hätte er doch kein Wort herausgebracht. Torps blasse Augen hafteten für einige Sekunden an ihm, dann wanderten sie zu Rezník weiter. Englisch ließ die Roboterstimme nicht schöner klingen.

»Gute Arbeit, Rezník. Hier ist der Bonus, von dem die Rede war.«

Eine Hand, mager und gekrümmt wie eine Adlerklaue, hielt einen vollgestopften Umschlag im Format C 4, der mit Klebeband verschlossen war. Der Mörder nahm ihn an sich und stopfte ihn in seine Jackentasche.

»Mietmörder sind wie die meisten Waren«, sagte Torp nun zu Bull. »Die besten sind am teuersten. Für den Job hier in Amsterdam hat er dreihunderttausend genommen – plus zehn Prozent Bonus, wenn er deinen Alten gleich mit serviert. Viel Geld, aber davon habe ich ja genug, seit meine Oma so … passend gestorben ist.«

Bull sagte noch immer nichts. Der Schock klang nun ab. Der Hass, den er seit vier Jahren in sich trug, erreichte bisher ungeahnte Höhen.

»Du bist so schweigsam, Bogart? Gib zu, dass das hier pfiffig arrangiert war. Nicht nur der Brand. Ich wusste, dass sie dich schicken würden, wenn es mit jemandem aus Norwegen losging. Die vier nächsten durfte unser Freund hier selbst aussuchen. Seine Vorgaben waren einfach: die Sache für euch so schwierig wie möglich zu machen. Du und die restliche Bullenbande solltet mit dem Kopf gegen die Wand rennen. Ich würde noch mal dreihunderttausend geben, wenn ich deine Visage sehen könnte, als ihr die SMS bekommen habt. Totales Chaos, und der ›Superbulle‹ Bull konnte rein gar nichts ausrichten. Die Schlagzeile in VG war dann die Kirsche auf der Sahnetorte, aber für die hast du ja selbst gesorgt.«

Torps Kopf lag schräg über der Schulter, die etwas höher gezogen war als die andere. Sein schlaffer Mund verzog sich zu etwas, das vielleicht ein Lächeln sein sollte.

»Du hast geglaubt, schrecklich zu leiden, nach dem Unfall mit deiner Frau und deiner Tochter, nicht wahr? Dann will ich dir etwas über Schmerz erzählen, Bogart. Schmerz ist Zelle 13 in Ullersmo. Schmerz ist, allein auf der Pritsche zu liegen – jede Nacht, vier Jahre lang – und darauf zu warten, dass zwei oder drei verdreckte Kerle kommen, um dich in den Arsch zu ficken. *Jede verdammte Nacht!* Schmerz ist, in einem Glaskolben zu erwachen, ein Jahr, nachdem du der Gefängnishölle entronnen bist, ein Jahr, in dem du dich für tot gehalten hast, nur um zu entdecken, dass du von der Mitte nach unten gelähmt bist, dass du nicht reden kannst und dass deine Scheiße und deine Pisse in einen Beutel fließen, den irgendwer ausleeren muss.«

»Schade, dass ich diese Einzelheiten nicht früher gewusst habe«, sagte Bull. »Ich hätte doch jede Sekunde genossen.«

Richard Torp schwieg. Seine Atemzüge kratzten im Kehlkopfmikrofon.

»Ach was?«, fragte er dann endlich. »Dann werden wir ja sehen, wie sehr du die nächste Stufe genießt. Rezník?«

Der Mietmörder drückte zweimal auf sein Telefon. Noch ein Rollstuhl tauchte in der Türöffnung auf. Thomas war noch immer mit Gaffer-Tape geknebelt. Arme und Beine waren an den Rollstuhl gefesselt. Bull starrte seinen Vater an. Danach den Mann, der hinter ihm herging. Der junge Asiate, der ihn zum Fähranleger gefahren hatte.

»Schieb den Alten unter den Kran«, sagte Torp. »Und runter mit dem Klebeband. Der Scheißbulle soll doch seinen Vater gurgeln hören, wenn wir ihn hochhieven.«

Bull riss wie wild an seinen Handschellen. Die Statue rührte sich nicht. Thomas stöhnte, als der Asiate das Klebeband brutal herunterriss. Torp hob das Kehlkopfmikrofon.

»Zeit, dem Schlitzauge *Sayōnara* zu sagen«, erklärte er.

Rezník hob gleichgültig die Pistole und schoss dem Asiaten zwischen die Augen.

»Die Reihen lichten sich«, erklärte Torp. »Du kannst gern die Augen zumachen, wenn wir Väterchen hochhieven, Bogart. Danach habe ich für dich einen ganz besonderen Abschluss. Ein Kunstwerk. Wenn der verrückte Ungar dahinterstünde, würde er es vielleicht so ungefähr *Burning Man in Daddy's Wheelchair* nennen.«

Rezník griff nach dem Ende des Stricks und zog die Schlinge um Thomas' Hals zusammen. Dann packte er die graue Plastikfernsteuerung, die mit dem Kran verbunden war. Er testete den grünen Knopf. Die Kette zog einen halben Meter des auf dem Boden aufgerollten Seils hoch. Rezník drückte auf Rot und brachte die Kette zum Stillstand. Thomas Bull war aschgrau im Gesicht. Gleich darauf beugte er sich vor und übergab sich auf seine Knie.

Bogart war es schwindlig. Eine Lawine aus Angst, so eiskalt und überwältigend, dass er sich fragte, ob er das Bewusstsein verlieren würde. *Tu was, Bogart. Sag was!*

Ein letzter Strohhalm. Dünn wie ein Nervenfaden, fast unsichtbar. Er würgte es heraus:

»Eine Frage, Rezník.«

Der Mörder sah ihn an.

»Gibt es in Ihrer Branche überhaupt keinen Ehrenkodex?«

»Wie meinen Sie das?«

»Ich meine, nehmen Sie von jedem Aufträge an?«

Rezník deutete ein Lächeln an.

»Mir ist bekannt, dass mein Auftraggeber Ihre Frau und Ihre Tochter umgebracht hat, Bull. Wirklich traurig. Andererseits – es wäre doch ein wenig heuchlerisch, wenn ein Mörder sich darüber erhaben fühlte, für einen anderen Mörder zu arbeiten, oder?«

»Zieh den Alten hoch«, kommandierte Torp durch sein Mikrofon.

»Er hat meine Familie umgebracht«, bestätigte Bull. »Aber hat er Ihnen erzählt, weshalb?«

»Halt die Fresse, Scheißbulle«, knurrte Torp. »Zieh ihn hoch, Rezník.«

»Hat er von den Vergewaltigungen erzählt, die er begangen

hat? Darüber, wie er drei junge Mädchen vergewaltigt und fast zu Tode gequält hat? Die jüngste war erst vierzehn.«

»Fresse halten!«, kreischte Torp, und sein Mikrofon quietschte.

Rezník starrte Bull an. Hinter den blassblauen Augen flackerte eine Folge von fast fünfzig Jahre zurückliegenden Bildern. Die Mutter, die leblos auf dem Schlachtertisch lag. Das zerschlagene Gesicht von einer, die einmal ein schönes, vierzehn Jahre altes Mädchen mit kastanienbraunen Haaren und einem rosa Radiergummi gewesen war.

»Es war meine Aufgabe, ihn zu stoppen, ehe er noch weitere Mädchen vergewaltigen konnte«, sagte Bull mit heiserer Stimme. »Als er aus dem Gefängnis entlassen wurde, hat er zum Dank dafür meine Familie getötet.«

Rezník ließ seinen Blick zu Torp hinüberwandern.

»Stimmt das?«, fragte er.

»Was spielt das denn für eine Rolle, zum Teufel? Tu das, wofür du bezahlt wirst.«

Für einen langen Augenblick stand Rezník einfach da und musterte Richard Torps sabberndes Gesicht.

»Bezahlt worden *bist*«, murmelte er. »Da sagst du was.«

Es ist Philippe Mandaroux, der mit der Pistole in der Hand auf Torps Rollstuhl zuschreitet. Er nimmt den Joystick von der Armlehne und zerbricht ihn wie einen vertrockneten Zweig. Dann befreit er Thomas' Hals von der Schlinge und schiebt den Rollstuhl zur Seite.

»Was zum Teufel soll das denn?«, fragt Torp, und seine Roboterstimme ist kaum zu hören, als ob er flüstert.

Philippe schiebt Torps Stuhl unter den Kran.

»Großer Gott … hast du den Verstand verloren?«, sabbert Torp.

»Es gibt keinen Gott«, sagt Philippe. »Nur mich.«

Er reißt Torp das Kehlkopfmikrofon aus der Hand und

wirft es auf den Boden. Dann streift er die Schlinge über den schlaffen Hals und zieht sie zu. Torps Augen quellen hervor, sein Mund bewegt sich wild und sinnlos, vielleicht zu stummen Verwünschungen, vielleicht in lautlosen Verheißungen von noch mehr Geld.

Mit der grauen Fernbedienung in der Hand geht Philippe nun zu dem Sockel, wo Bull sitzt.

»Zeit für die Urteilsverkündung, Bull. Die überlasse ich Ihnen. Ich muss jetzt weiter. Das Rentnerdasein wartet.«

Er legt die Fernbedienung neben Bulls rechten Fuß. Mit seinem eigenen Absatz drückt er auf den grünen Knopf. Ein leises Summen des elektrischen Motors, und das aufgerollte Seil auf dem Boden setzt sich in Bewegung.

Der Junge aus Prag macht kehrt und geht hinaus. Hinaus in die Dunkelheit, in sein eigenes Licht, wo er sich auflösen und verschwinden wird, wie der Rauch eines Leichenfeuers. Die Ausgangstür knallt hinter ihm zu.

Die Taurolle auf dem Boden wird kleiner.

»Bogart …«, sagt Thomas mit dünner Stimme.

Hinter Torps Rollstuhl wird der letzte Meter Seil vom Boden hochgezogen.

»Bogart!«

50

Wie für viele andere in Jacob Erdbrinks Alter war jeder Tag mehr oder weniger wie der davor. In aller Frühe aus dem Bett, danach Anziehen und Zähneputzen, ehe er im Ofen Feuer machte und sich in seiner winzigen Küche eine Kanne dynamitstarken Kaffee braute.

Dann blieb er am Fenster sitzen und dachte an alles und nichts, während er darauf wartete, dass die Morgensonne den ersten Lichtstreifen in die Oberfläche des Noordzee-Kanals brannte. Zeit für den Morgenspaziergang. Erdbrink nahm das genau. Je weiter er ging, desto weiter wurde die Entfernung zum Grab, hatte Dr. Brongersma gesagt.

Die Route war immer dieselbe. An den Kais entlang, beim Keerkringpark links, durch den Vasumweg nach Osten und weiter nach Buiksloterham. Diesen Weg war er jeden Morgen gegangen, in den achtunddreißig Jahren, in denen er als Bootsbauer gearbeitet hatte. Dann konnte man sich immerhin nicht verirren, so tröstete er sich.

Er kam am Fähranleger vorbei, bog um die Ecke, wo der Segelmacher seine Werkstatt gehabt hatte, und blieb vor dem vertrauten Gebäude sehen. Hier hatten sie zu siebt gearbeitet, ein Vorarbeiter und sechs Facharbeiter der alten Schule. Kollegen und Kameraden, die nach van Dorens Entwürfen kleine und mittelgroße Motorboote bauten. Die kleine Werft war stillgelegt worden, als Erdbrink vor kurzem in Rente gegangen war, hatte danach jahrelang leer gestanden und diente nun wohl als Galerie. In den letzten Monaten hatte es dort von Handwerkern gewimmelt. Mehrmals hatte er mit dem Gedanken gespielt, sie zu fragen, ob er einen Blick auf seinen früheren Arbeitsplatz werfen dürfte, aber die Bescheidenheit eines alten Mannes hatte ihn immer davor zurückgehalten.

An diesem Tag war es hier still. Kein Wagen stand draußen, kein Mensch war zu sehen. Das einzige Lebenszeichen war eine ausgewachsene Mantelmöwe, die auf einer Duckdalbe balancierte. Der Vogel beobachtete ihn wachsam, zuckte leicht mit den grauschwarzen Flügeln, bereit zum Abheben, falls das Zweibein aufdringlich werden sollte.

Erdbrink musterte die rote Eingangstür. Vielleicht heute, dachte er. Es konnte jedenfalls nicht schaden, einmal anzuklopfen. Wenn jemand öffnete und wenig gastfreundlich aussah, könnte er immer noch nach dem Weg zur Fähre fragen.

Er war auf dem Weg zur Tür, als er es hörte. Leise, aber doch deutlich genug, um zu begreifen, dass die Stimme von drinnen kam.

Help … help! …

Erdbrink holte Luft, drückte auf die Türklinke und betrat eine so unwirkliche Szene, dass er an seinem Verstand zweifelte.

Mitten im Raum stand ein goldener Riese, eine hässliche Mischung aus Mensch und Gorilla. Links von dem Affen standen zwei Rollstühle, der eine war leer, in dem anderen saß eine in sich zusammengesunkene Gestalt. Ein Mann lag auf dem Boden, und sein Kopf ruhte auf etwas, das Erdbrink zuerst für eine rote Decke hielt. Unter der Decke, am Ende eines Seils, hing eine schwarz gekleidete Puppe. Oder war das … er senkte in ungläubigem Abscheu den Blick. Das Einzige im Raum, was sich bewegte, war ein Mann, der zurückgelehnt zu Füßen des Affen saß.

Erdbrink war nicht besonders sprachkundig, aber so viel Englisch verstand er eben doch.

»I'm a police officer«, hörte er den Mann sagen. »Could you please call 112?«

51

Oslo
27. September 2017

FRIDA BULL
26. 2. 1973 – 8. 10. 2013

ANINE BULL
14. 8. 2001 – 8. 10. 2013

Mehr steht nicht auf dem schwarzen, blank geschliffenen Stein. Jeder dritte Grabstein auf dem Østre Gravlund trägt die Inschrift *Zutiefst geliebt, zutiefst vermisst.* In seinem Kopf gibt es keine Worte, welche die Liebe oder die Sehnsucht ausdrücken können, die er empfindet. Dann ist es besser, diese Gefühle im Herzen zu bewahren, bis es aufhört zu schlagen.

Er hatte an einem Junitag drei Monate zuvor hier gestanden, so früh am Morgen, dass der Friedhof menschenleer war. Hatte ihnen erzählt, dass Richard Torp tot war. Nicht dass er glaubte, dass Frida sich darüber freuen würde, aber sie hatten das Recht, es zu erfahren.

Jetzt ist es endgültig. Und doch empfindet er nur Leere. Eine vage Angst, Frida habe gesehen, was sich in jener Nacht in Noord 1 abgespielt hat. Gesehen, was er getan hat. Oder was er nicht getan hat.

Wer ist er jetzt?

Was ist er jetzt?

Er bemerkt im Augenwinkel eine Bewegung. Die alte Dame am Grab vier Steine weiter. Sie sind einander schon mehrmals begegnet, haben ein feierliches Nicken getauscht, eine Art wiederholte Sympathieerklärung zwischen zwei Trauernden. Auch heute ist es so. Die alte Dame schiebt die Hand in eine Tüte aus einer Gärtnerei und zeigt ihm einen Topf mit lila Heidekraut. Er nickt noch einmal, so beifällig er nur kann. Er hat den Herbstschmuck dem Friedhofsgärtner überlassen. Einige Hunderter für den Ablass.

Er dreht sich um und geht. Langsam, wie um den Respekt vor diesem Augenblick zu betonen. Vielleicht schaut sie ihm hinterher. Wenn er sich nicht irrt, hat sie sich Fridas und Anines Grabstein schon längst angesehen.

Ein gemeinsames Todesdatum sagt sehr viel.

* * *

Erst als er den Ausgang zum Tvetenvei verließ, beschleunigte Bull sein Tempo. Von hier aus brauchte er nur einige Minuten bis zum Kripogebäude. In der Rezeption war es still. Die Kripo war keine Wache, wo die Leute rund um die Tür ein und aus liefen. Sie war eine rationale Einrichtung, ein Ort, an dem die Polizeikammern des Landes bei besonders schwerwiegenden Verbrechen Hilfe suchen konnten.

Er winkte Robert zu, der hinter dem Tresen an der Rezeption stand. Der Kollege war in seinen Bildschirm vertieft. Polizeiarbeit, musste man hoffen. Im Fahrstuhl schaute er auf die Armbanduhr. Gut getimt. Noch zwei Minuten, bis Eva Heiberg vermutlich als Erstes behaupten würde, er sehe »gut aus«.

Er irrte sich. Die Kripochefin empfing ihn mit einer warmen Umarmung.

»Herrgott, Bogart – ich glaube, ich habe mich noch nie so gefreut, Sie zu sehen.«

Bull, der im tiefsten Herzen den Verdacht hegte, dass Heiberg sich am wohlsten fühlte, wenn er verreist war, sagte nichts.

»Setzen Sie sich«, forderte sie ihn auf und zeigte auf das Ende des Besprechungstisches. »Kaffee?«

Er nahm dankend an, wobei er sich der Qualität der Flüssigkeit in der blanken Thermoskanne schmerzlich bewusst war. Sie schenkte ihnen beiden mit mütterlicher Miene ein und nahm ihm gegenüber Platz.

»Ich habe Ihren Bericht gelesen. Was für eine Reise. In doppelter Hinsicht.«

Er murmelte etwas darüber, dass es hektisch gewesen sei.

»Schrecklich, die Sache mit diesem Meijer.«

Bull stimmte zu. Heiberg plauderte weiter, stellte Fragen, auf die die Antworten bereits in den norwegischen Zeitungen gestanden hatten. Wann würde sie zur Sache kommen? Zu dem Grund, aus dem er hier war, wie sie beide wussten. Endlich fing sie an, sich dem Thema zu nähern.

»Dieser Rezník ... wenn ich das richtig verstanden habe, ist er einfach verschwunden?«

»Das stimmt.«

»Der Name klingt osteuropäisch, also habe ich gegoogelt. Und habe festgestellt, dass es sich um das tschechische Wort für ›Schlachter‹ handelt.«

Bull dachte über diese Information nach. Er war schon Leuten mit weniger passenden Decknamen begegnet.

»Sie haben keine Vorstellung, was aus ihm geworden sein kann?«, fragte sie.

»Nicht die geringste. Wir saßen sieben, acht Stunden da, bis jemand auftauchte. In der Zeit kann er weit gekommen sein.«

»In ... Verkleidung?«

»Oder ohne. Es sieht ja so aus, als wären alle, die sein eigentliches Aussehen kannten, bei seinem Verschwinden in der Galerie gewesen.«

»Unter ›allen‹ verstehen Sie in diesem Zusammenhang Sie und Ihren Vater?«

»Durchaus. Die beiden anderen waren ja tot.«

Heiberg begriff, dass die kurze, gefühllose Bemerkung als Provokation gedacht war, die sie dazu bringen sollte, zur Sache zu kommen.

»Es gibt da ein wichtiges Detail in Ihrem Bericht …«, begann sie.

Ein wichtiges Detail? Er war nicht hergekommen, um sich mit Wortklaubereien zu amüsieren, aber wie konnte etwas Wichtiges ein »Detail« sein? Für Bull war das, worauf sie anspielte, etwas absolut Grundlegendes. Die eigentliche Essenz dessen, was er aus Amsterdam mitgebracht hatte. Ein Scheideweg in seiner Anständigkeit, eine Missweisung in seinem moralischen Kompass.

»Wenn ich Sie richtig verstanden habe, hat dieser Rezník die Fernsteuerung für das … Seil also neben Ihren Fuß gestellt?«

Er begnügte sich mit einem Nicken. »Wenn ich Sie richtig verstanden habe …« Das stand doch im Bericht, verdammt noch mal. Schwarz auf weiß. Ausgeführt bis ins *Detail.*

»Und dann hat er die Winsch in Gang gesetzt?«

»Ja.«

»Und ist verschwunden?«

»Ja.«

»Wenn er die Box für Sie zugänglich gemacht hat, dann doch wohl, damit Sie die anhalten könnten. Die Winsch, meine ich.«

»Offenbar.«

»Aber das haben Sie nicht.«

»Nein.«

»Weshalb nicht?«

»Weil ich – da und dort – es für das einzig Richtige hielt, das einzig Vernünftige, das einzig Gerechte, ihn sterben zu lassen.«

»Und wie sehen Sie das jetzt?«

»Das spielt keine Rolle.«

»Für mich wohl.«

Er zuckte mit den Schultern. Heiberg beugte sich vor und faltete auf der Tischplatte die Hände.

»Ich möchte Sie bitten, dieses Detail im Bericht zu ändern«, sagte sie. »Er hat die Winsch angeworfen und die Box außerhalb Ihrer Reichweite abgestellt.«

»Warum sollte ich das tun?«

»Weil Sie mir sonst keine Wahl lassen.«

Er hatte zwei Nächte wachgelegen und auf diese Erklärung gewartet. Von der er wusste, dass sie kommen würde. Er hatte sich überlegt, was er sagen würde. Tun würde. Als er sich endlich entschieden hatte, kam sein Entschluss ihm einleuchtend vor. Es war sinnlos, Heiberg in diesem Zusammenhang zu quälen. Sie hielt sich an ihre Vorschriften, und dazu war eine Chefin bei der Kripo schließlich verpflichtet.

Er zog ihn aus der Jackentasche und legte ihn vor sie auf den Tisch. Heiberg starrte den Umschlag an, angewidert, als ob er ihr eine tote Ratte serviert hätte.

»Was … ist das?«, stammelte sie.

»Meine Kündigung.«

Sie fasste sich rasch.

»Hören Sie mal zu, Bogart. Es besteht kein Grund, hier etwas zu übereilen. Sie haben zwei schwierige Wochen hinter sich. Ich schlage vor, dass Sie sich einige Tage freinehmen – bezahlter Urlaub – und sich alles überlegen.«

»Ich weiß Ihr Angebot zu schätzen, aber ich habe mir alles schon überlegt. Meine Entscheidung steht fest.«

»Wie können Sie sich da so sicher sein?«

»Weil ein Polizist es schaffen muss, kaltes Blut zu bewahren, auch in einer emotional aufgeladenen Situation. Er darf sich nicht – unter gar keinen Umständen – zum Richter aufwerfen, schon gar nicht über Leben und Tod.«

Heiberg musterte ihn. Lange und intensiv, als ob sie sich sein Bild in ein gedankliches Album einprägen wollte. Schließlich erhob sie sich, ging zum Schreibtisch und öffnete eine Schublade. Der Umschlag verschwand.

»Der wird da erst mal unangerührt liegen bleiben«, sagte sie. »Wenn ich nach einer Woche noch nichts von Ihnen gehört habe, reiche ich ihn im System weiter.«

Es war vorbei. Er stand auf und steuerte die Tür an.

»Bogart?«

Er blieb stehen und drehte sich um.

»Sie sind ein hervorragender Polizist. Vergessen Sie das nie.«

Er lächelte. Schwach, aber immerhin.

Dann ging er.

Kapstadt ist eine faszinierende Stadt, selbst wenn es tagelang gießt, was im Oktober oft passiert. Was Südafrika angeht, so hege ich eine gewisse Sorge um die Zukunft. Präsident Zuma hat Mandelas Erbe nicht gerade klug verwaltet. Jetzt versucht er zu allem Überfluss, die Situation so zu deichseln, dass seine Ex-Frau das Amt übernehmen kann. Seltsamerweise arbeitet sein Kumpel in Simbabwe – Robert Mugabe – nach genau derselben Strategie, nur sitzt bei ihm der Trauring noch am Finger. Wie schaffen diese Frauen das? Man fragt sich ja schon, ob an der afrikanischen Hexenkunst doch etwas dran ist. Wenn es hier in SA zu turbulent wird, muss ich einen Umzug in Betracht ziehen. Asien oder Europa. Den Gedanken an Amsterdam habe ich aufgegeben. Es wurde am Ende dort doch etwas zu hektisch. Ich wüsste ja gern, wozu dieser Bull sich entschieden hat. Ich habe mithilfe von Google Translate norwegische Zeitungen durchgesehen, aber keine Antwort gefunden. Ich hoffe ja sehr, dass Torp am Galgen geendet hat. Er war wirklich ein Schwein, wenn mir jemals eines begegnet ist. Ein cleveres Schwein noch dazu – das muss ich zugeben. Es war ein bisschen schade, das prachtvolle Haus anstecken zu müssen, aber der Brand an sich war dann ein grandioser Anblick. Ich war immer schon fasziniert von Flammen. Einmal, als kleiner Junge, habe ich einen Menschen brennen sehen. Eine dünne Fackel aus Fleisch und Blut. Ich weiß noch, dass die Menschen um mich herum schrien. Damals hielt ich die Schreie für Begeisterung, eine Art einstimmige Ovation. Erst als ich älter wurde, ging mir auf, dass die Leute aus Angst geschrien hatten, die Schreie, die ich später im Tschad gehört habe, als brennendes Napalm vom Himmel fiel. Was aber fast genial war, war der erste Teil von Torps Plan. Ich weiß nicht, was er dem rumänischen Kieferchirurgen gezahlt hat, den er zu diesem Zweck eingeflogen hatte, aber ich hoffe, es war reichlich. Der Typ hatte einen echten Schweinejob. Erst Torp alle Zähne zie-

hen und ihm dann eine nagelneue Garnitur einsetzen. Dann dasselbe noch mal mit dem Penner, den ich besorgt hatte. Auch der bekam zuerst eine Vollnarkose, wenn auch von dauerhafterer Art. Immerhin brauchte der Rumäne das nicht sonderlich gepflegte Gebiss des Penners nicht zu ersetzen. Der konnte Torps altes übernehmen, um das mal so zu sagen. Bei allem tat mir vor allem der Hund des Penners leid, als der dann allein im Torweg liegen blieb. Wenn ich nicht gezwungen gewesen wäre, mich kurzfristig an immer neue Orte zu begeben, hätte ich dieses arme Tier zu mir genommen.

Ich habe mir immer schon einen Hund gewünscht.

DANK

Da es jetzt schon drei Bücher mit Bogart Bull gibt (es kommen weitere), ist es an der Zeit, denen zu danken, die mir unterwegs gute Hilfe geleistet haben. Leute, die Dinge können, die ich nicht kann, die Dinge wissen, die ich nicht weiß: Arnfinn Sandstad, Colin Goddard, Rob van der Veen, Roy Jacobsen, Steinar Helberg, Toronn Borge, Janners Aaseby, Nils Petter Nordskar, Morten Kristiansen, Geir Tangen und Arild Bjørn Larsen.